精霊の力を使えるのは私ただ一人。
自分がこの地を去ってしまったらどうなるのか、
彼等は理解できないのだろうか？
「何はともあれ、早々にこんな場所から抜け出そうっと……」

バジル
ホワイトレイ家の女医。
オリビアの
専属医師を務める。
リシュー・ホワイトレイ
シリウスの従弟であり、側近兼秘書。
シリウスの最も親しい人間の一人。
シリウス・Z・ホワイトレイ
世界を牛耳る四大財閥の内、
北の財閥にあたるホワイトレイ家の当主。
オリビアの救難の手紙を受け取り、
オリビアを庇護すると同時に
サイファード家への報復を誓う。

CHARACTERS
ミナ
ホワイトレイ家のメイド。
身体中にナイフをはじめとした
暗器を常に隠し持ち、
オリビアの警護を務めている。
シルフィー・ブラックレイ
サイファード領を管轄する
ブラン王国の宰相。オリビア虐待の容疑で、
騎士団を連れて王国から
サイファード領へ立ち入り調査に出向く。
オリビア・サイファード
サイファード家の一人娘。
義母と義妹の虐待を受け、
屋根裏に幽閉される生活を送っていたが、
ひょんな事から前世の記憶を取り戻し、
サイファード家の屋敷からの家出を試みる。
JIYU
KIMAMANA
SEIREIKI

「大丈夫だよ、オリビア。

きちんと下は穿いている」

「そういう問題じゃない！」

流石のオリビアも、
真っ赤になってシリウスに抗議する。

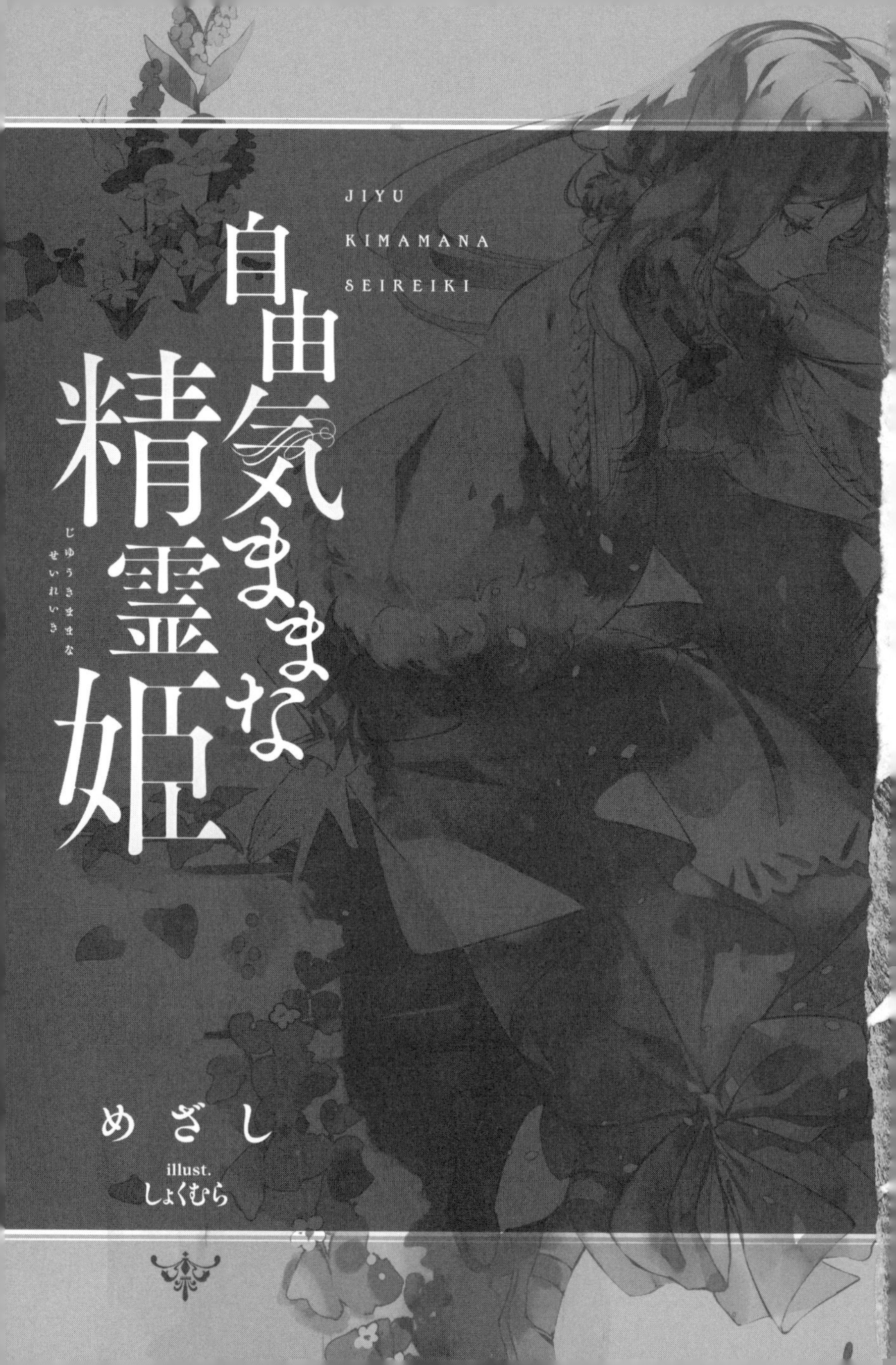

自由気ままな精霊姫《じゆうきままなせいれいき》

JIYU KIMAMANA SEIREIKI

めざし

illust. しょくむら

CONTENTS

デザイン／AFTERGLOW　イラスト／しょくむら

第一章　オリビアの決意と選択

魔法科学の発展と共に、平民でも魔法が使える『魔道具』という物が世界各地で流通し始めたことで、貴族以外の平民からも多くの富裕層が現れ始めた。

長きにわたり続いた貴族制度が廃れ始めたのはそのせいだろうか。

魔道具の研究開発や流通販売を行う四つの独占的企業――通称「四大財閥」が、王侯貴族たちよりも実質強い力を持つようになっていた。

北の財閥。

南の財閥。

東の財閥。

西の財閥。

これら四つの財閥は元々一つの商家から派生しており、四つ全ての財閥当主は等しく『Z』のミドルイニシャルを持ち、家紋には王冠をかぶった二匹のドラゴンが描かれている。その紋章は、この四つの財閥の人間以外は何人《なんぴと》たりとも使うことを許されていない。

そんな強大な四大財閥は、今やあらゆる所に深く根を張っている。

貴族制度が廃れ始めたとは云《い》っても未《いま》だこの世界の国の殆《ほとん》どは封建制であり、表向きは王侯貴族たちが支配していることになっている。

しかし、実質各国を支配しているのはこの四大財閥のいずれかだ。

世界各国の上層部には四大財閥の内いずれか一つの財閥の人間が送り込まれ、世界中の国はまるで世界を四分割するかの如《ごと》くいずれかの財閥の管理下にあった。

——さて、そんな財閥が裏から各国を牛耳るこの世界において。

ここブラン王国は、北の財閥に実質支配される形で世界地図の北方に存在していた。

そしてそのブラン王国内でも最北端に位置する自然豊かなサイファード領は、美しき精霊が作り上げた大地として今もなおその伝承が残っている。

今から二百年ほど前、荒れ果てた未開の地に精霊の女王が降り立ち豊かな森や大地を作った。

それが今のサイファード領の始まりと云われ、この領地を治めるサイファード伯爵家は精霊の血統を継ぐ一族として、ブラン王国の内外を問わず有名であった。

そんなサイファード伯爵家には、一人の娘がいる。

名はオリビア。

彼女は母親譲りのシルバーブルーの髪と瞳を持つ美しい容貌をしていたが、一言でいうと大層奇妙な少女だった。

赤子の頃からあまり泣かず、じっと一点を見つめて、手足をバタつかせることもない。

喜怒哀楽が極端に少なく、静かに佇《たたず》む姿はまるで魂の入っていない人形のようであった。

実の父であるアレクは、そんなオリビアを気味悪がって近付くことはなかったが、母であるシェラは大層可愛《かわい》がっていた。

しかしそんな母シェラも、オリビアが十歳になると同時にこの世を去ってしまった。

「あの、大切な話……相談、あるの」

十二歳になったオリビアは、帰ろうと馬のあぶみに足をかけたアーサーの背中に向かって声を掛けた。

「……？」

滅多に口を開かないオリビアの声に、アーサーは驚いて振り返る。

そこには、いつになく真剣な表情で自分を見つめるオリビアが立っていた。

アーサー・ノルンディー。

ブラン王国内のノルンディー領という、サイファード領に隣接する領地を治めるノルンディー侯爵家の次男であり、現在十五歳になるブラウンの髪と瞳を持つ整った顔立ちの少年だ。

二人が婚約して九年。異様に口数の少ないオリビアであったが、それを理解してくれるアーサーと良好な関係を築いている。

少なくともオリビアはそう感じていたのだが、

「……分かった、次の茶会に」

アーサーは素っ気なく答えながらひらりと馬にまたがると、振り向くことなく彼女の屋敷《やしき》から去っていった。

七日後。アーサーの来訪を使用人から告げられたオリビアは、伯爵家自慢の庭園にある東屋《あずまや》へと足を運んでいた。

庭に出て東屋に向かう小道を歩いていると、遠くから楽しそうな話し声がオリビアの耳に届く。

「すごい！　アーサー様。この領地のことをそこまで考えて下さっているなんて！」

オリビアは足を止め、声の方に視線を向ける。

するとそこには義妹であるアンナの姿があり、アーサーと身体《からだ》がくっつく程の距離で何やら話に花を咲かせていた。

「アーサー様がこのサイファードの地を治められた暁には、きっともっと豊かになるでしょう。母様も申しておりましたわ。この領地は自然豊かだけれど、それだけだって」

アンナの言葉に気を良くしたのか、アーサーは遠くに見える森を指差した。

「ここから見える森の半分を開拓し、貴族の別荘地にしようと考えている。そもそも領地の半分以上が森など、他のどの領地にもありはしない。いくら伝承の残る地だとしても、あまりにも発展途上だ。あの森の木はどこよりも立派で高値で売れるだろうし、自然豊かだから王都に住む貴族たちにも人気が出るだろう。極端に人の出入りが少ないのも問題だが、これからは多くの商人を呼んで移住者を募れば、もっとずっと豊かになるだろう」

「さすがですわ！」

アンナは嬉《うれ》しそうに目を輝かせながら、アーサーの腕にしがみ付く。

その際、彼女の発育の良い胸がしっかり彼の腕に当たっているのは故意だろう。

「たたき台の段階ではあるが、この資料が完成すればきっと国からの補助も出るだろう」

アーサーはテーブルに置いていた資料を掲げながら、意気揚々とアンナに説明した。

確かにサイファード領は、領地の半分以上が森で覆われている。

しかし、それにはきちんとした理由がある。

オリビアは、呆《あき》れたように大きく息を吐きながら再び歩みを進めた。

「あら姉様、お客様をお待たせするなんて感心しないわね」

オリビアに気づいたアンナが、面白そうに声を掛ける。

義妹のアンナは妹といっても数ヵ月違いの同い年で、美しい赤毛と大きな緑の瞳を持つ愛らしい少女だった。

今から約二年前、オリビアの母であるシェラがこの世を去った後、十日と開けずに父であるアレクは再婚して、アンナは義母のローラと共にこの屋敷に招き入れられた。

「……」

使用人に呼ばれてすぐに来たはずだったが、オリビアは素直に頭を下げると二人の対面に静かに腰を下ろす。それと同時に、傍らで控えていた使用人がオリビアの前に紅茶とお茶請けを置いた。

「いい、気にしてない。それでオリビア、僕に話とは？」

アーサーは自身の作った資料から目を離さず、素っ気ない態度で尋ねる。

「……」

オリビアは、無表情のままじっとアーサーの顔を見つめた。

確かにオリビアは彼に言った。

『相談がある』と。

しかし今、傍らには使用人が控え、おまけにアーサーの隣にはアンナがいる。

こんな状況で、一体何を相談しろと言うのだろうか。

「ん？　なんだ？　言っていただろう？　僕に相談があると」

なかなか話を始めないオリビアに痺《しび》れを切らしたのか、アーサーは資料から顔を上げ、今日初めてオリビアの顔を見る。

「え~なになに？　姉様はアーサー様に相談があったの？　それなら私だってあるわ」

会話に入ってきたアンナは、オリビアなどまるでいないかのようにアーサーの方に体を向けると、嬉々《きき》として話し始めた。

「姉様ったら、すごく怖いの。少しマナーが違っていたら、大きな声で怒鳴って頬をぶつの。私、いつも怖くて……それにお金の使い方だって下品で……」

今日アンナは、白いレースをふんだんに使った繊細なドレスを着ており、それに合わせて髪にも白いリボンを付けている。銀糸で細かく刺繍《ししゅう》されたそれらは、日の光を浴びてキラキラと輝き、彼女の美しさを一層引き立てていた。

一方オリビアは、サイズの合わない黄土色のドレスを身に纏《まと》い、無表情で二人の前に黙って座っている。

アンナの大きな瞳がアーサーを見つめると、彼も満更ではなさそうに眉を下げて頬を染める。

その様子を見てオリビアは小さく息を吐くと、紅茶を一口飲んだ。

しかし、余りの塩辛さにすぐに飲むのを止める。

カップの中を覗《のぞ》き込むと、底に大量に塩らしき物が沈澱《ちんでん》していた。

オリビアは早々に紅茶を諦め、今度は皿にのせられたマフィンにフォークを入れる。

しかし何故《なぜ》かカチンと硬い何かにぶつかり、フォークが途中で止まってしまう。

不思議に思って断面を見ると、マフィンの中にいくつもの小さい石のような塊が見て取れた。

チラリと使用人たちの顔を盗み見ると、彼女たちは一様に暗い笑みを浮かべている。

オリビアは諦めてフォークを置いた。

「ね。酷《ひど》いと思いません？　アーサー様」

「そうだね。オリビア、聞いているのか？」

アーサーの声に顔を上げると、何故か彼は眉を顰《ひそ》めてオリビアを睨《にら》んでいる。

「何度も言っているが、余りアンナ嬢を虐《いじ》めるものではない」

「……」

「今日のドレスだって、アンナ嬢にとても良く似合っているじゃないか。いくら妹が美しいからといって嫉妬は醜い。心根の汚い女は幻滅する」

アーサーの言葉に、オリビアは首を傾《かし》げた。

「それに君ばかりお金を使うのではなく、もっと家族のために使うべきだ。これじゃあローラ夫人の打診も考えなくてはならない」

「打診……？」

心当たりのない言葉に、オリビアは小さく復唱する。

「何も聞いていないのか、君は……」

オリビアの反応の薄さに、アーサーは呆れたように溜息《ためいき》を吐く。

「ローラ夫人から、婚約をアンナ嬢に替えないかという話を頂いた。さすがに驚いたが、正直ローラ夫人の気持ちが理解できない訳ではない。はっきり言って、君は僕に相応《ふさわ》しいとはとてもじゃないが思えない」

アーサーは再び大きく息を吐いて、眉間に深く皺《しわ》を寄せた。

「それに、君は病を患っている。そんな身体では、跡継ぎだってろくに産めないのではないのか？」

きっぱりと言い切るアーサーの顔に、一切の迷いがない。

心底オリビアのことが気に食わないと、はっきりそう告げていた。

「……そう、ですか」

オリビアは小さく答えると、それっきり口を閉ざして俯《うつむ》く。

「オリビア、君は……」

アーサーは、忌々しげにオリビアの名前を呼ぶが、

「ねえアーサー様、少し歩きませんこと？　お庭の薔薇《ばら》が綺麗《きれい》に咲いたの。こんな所にいつまでもいたら、あっという間に気分が悪くなりますわ」

アンナは半ば強引に彼の腕を引っ張って立たせると、二人で庭の奥へと歩いていく。

その際、アーサーは俯くオリビアには目もくれなかったが、アンナはわざとらしく振り返ると、意地悪そうな顔で笑った。


今から二百年程前、ブラン王国の北の大地に精霊の女王が降り立った。

彼女は『死の大地』と呼ばれたこの地に水源を作り、草木を芽吹かせ多くの精霊をこの地に呼んだ。その噂《うわさ》を聞きつけた当時のブラン王国の国王は、多くの供物《くもつ》と引き替えに女王にこの地に留まってくれるよう請願した。

すると、気まぐれな女王は言った。

『飽きるまで』と。

百年後までいるかもしれないし、千年後かもしれない。もしかしたら、ほんの数刻後にはいなくなっているかもしれない。

全ては女王の気分次第。

それでも国王は彼女の言葉を喜んで受け入れ、王都に女王を祀《まつ》る神殿を造った。

それから彼女に、体面的な爵位と既に楽園となっている土地を領地として贈った後、彼女の気分を害さないように他の貴族たちにしっかりと言い含め、ブラン王国に属してはいるものの、彼女の領地全体に治外法権を適用させた。

それ以来、この領地は精霊の女王の子孫であり精霊の血を引くサイファード伯爵家が治め、豊かに生い茂る森はいつしか『女王の森』と呼ばれるようになった。

オリビアとの婚約が決まったアーサーは、父であるロドリー・ノルンディー侯爵からサイファード家の歴史や伝承を嫌というほど叩《たた》き込まれた。

そして、サイファード家がいかに我々にとって大切か、オリビアと婚約できたことがどれほど名誉なことなのかを延々と聞かされ続けた。

『常にどんな時も、オリビア様の意思を尊重して行動せよ』

言われ続けたその言葉は、いつしかアーサーの中で澱《おり》となっていく。

彼には、五歳上の兄がいる。勉強も魔法も剣術も優秀で、将来有望な侯爵家の跡取りである。

アーサーはどんなに頑張っても兄には遠く及ばず、認められることのない彼のスペアであった。

しかし王命によりオリビアとの婚約が決まった際、自分に向けて誇らしそうに頷《うなず》く父ロドリーの顔を見た瞬間、アーサーは今まで経験したことのない高揚感を覚えた。

これでようやく自分を見てくれる！

しかし喜び勇んだのも束《つか》の間《ま》。

口を開けば『オリビア様、オリビア様、オリビア様』。

ロドリーは少しもアーサー自身を見ることはなかった。

自分は、たかが伯爵家の女にすら負けているというのか？

どうして自分よりも爵位の低い家を、敬わなければならないのか？

なぜ男の自分より、女のオリビアの方が大切なのか？

アーサーは答えの出ないこの問いを繰り返すうち、いつしか暗い感情が芽生え始める。


「アンナ。君は可愛いな。オリビアとは大違いだ」

庭に咲く美しい薔薇を見ながら、アーサーはポツリと呟《つぶや》いた。

アンナは「うふふふ」と笑いながら、彼の胸に身体を預ける。

オリビアは無口で可愛げもなく、会話も弾まない。というか全く成立しない。

初めての顔合わせの時ですら、アーサーはオリビアのことを気持ち悪いと感じた。

確かに外見は、人形のように愛らしかった。

しかしどこを見ているのか分からない空虚な瞳と、喜怒哀楽が一切ない彼女の表情は、同年代の子たちとは明らかに違っていた。

アーサーは子供心に怖かった。

あの瞳でじっと見つめられると、全てを見透かされているような落ち着かない気持ちになる。

義務として行われる七日に一度の茶会ですら、彼にとっては苦痛でしかなかった。

しかし二年前、オリビアの実母が亡くなったことで状況が一変する。

オリビアの義妹となったアンナが、アーサーに懐くようになったのだ。

天真爛漫《てんしんらんまん》な彼女は喜怒哀楽が非常に分かりやすく、一緒にいてとても安心できる。

アーサーはこれ幸いと、オリビアとの茶会に彼女を招待した。

そのお蔭《かげ》で苦痛だった茶会は和やかになり、終始アンナとの会話を楽しむことができた。

「お可哀想《かわいそう》なアーサー様。あんな気味の悪い姉様が婚約者だなんて……」

アンナは上目遣いでアーサーを見つめる。

「ああ、本当に……。君が僕の婚約者だったらどれだけ良かったか……」

アーサーは大きく息を吐く。

「大丈夫ですわ。きっと母様が何とかしてくれます。私もサイファード家の娘ですもの」

アンナは嬉しそうに微笑《ほほえ》んだ。

しかしアーサー自身、それが不可能であることはよく理解していた。

貴族は、血筋を何よりも重要視する。

彼は、サイファード家の血を引くオリビアと婚姻しなければならない。

それがノルンディー侯爵家、ひいては国の意向である。

しかし……。

もし……。

もしオリビアがいなければ。

もしオリビアさえいなければ？

もしアンナが自分の婚約者であったなら？

自分はもっと楽に生きられたのだろうか？

そう考えずにはいられなかった。

「ごめんアンナ。気持ちは嬉しいが、オリビアがいる以上それは不可能だ」

力なく呟いたアーサーは、改めて思い知らされる現実に気分が一気に下降し始めるが、何とか頭を振って思考を切り替える。

四年後、オリビアが成人した際に自分は彼女と婚姻し、サイファード伯爵家に婿入りしなければならない。これは、覆らない決定事項だ。

しかしそれならば、自分が領地を治めた際には誰もが驚く領地にしよう。

多くの事業を手掛け、ノルンディー領よりも豊かにし、兄を超え、今度こそ父に認めてもらおう。

決意を新たにすることにより、すっかり気分が戻ったアーサーはアンナの頭を優しく撫《な》でる。

しかし彼は、自分の隣でひそかに恐ろしい表情をしたアンナに、最後まで気づかなかった。

「お嬢様、お部屋へ」

二人が去った後、東屋で一人座ったままのオリビアに使用人が声を掛ける。

しかし、オリビアは俯いたまま動かない。

「お嬢様、お部屋にお戻り下さい。奥様のご命令です」

使用人が再度冷たく言い放つ。

オリビアは諦めたように溜息を吐くと、自室のある屋根裏へと戻った。

部屋に入ると案の定、外から鍵が掛けられる。

オリビアの部屋は屋根裏にある。

簡素なベッドと古びた机と椅子、空っぽのクローゼットと姿見が置かれた狭い室内で、奥にある扉を開けると備え付けの便器があるのみだった。

机の端に置かれたトレイには、カビの生えたパンと、明らかに異臭漂うスープが置かれていたが、オリビアはそれを無視して机の引き出しを開けて一枚の紙を取り出した。

そこには数人の名前が書かれており、彼女はその中の『アーサー』の文字に大きくバツを付けた。

「はぁ～～ダメだった。昨日まではアーサーが力になってくれるかもしれないって期待してたけど、あれは無理だわ～～。私ってば、相当嫌われてるみたい」

オリビアは机の角に腰掛けると、先程の紙を指で挟んでぴらぴらと動かした。

窓から外を眺めれば、美しく咲いた薔薇が見える。

窓を開けると優しい風が室内に吹き込み、オリビアは少し身を乗り出して大きく息を吸い込んだ。

目の端に抱き合っているアーサーとアンナの姿が映るが、特に気にすることなくオリビアはゆっくりと身体を戻した。

「しかしまぁ……。こんな状況、よく我慢できたものだわ」

オリビアはぼやきながら、ぴょんっと机から降りると姿見の前まで歩く。

母親譲りのシルバーブルーの髪と瞳を持つとんでもない美少女であっただろう外見は、今や見る影もない。

艶のないパサパサの髪と、痩せ細った身体。

手入れのされていない肌と唇はカサカサで、とても十二歳の少女には見えない。

痩せ細った身体に、唯一持っている大きすぎる黄土色のドレス。

裾を捲《めく》ればいくつかの痣《あざ》が見て取れた。

「可哀想に……」

オリビアはどこか他人事《ひとごと》のように呟くと、自身の映った鏡の表面を指先で優しくなぞる。

二年程前、オリビアの母シェラがこの世を去り、彼女の生活は一変した。

葬儀から十日もしないうちに、父アレクがローラとアンナを屋敷に迎え入れたのだ。

彼女たちも最初は優しかった。

しかし、すぐにオリビアを疎ましく思い始めたのだろう。

『鬱陶しい』『気味が悪い』と罵り始め、オリビアを屋根裏部屋に放り込み、いつしか外から鍵を掛けて閉じ込めるようになった。

古くからいた使用人たちはいつの間にか姿を消し、屋敷内にはオリビアの知らぬ者ばかり。

最近ではストレス発散と称してローラやアンナがオリビアの背中を押したり足を引っかけたりす

るので、新しい使用人たちもそれに便乗して収拾が付かなくなっている。

食事も腐りかけの物を出されたり、一日まるまる抜かれることも多々あった。頼みの綱である父アレクは王城勤めで、一年の殆どを王都で暮らしているためにここにはいない。

こんな現状を知る由《よし》もないし、知ったところで気味が悪いという理由で会おうとはしないだろう。

オリビアは、改めて手に持った紙を眺める。

アレク（父）・シェラ（母）・シリウス（母の知人）・ローラ（義母）・アンナ（義妹）・アーサー（婚約者）。

ほぼ監禁されているために仕方がないが、いかんせん彼女の交友関係は異常に少なかった。

「はあ～。あと頼れそうなのは、シリウス兄様だけか……」

オリビアは大きく息を吐くと、ドカッと床に胡坐《あぐら》をかいた。

さて、どうして彼女の態度がこんなにも大きいのかと言うと、昨晩、オリビアは空腹のせいで立ちくらみを起こし、運悪くベッドの角に頭をぶつけてそのまま気を失ってしまった。

勿論《もちろん》、助けてくれる者などいない。

しばらく気を失っていた彼女だったが、自分のお腹《なか》の音で目を覚ました時、自分がかつて全く別の世界で生きていた時の記憶を思い出したのだった。

「はあ～～、昨日はほんと酷い目にあった。めちゃくちゃ痛かったし……」

オリビアは昨晩の出来事を思い出し、ベッドの角に盛大にぶつけた後頭部をさする。

今はすっかり元通りだが、昨夜は大きなたんこぶができていた。

オリビアは昨晩、怒濤《どとう》の勢いで流れ込んでくる記憶に痛みと空腹がプラスされ、ひとまずそのままふて寝を決め込んだ。

しかし今、改めて手の中の紙を眺めつつ、現状を整理するべく考えた。

「やっぱり、これって、前世の記憶……とか？」

しかしそれは『前世を思い出した』と言うより、自分が他人の身体に入ったような感覚だった。

地球という名の星に住んでいた自分。

この世界とは全く違う衣食住の概念を持ち、会社でバリバリ働く自分。

それは、空想にしては余りにもしっかりとした記憶だった。

パソコンやスマートフォン。

当たり前に使っていた道具が、今手元に無いことが不自然に思えるほどだった。

しかし不思議な事に、過去の自分の名前や年齢、住所や家族構成のような個人を特定できる情報は何故かさっぱり思い出せなかった。

オリビアは座り込んだまま周囲を見回した後、自分の手の平をじっと見つめる。

何度かグーパーグーパーと繰り返しているもののその視点は定まらず、頭の中はひっきりなしに動いていた。

大雑把に説明すると、この世界は電力を魔力に置き換えたような世界だった。

ブラン王国は小国の上に発展途上国であるため、サイファード領含め先進的な物は殆ど存在しないが、先進国にはスマホやタブレットのような機器が存在する。

しかしその動力は電気ではなく魔力であり、この世界ではそういった魔力を元に動く機器全般が

「魔道具」という名前で呼ばれていた。

そしてこの「魔道具」の存在が、この世界全体で王侯貴族の力を弱める原因となっていた。

元々魔法を使えるのは、全人類の三割程度の人間だけ。

更にその三割の人間のほとんどが王侯貴族に集中しているため、王侯貴族には絶対的な力があった。

しかし昨今、魔獣を殺した際に手に入るコア――いわゆる魔石から魔力を抽出して、その魔力を元に動く「魔道具」が登場し、魔道具を買う金さえあれば平民でも先進的な生活が送れるようになった。よって王侯貴族の力は相対的に弱まり、魔道具の開発や販売を行う財閥の方が強大な力を手にするようになっていた。

オリビアは何とか記憶の中の世界と現状の折り合いを付けながら、今いる世界の中で自分の置かれている状況について分析を始める。

自分は精霊の血を引くサイファード家直系の娘であり、魔力の元、根源である「精霊の力」を使うことができる。

そしてこのサイファードの土地は、精霊の力無しには今の自然環境を保つことができない。

母シェラが亡くなった今、サイファード直系の子孫として精霊の力を使えるのは私ただ一人。

つまり今私がこの地を去れば、この土地は終焉を迎える。

それはこの土地に伝承として伝わっており、ここの人間であれば誰でも知っている事実のはず。

しかし、ここの人間たちは明らかに自分を不要だと思っている。

自分がこの地を去ってしまったらどうなるのか、彼等《かれら》は理解できないのだろうか？　それとも魔道具さえあれば精霊の力がなくとも何とかなるとでも思っているのか？　魔獣のコアから抽出されたささやかな魔力が、その根源である精霊の力と同じ力を持っている筈《はず》なんてないのに。

オリビアは純粋に疑問に思う。

――ただ、世界背景的にそれも仕方がないことなのかもしれない。

魔道具の登場により、魔法は魔道具さえあれば誰でも使える特別でも何でもない力として認知されるようになった。

このサイファード領を含むブラン王国はまだ豊かではない発展途上国なので魔道具はほとんど普及していないが、それでも魔法が一般的な力になりつつあることは皆知っている。結果、魔法を使える人間が昔ほど大切にされなくなってしまったのかもしれない。

加えて人間の平均寿命が六十歳前後のため、二百年以上前の精霊に関する伝承はおとぎ話のような認識となり、精霊や精霊の血を継ぐ者の存在はすっかり忘れさられたのだろう。

そんな風にオリビアが考えていた時。

ぎゅるるるるるるるる～。

腹から伯爵令嬢にあるまじき爆音が響いた。

「流石《さすが》にお腹すいた……」

周囲を見回すと、いつの間にか辺りはすっかり暗くなっている。

オリビアは一旦考えるのを止め、立ち上がってベッドサイドにあるランプに火を点《とも》す。

その後扉まで歩くが、案の定外側から施錠されており開く気配はなかった。

今朝から何も食べていない。きっとこのまま夕食も抜かれるだろう。

オリビアはおもむろに窓の外に視線を移すと、ガーデンライトに照らされた庭先にある真っ赤な果実を実らせた木に向かって右手を上げた。

『——この手に』

そう呟きながら手の平を広げると、虹色の光と共に果実が手の中に現れた。

彼女はこのように配膳されない日は、自らの魔法で食べ物を手に入れている。

しかし勿論、この家の者は誰も気づいていない。恐らく魔法を使える事すら知らないだろう。

大体十二歳の育ち盛りの子供に、一日一回の食事と、身体を拭く水も三日に一回しか与えないなど冬はともかく、真夏の屋根裏部屋では暑くて簡単に脱水症状で死んでしまうだろう。

それで平然と過ごし、身綺麗にしていられる人間などいるはずがない。

オリビアは、果実を着ているドレスの裾でキュッキュッと拭いてバクリと齧《かぶ》りついた。

一日ぶりのまともな食事に、頬《ほ》っぺたがぎゅうっと痛む。

オリビアは一心不乱に貪り食い、一個では足らず二個目を追加し、食べ終える頃にようやく落ち着きを取り戻した。

「ふう〜食べた食べた〜」

口元に垂れた果汁を大胆に袖で拭き取ると、彼女は満腹の身体を引きずってベッドに仰向けに寝転んだ。

「何はともあれ、早々にこんな場所から抜け出そうっと……」

ゴロゴロとベッドの上を転がりながら呟く。

屋敷も爵位も領地もいらない。全部捨てる。

そもそも何故、この状況に耐えていたのだろうか。

いや、違う。

耐えていたのではない。観察していたのだ。

幼い頃からの記憶を覗くと、オリビアには人間らしい思考や感情がほぼなかった。

ただただ観察している。

ここは自分がいるべき場所なのかどうか。

シェラが去ったように、自分も去るべきなのか。

そしてアーサーに『相談』を持ちかけた時、すでに答えは決まっていた。

ここを去ると。

律儀にも、彼にそれを告げるつもりでいた。

そもそもオリビア自身、アーサーに恋心など抱いていない。

過去の記憶を覗く限り、彼に対する感情は極めて『無』に近かった。

ただ単に『七日ごとに会いに来る顔見知り』程度の感覚で、彼に対するあまりの塩対応ぶりに、今のオリビアは申し訳なくなる程だった。

「さて、オリビア。取りあえずここをどうやって抜け出す？　脱出のためには協力者が必要よ？　でも誰に求める？　どうやって？」

オリビアは自身に問いかけながら勢いよくベッドから起き上がると、先程の紙を再び手に取る。

「もう一度考えよう。え～っと、まずシェラお母様は亡くなっているから無理。ローラ、アンナは論外。アーサーも今日はダメだったし……アレクお父様は……。いや、あの阿呆《あほう》は駄目だ」

口からさらっと悪口が出る。

「あいつは、ヘタレだし女にだらしないし見る目がない。そもそもローラと婚姻するなんてどうかしてる」

きっと、アレクはシェラを愛していたのだろう。

葬儀の時の憔悴した顔が、はっきりとそれを物語っていた。

しかしそんな辛《つら》さの中、後先考えず毒女に癒《いや》しを求めてしまったのが運の尽き。

母を失ったばかりの実の娘をほったらかし、来たばかりのローラに屋敷を任せっきりにするなど、不誠実にも程がある。

「となると、やっぱり頼れるのはシリウス兄様しか残ってないか……」

幼い頃、良く遊んでもらった母の知人でお兄さん的存在。

ここ二年程忙しくて会っていないけれど、ひたすら甘やかしてくれた記憶だけはある。

毎年誕生日には部屋に入り切らない程のプレゼントが届いたし、母シェラの葬儀にも立派な花を送ってくれていた。

彼ならば、私がここを脱出した後に私をかくまってくれるかもしれない。少なくとも、脱出した後にサイファードの屋敷の連中から逃げ続けるような逃亡生活なんて絶対にイヤ。

だがしかし、助けてもらおうにも彼の連絡先を知らない。

魔道具のタブレットなんかがあれば、メールみたいにすぐに連絡の一本でも送れたのかもしれないが、この発展途上のブラン王国の更に最北端の田舎領にそんな魔道具があるわけがない。

「いきなり壁にぶち当たった……このブラン王国の人たちって、魔道具無しで遠く離れた友達とかに一体どうやって連絡取ってるのかなぁ？」

何か手立てはないものかと辺りを見回すが特にこれといった物はなく、床には先程食べた果実の芯が転がっているだけだった。

見つかると色々面倒なので、芯を手に取り窓の外へと放り投げる。

「とりあえず、証拠隠滅っと」

オリビアは、パンパンと両手の平を叩きながら呟く。

「う～ん。となると、やっぱり手紙とか？　でもシリウス兄様の住所分からないから、魔法でどうにかするしかないか……。う～ん。配達、届ける……伝書鳩《でんしょばと》とか？」

伝書鳩なら住所の表記が分からなくても、シリウス兄様の元に手紙を届けられるかもしれない、多分。

よし、思い立ったが吉日。

オリビアはそう考えるとすぐさま引き出しから紙を取り出し、シリウスとブラン王国の国王に向けて手紙を書き始めた。

『シリウス兄様、お久しぶりです。オリビアです。突然のお手紙ごめんなさい。もう兄様にしか頼れないのです。母が去って二年余り。現在私は義母と義妹に屋根裏部屋に閉じ込められ、食事もままならない状況におかれております』

悲壮感漂う書き出しから始まった手紙には、自分は三日以上まともに食事をとっていないこと、言葉にするのも憚《はばか》られるような陰湿ないじめを受けていること、全てを捨ててこの地を離れる決心をしたこと、自分が去った後、もしもの時は手を貸して欲しいので連絡先を知りたい等々書き記した。

若干盛ってはいるがオリビアは気にしない。

多少大げさにした方が、きっと読み手もドキドキハラハラを楽しめるだろう。

彼女は出来上がった手紙を満足気に読み返した後、今度は国王宛ての手紙に取り掛かる。

しかし……。

「面倒くさっ……」

シリウスの手紙に全力を注ぎすぎたためにすっかりテンションが下がったオリビアは、とんでもなく簡潔に、いや、正確に言うと紙の真ん中に一行のみ書くと早々にペンを置いた。

「ふぅ、取りあえず完了っと」

それぞれの紙を綺麗に折りたたむと、しっかりと魔法で封印する。

もしこの手紙がブラン王国の国王の元に届いたら、きっとブラン王国は大混乱に陥るだろう。

二百年前とは違い、今サイファード領がブラン王国のものになっているのは、サイファード家がブラン王国と盟約を結んでいるからだ。

つまり私が脱出して、直系の子孫が一人もいなくなればその盟約の効果は消えてなくなる。

そうなればサイファード領が他の国に取られる可能性もあり、アレクとローラ、アンナはこの地から立ち退きを命じられ路頭に迷うことになる上、ブラン王国が被《こうむ》るだろう経済的なダメージも計り知れない。

「……けどまあ、仕方ないよね！　ちょっと可哀想な気もするけど、私もうここにいたくないし！」

オリビアは腕を組んでうんうんと頷く。

「あとは鳥！　手紙を運ぶめちゃくちゃ速い鳥！」

オリビアは両手で光の粒子を練り込み、あっと言う間に魔法で虹色に光る二羽《わ》の鳥を生み出した。

「あ、あれ？　なんかイメージと違うなぁ……」

速さを追求したせいだろうか、鳩のような大きさを想像していたにもかかわらず、生み出されたのは鷹《たか》や鷲《わし》のような結構な大きさの鳥だった。なかなかの貫禄《かんろく》である。

「ま、いっか～。なんか恰好良《かっこうい》いし、速そうだし！」

オリビアは気を取り直すと、着ていたドレスの内ポケットから一本のリボンを取り出しシリウス宛ての手紙を鳥の足にしっかりと結んで固定した。

これが道標になってくれるだろう、多分。

「シリウス兄様からのプレゼント」

オリビアは、結んだリボンの表面を優しく撫でる。

シリウスが贈ってくれるプレゼントはどれも色取り取りのリボンで美しく飾られており、毎回デザインや色は違うが、必ず銀糸で王冠をかぶった二匹のドラゴンと、鈴蘭《すずらん》の花の刺繍が入っていた。

これは、シリウスが贈ってくれたプレゼントの中で唯一手元に残った物で、それ以外は全て義母たちに取り上げられてしまっていた。

ちなみに国王の手紙は、黄ばんでカピカピになったタオルを裂き、その端切れで結んだ。

「んじゃあ、よろしく！　そのリボンの贈り主の元まで届けてね！　王様は……きっと王都の城にいるからすぐに分かるはず、うん！」

彼女は鳥に話し掛けた後、勢いよく窓から夜空に放した。

羽音が一切しない二羽の鳥は、まるで流星のように虹色に光り輝きながら遠くの空へと飛んで行く。正直無事届くかどうかなど全く分からないが『まあ、魔法がどうにかしてくれるでしょ』と、根拠のない自信を胸に、オリビアは光が消えるまでしばらく空を眺めていた。

「無事に届きますように」

何となくオリビアは、星が輝く夜空に向かって柏手《かしわで》を打つ。

後にこの手紙のせいで、ブラン王国は地図上からきれいさっぱり姿を消すことになるのだが、この時のオリビアはそんなこと知る由もない。

今はただ『送った手紙、ちゃんと届くといいな〜』という軽い気持ちを胸に、彼女は眠りについたのだった。

第二章　手紙の行方と青い鳥

とある北の大地。

ブラン王国より更に北に位置する、地図には載っていない広大な土地。

この場所に、四大財閥の一つである「北の財閥」ホワイトトレイ家の城――ノルド城は存在する。

その巨大な白亜の城の正面、噴水を囲んだロータリーに滑るように一台の重厚な馬車が入ってくる。

黒と焦げ茶のシックな色合いのそれが城の正面に静かに停車すると、控えていた使用人がその扉を開けた。

そこから二人の長身の男が降り立つと、入口付近に整列していた使用人たちが一斉に頭を下げる。

「お帰りなさいませ」

「久しいな、お前たち。変わりはないか?」

男はぐるりと使用人を見渡し、優しい声色で微笑《ほほえ》む。

彼の名はシリウス・Z・ホワイトトレイ。

今年二十二歳になるこのノルド城の城主にして、「北の財閥」ホワイトトレイ家の若き当主。

綺麗《きれい》にカットされた明るい金髪と、切れ長のコバルトブルーの瞳。

恐ろしく整った顔は、体温を感じさせない陶器の人形のように見える。

真っ白いスーツと、きっちりと締められたタイ。

ピカピカに磨かれた靴と汚れのない真っ白いグローブを身に着けている姿は、彼が少々潔癖であることを物語っていた。

彼の姿を初めて見た者は、纏《まと》う冷たい雰囲気に身震いするが、懐に入れた者にはとても優しく、この城にいる者たちは皆それを良く理解していた。

そんな彼の側に控える、側近兼秘書のリシュー・ホワイトレイ。

彼はシリウスの従弟であり、幼馴染《おさななじみ》だった。

水色の髪と瞳に銀縁眼鏡がトレードマークの彼は、小さい頃からシリウスの片腕として共に育っており、シリウスの最も親しい人間の一人である。

「急ぎの案件を終わらせた後、先程話した通りすぐにサイファード領に向かう。転移魔法陣の準備を」

「承知しました」

シリウスの言葉にリシューが頷《うなず》く。

――シリウスはこのホワイトレイ家の城に馬車で帰ってくる途中、魔法で作られたと思われる鳥から一通の手紙を受け取った。

そこに書かれている内容を見て驚いたシリウスは、すぐ様サイファード領に行くことを決意し、リシューにスケジュールの調整を命じたのだ。

シリウスとリシューは城に入ると、書斎へと続く広くて長い廊下を足早に歩く。

北の大地にポツンと建つこの城には、どこかに続く道すらない。

ここは、限られた者のみが転移魔法で来ることのできるシリウスの拠点であった。

二十歳の時に父であるダリルからホワイトレイ家の当主に任命された彼は、すぐさま引き継ぎ期間に入った。

北以外の〝東南西〟の三財閥への顔見せが主な最初の仕事だったが、何やかんやで二年も世界各地を転々としなければならなかった。

そんなシリウスが、シェラがこの世を去ったことを聞いたのもこの二年の間だった。

彼女の葬儀には父ダリルが参加したのだが、できることなら自分も参加したかった。

尊き精霊の女王が治める地。

ダリルとシェラが旧友ということもあり、シリウスは幼い頃からダリルに連れられて頻繁にサイファード領に足を運んでいた。

しかしここ二年程は三財閥への顔見せや諸々《もろもろ》の仕事もあり、どうしてもサイファード領へと足を伸ばす時間を取ることが出来なかった。

その結果、こんな手紙を受け取るまでサイファード家の状況がひどくなっている事に気づけなかったシリウスは、ただただそのことを悔やんでいた。

シリウスは溜息《ためいき》を吐きながら、手紙と共についていたリボンを握り締める。

「……ああ、愛《いと》しいオリビア、本当にすまない。シェラ様がお隠れになってその上こんな事になっているなどと……私は一切気づいてやれなかった……」

シリウスとリシューが共に書斎に到着すると、デスクの傍《そば》に控えていたロマンスグレーの髪が美しい壮年の専属執事セスが出迎えた。

「セス。急ぎ命じた件について、サイファードの調査はどこまで進んでいますか？」

リシューが問う。

実はシリウス、オリビアからの手紙を馬車の中で受け取るや否や、リシューを通してセスに最近のサイファード領について調べるよう魔法で指示を送っていた。

いかに専属執事セスといえど、シリウスと直接話す機会は非常に少ない。全ての指示や命令はリシューを介して行われることが殆《ほとん》どで、それ程までにシリウスの地位は高いのだ。

「はい、リシュー様。つい先程取りまとめが完了致しましたので、すぐにデータをお送り致します」

シリウスとリシューは自身のタブレットを取り出すと、セスから送られてきたデータに目を通す。

「……その、リシュー様。調査内容なのですが……」

「何ですか？　セス」

珍しく口ごもるセスに、リシューはタブレットから顔を上げる。

「実は……今回リシュー様からご連絡を受ける以前よりサイファードに不審な動きが見られていたため、私の独断でサイファード家周辺を調べておりました。報告が遅れたと共に勝手な行動をしたことをお許し下さい」

セスは更に深々と頭を下げた。

本来許可なくサイファードの領地を勝手に探るなど、その地が仮に北の財閥の管理下にあったとしても許される行為ではない。

が、それにもかかわらず優秀なセスが調査に乗り込んでいたということは余程のことがあったのだろう。リシューはそう理解し、黙ってセスの言葉に耳を傾ける。

「我々は今年もシリウス様のご希望の品々を、オリビア様の誕生日に合わせてサイファードの屋敷《やしき》にお贈り致しました」

「そうですね。確か今年はドレスや茶器セットなどを商人にサイファードの屋敷まで届けるよう、セスに手配をお願いしましたね」

リシューは頷く。

「はい、その通りでございます。しかしその後、オリビア様の誕生日に合わせてサイファード家に贈り物を届けた商人から、サイファード領に入る手前で全ての荷が止められ、結構な額の通行料を払うことになったと報告を受けたのです」

その言葉にリシューの眉がぴくりと動く。

「……サイファード領の関所が通行料を要求したなどという話、私は一度として聞いたことがありませんが」

「はい、リシュー様。しかし実際商人は法外な通行料を提示されました。商人としてもオリビア様へのプレゼントを運ばない訳にはいかず、言われた通りの通行料を支払ってサイファードの屋敷までその荷物を運んだそうです。そして屋敷につくと、荷物の量が多かったことから屋敷の執事が五人の使用人を呼び、その荷物を屋敷の中へと運んだ。……しかし商人がその様子を観察していると、何故《なぜ》か顔見知りの使用人が一人もいないというのです」

「……それはまたどうして」

リシューは問う。

「商人が尋ねたところ、どうやら元いた使用人たちは同じ時期に全員辞めてしまったそうです。そして全ての荷を届け終えた商人は帰り際、そのサイファード家の執事から今後贔屓《ひいき》にしてほしくば袖の下をよこせと言われたそうです」

「……」

「……」

シリウスとリシューは黙ったまま、表情を変えずに話を聞いている。

「どう考えても今までのサイファード領にはあり得ないことだったため、私はその商人から連絡を貰《もら》った後、隣の領地であるノルンディー領でそれとなく情報収集するよう命じました」

成程、確かに私でもそうする。

リシューはそう思い頷いたが、その後発せられたセスの言葉に驚いて目を見開いた。

「すると最近になってようやく、ノルンディー領の商会にこれらの品々が持ち込まれていることが分かりました」

セスは、後ろに控えていた使用人からトレイを受け取る。

そこに置かれていたのは、シリウスとリシューにとって非常に見覚えのある代物だった。

優雅な曲線を描いた真っ白い器に、銀色の鈴蘭《すずらん》が繊細に描かれている茶器。

一見しただけでも大層値が張る逸品だと分かる。

リシューは、おもむろにカップを手に取って裏面を確認する。

そこには案の定ホワイトレイ家の刻印が押されており、この茶器がシリウスがオリビアの誕生日に贈ったプレゼントである事は明らかだった。

シリウスが黙ってそれを見つめる中、リシューはセスに尋ねた。

「つまり、この品をノルンディー領の商会に持ち込んだ者がいると？」

「はい。持ち込んだのは、サイファード家の使用人とのことです。この茶器以外にも、同じようなルートで数点の食器とドレスが持ち込まれておりました。ノルンディーの商会はまさかそれがオリビア様に贈られた誕生日プレゼントだとは知らず、全て無難な金額で買い取り、今後も贔屓にしてもらえるようサイファードの人間に金貨を握らせたそうです。ただそのあと商会の代表がホワイトレイ家の刻印が入っていることに気づき、青ざめながらこちらに報告をあげようとしていたところだったようです」

そう言うと、セスは後ろに積まれたいくつかの箱を指差した。

「そして今朝、横流しされていた全ての品を回収致しました」

「成程、良くやりました」

リシューは軽く息を吐く。

そもそも、これらに値段を付けることなど出来ない。

全てシリウスがオリビアのためだけに作らせた一点物であり、もし市場に出回ったならば、茶器一つで屋敷が建つほどの代物だ。

「……この事態は異常です。特にシェラ様がお亡くなりになられた後のサイファードは明らかにおかしく――」

「分かりました、もう結構ですよ。セス」

リシューはセスの言葉をやんわりと遮り、シリウスの顔を盗み見る。

一見無表情ではあるが、付き合いの長いリシューには彼が大層怒り狂っている様が見て取れた。

「……リシュー。念のため救護用の馬車と治療に当たれる部下二名を連れ、今すぐに転移魔法でサイファード領内に飛べ。私は急ぎの案件を終わらせた後すぐに合流する。サイファード家に訪問許可を取る必要はない」

「かしこまりました、シリウス様」

リシューはすぐに執務室から出ると、自身の部下の中でも特に優秀な二人である女医のバジルとメイドのミナを呼び出す。

それから最低限の準備だけを済ませるとその部下二人と共に馬車に乗り込み、魔法陣から一瞬にしてサイファード領に飛んだのだった。

＊＊＊

ブラン王国の国王、グレオ・ブランの執務室に魔法の鳥が手紙を持って飛び込んできたのは昼過ぎのことだった。

突然部屋中が凄《すさ》まじい光に包まれ、室内で書類の確認をしていた国王グレオと宰相のシルフィー、その他数人の文官たちは余りの眩《まぶ》しさに目を瞑《つぶ》る。

しばらくして目が慣れてくると、机の上に虹色に輝く結構な大きさの一羽《わ》の鳥が佇《たたず》んでいることに気づいた。

余りの出来事に一同が呆然《ぼうぜん》としていると、その鳥はあっという間に光の粒子となって消え去り、そこに一通の手紙と端切れだけが残された。

「……な、何事だ」

グレオの綺麗に撫《な》で付けられたダークブラウンの前髪が、先程の衝撃で僅かに乱れている。目尻の皺《しわ》が目立ち始めた浅黒い顔を顰《しか》めて遠巻きに見ていると、宰相であるシルフィーが躊躇《ちゅうちょ》せずにその手紙に手を伸ばした。

シルフィーは二十八歳にして宰相を務める青年で、銀の髪と瞳を持ち、美しい外見と優秀な頭脳で諸国でも知らぬ者がいないほどの有名な人物であった。

彼はモノクルをカチリと上げると、その美しい顔をピクリとも動かさず、手紙の封に使われた魔法印を確認する。

「どうやらサイファード家からの手紙のようです」

抑揚のないシルフィーの言葉に驚いたグレオは、すぐに彼に手紙を読むように顎で合図を送る。

それを受け、宰相のシルフィーは丁寧に手紙を広げると書かれた内容を音読し始めた。

『この地を去ります。　オリビア・サイファード』

余りにも簡潔に書かれたその手紙の内容に、一同が息を飲む。

シルフィーは読み終えた手紙をグレオに差し出すが、彼は渡されるよりも先に強引にそれを毟《むし》り取《と》ると、小刻みに震えながら穴の開くほど凝視した。

「……これは、真《まこと》か？」

「残念ながら、印は本物のようです」

シルフィーは無表情で答える。

するとグレオは突然立ち上がると、手紙を机に叩《たた》きつけ、そして叫んだ。

「……おい、誰でもいいからすぐにサイファード領へ向かわせろ！　何としてもオリビアを捕まえるのだ!!」

「承知致しました。早馬にて騎士を数名向かわせます。現状把握も兼ねて私もこの後現地に向かいます」

シルフィーは、感情を窺《うかが》わせない口調で静かに答えた。

グレオはギョロギョロとしたダークブラウンの瞳をギラつかせ、真っ赤になって怒鳴り散らす。

「シェラが亡くなった今、サイファード家の唯一の直系子孫であるオリビアにまで失踪されたら大変なことになるではないか！　くそっ！　まずい、まずいぞ！　最悪国が終わる……」

グレオが焦るように怒鳴り始めた理由はただ一つ。

サイファードの土地からサイファード家直系の子孫が一人もいなくなれば、ブラン王国がサイファードの領地を所有する権利を失うからである。

国が領地を所有する権利は、その領地の直系の子孫との盟約により発生する。

それは、いかにサイファード領といえども例外ではない。

元当主であるシェラと交わされていた盟約はシェラの死と共にオリビアへと引き継がれており、ここでオリビアに逃げられでもすれば盟約は効力を失い、サイファード領はどの国にも属さない独立領地となってしまう。

そうなればサイファードの土地の獲得を巡って各国が戦い始めるのは火を見るより明らかだ。

精霊の伝承が伝わる土地だかなんだか詳しいことは知らないが、サイファードは観光地として我が国の貴重な収入源の一つであり、その伝承のお陰で王都にある神殿への寄付も周辺国から莫大な額が寄せられている。今ここで手放したらこの国はいよいよ終わる。

——それこそ、これをきっかけに我がブラン王国が「北の財閥」に見放されでもしたら、全てが台無しだ。グレオはそう考え、ただただ焦っていた。

「くそっ、こうならないように隣のノルンディーの息子との婚約を命じたのに、ノルンディーのアーサーは一体何をやっている‼　何でオリビアを繋《つな》ぎ留《と》めなかった⁉」

怒りまかせに何度も机を叩く。

彼の余りの剣幕に、文官たちは震え上がった。

「その辺りも確認して参ります」

淡々と答えるシルフィーの姿を見たグレオは次第に冷静さを取り戻し、大きく息を吐いてドカッと椅子に腰を下ろした。

「と、とにかくこの国からサイファードの地を失うことだけは、何としても避けねばならん……。他国にオリビアの逃走のことを知られる前に、何とか手を打たねば……」

グレオはぶつぶつと呟《つぶや》く。

ブラン王国は発展途上もいいところの小国である。サイファードを失い、そして北の財閥からの支援も失って戦争にでもなったら、確実に他国から潰される。

グレオはただそれだけを恐れていた。

「とにかく、何としてもオリビアを連れ戻せ。多少強引でも構わぬ。見つけ次第領地に括《くく》り付けておくのだ。新しい婚約者の選定も同時に行え。早々に婚姻させ、サイファードの血をこの国に残すのだ！」

「はっ！」

「承知しました」

文官たちは、急いで執務室から出て行く。

シルフィーはその様子を冷めた目で見ていたが、手にしていた資料を手早く整理した後に自らも足早に部屋を後にした。

「……愚かな王だ」

シルフィーは、左手の小指にはめている銀色の指輪を撫でながら小さく呟く。

その言葉は扉の閉まる音にかき消され、国王グレオの耳には届かなかった。

＊＊＊

「さてさて、仮にシリウス兄様の協力が得られたとして、どうやって脱出しようかな～」

手紙を送った次の日、オリビアは姿見の前で胡坐《あぐら》をかいたまま、身体《からだ》を左右にユラユラと揺らしていた。

「皆が寝静まった深夜に、魔法で乗り物でも作って窓から逃げようか！」

どんな乗り物を作ろうかと思案する。

飛行機？　ヘリコプター？　それとも大きな鳥？

魔法で作り出したドラゴンなんかで大胆に脱出するのも面白い。

……実を言えば、この部屋から屋敷の外へ脱出すること自体は簡単だ。

だが問題はその後。オリビアは、屋敷の外に出た後にサイファードの兵に追い掛け回され、一生人目を気にしなければいけないような逃亡生活がとにかく嫌だった。だから外に出た後、自分を匿《かくま》ってくれるような協力者が欲しい。

それに何より、オリビアは逃亡資金を全く持っていなかった。

換金できそうな代物は、全てローラやアンナに取り上げられている。そういった意味で、協力者が見つかるまではやはりここからは動けない。

「ううう……誰か～～。シリウス兄様……ヘルプ～～。ついでにお金も貸して～～」

オリビアは、シリウスに当面の生活の援助は勿論《もちろん》のこと、お金も借りる気満々だった。

勿論絶対に返すよ！　無駄遣いするわけじゃないし！　当面の生活費として借りるだけだから！

頭の中で言い訳しつつ、しばらくああでもないこうでもないと妄想していると、
バンッ。

大きな衝撃音と共に、勢いよく入口の扉が開いた。

「あんた！　あんたさえいなければ‼」

オリビアが振り向くと、そこには使用人を連れたアンナが鬼の形相で立っていた。

昨日まで、薔薇園《ばらえん》でアーサーと機嫌良さそうにイチャイチャしていたアンナ。

一日たって、彼女の身に一体何が起きたというのだろうか。

不思議に思っていると、突然アンナはツカツカとオリビアの傍まで近付いたかと思うと、勢いよ

く右手に握ったそれをオリビアに向かって振り下ろした。

ザシュッ。

「きゃあああああああああ」

使用人たちの悲鳴が響き渡る。

オリビアの目には、スローモーションのように真っ赤な血が飛び散るのが見えた。

アンナは勝ち誇った顔で立っており、その手には、鈍く光るナイフが握られている。

ああ、私はアレに切られたのか。

オリビアは後ろにゆっくりと倒れながら、冷めた目でアンナを観察する。

左目から右わき腹にかけて一直線に入った、冗談にならないかなり深い傷。

とっさに魔法で不自然にならない程度に防御したのだが、それでも切られた傷がジンジンと疼《うず》く。

騒ぎを聞きつけてやってきた護衛たちが、驚きの余り入口付近で固まる。

瞬間、オリビアは閃《ひらめ》いた。

ちょっと気絶したフリをしてみようかな、と。

良《い》い感じにうつ伏せになるように倒れ、疼く傷口をかばいながら薄目を開け、場の成り行きを見守る。

「そいつを森に捨ててきなさい！　母様から許可はもらっているわ！」

アンナは鼻の穴を膨らませ、ふぅふぅと荒い息を吐きながら護衛に命じる。

まるで興奮した野獣のようだ。

オリビアは、吹き出しそうになるのを必死に堪える。

「ふん！　これでアーサー様は私のものだわ！」

アンナの言葉に、オリビアは成程と納得した。

先日の茶会の席での話。

アンナはどうやら本気で、アーサーの婚約者を私から自分に替えさせたかったようだ。

しかし、それはさすがに無理だとアーサーに断られたのだろう。

そのうえで、もしかしたらノルンディー侯爵やアレクお父様にも頼み込み、やっぱり無理だと断られたのかもしれない。

当たり前である。

アーサーは、サイファード伯爵家に婿入りすることが決まっている。

オリビアと婚姻しなければ意味がない。

直系の血筋こそが、この地を治めることができる権利を持つからだ。

サイファードの血が一滴も入っていないアンナとの婚約など、ノルンディー家にとって何の意味もない。

しかしそのことを知らないアンナは、オリビアさえいなければ自分が代わりにアーサーと婚約できると考えたのだろう。

倒れたオリビアの頭上で、何やらアンナがヒステリックに騒いでいる。

耳を塞ぎたくなるような罵詈雑言《ばりぞうごん》にいい加減飽き飽きし始めていた頃、オリビアは室内へと入ってきた数人の護衛たちにマントで簀巻《すまき》にされる。

その際、なすがままピクリとも動かない彼女の姿を見た護衛たちは気まずそうに互いを見合った。

オリビアが既に死んでしまっていると勘違いしたのだ。

それから護衛の一人がまるで荷物を扱うかのように簀巻にしたオリビアを肩に担ぐと、アンナの言葉に従い森に捨てるべく数人で屋外へと運んだ。

切られた傷口からは結構な量の血が流れ、マントが赤く染まっていく。

今まで嫌がらせは多々あったが、まさかナイフで切られるとは思わなかった。

正直驚いたが、オリビアはこの状況をチャンスだと考えていた。

成り行きではあるが、私は死んだと勘違いされている。

であれば森に捨てられた後、そのままこの地を去ればいい。

そうすれば、脱出した後サイファードの人間に追いかけられるようなことにもならない。なぜなら私は既に死んでしまった人間なのだから。

ということは、もしかして結果としてシリウス兄様の協力なしでも脱出ができそう？

おお、これはラッキー。

お金がないという問題は解決してないけど、まあそれは仕事を探せば何とかなるだろう。

今色々と気にしても仕方がない。

やってやれないことはない。

前世とはかなり違うだろうが、きっとそういう旅も楽しいに違いない。

客観的に見て、割と悲惨な状況に置かれていたが、何故かオリビアはワクワクが止まらなかった。

常に別の視点で冷静に観察している何者かがいて、全ての物事を楽しんでいるように感じる。

自分がまるで二つに分かれているような、そんな感覚だった。

これこそが精霊の視点であるのだが、人間の意識が入ったばかりのオリビアにとって、それはなかなかに理解し難《がた》いものだった。

そんなふうに色々と思考している間に、護衛たちはオリビアを担いでどんどん森へと近付いていく。

捨てられるタイミングを今か今かと待っていると、彼女を担いでいた護衛が傍にいる別の護衛たちと何やらぼそぼそと話している声が聞こえた。

「お嬢ちゃん、化けて出るのだけは勘弁してくれよ……」

「しかしまあ、こんな小娘に何だってこんな酷《ひど》い仕打ちを」

「いや、こいつかなりの悪女だったらしいぞ？　金遣いも荒いし、アンナお嬢様をしょっちゅう虐《いじ》めていたとか。だから屋根裏部屋に閉じ込められていたんだとよ」

「はあ？　人は見かけによらねえなあ。女ってこえぇ〜」

「もうちょっと肉付きが良ければなぁ〜」

「おいおい、悪趣味だなあ、お前。こんな子供相手に」

好き勝手に話しながらゲラゲラと下品に笑う護衛たちに、オリビアは眉をひそめる。

彼等《かれら》とも、もう二度と会うことはないだろう。

アンナやローラに足を引っかけられて廊下で盛大に転んでも、彼等は黙って見ているだけで手を差し伸べることさえしなかった。

常に冷たい目で自分を見下ろし、時には強引に腕を引っ張られたりもした。

オリビアは過去の出来事をぼうっと思い出しながらも心地良い揺れの中、自然と瞼《まぶた》が重くなっていった。

護衛たちはぐんぐん進んでいく。

あっと言う間に森の入口に辿《たど》り着《つ》くと、彼等は辺りを見回した。

「おい、この辺でいいか？」

「いや、流石《さすが》にここは目立つだろう。うっかり領民たちに見つかりでもしたらことだ。もう少し奥にしようぜ」

「だ、大丈夫か？　魔獣がいるんじゃないのか？」

サイファード領内に広がる広大な森、通称『女王の森』は大きな木々が密生していることもあり昼間でも薄暗い。そのうえ森の奥から頻繁に魔獣の遠吠《とおぼ》えが聞こえるため、この地に昔から住んでいる領民たちでさえも迂闊《うかつ》に森に入ることはなかった。

「ぱっと行って、ぱっと捨ててこようぜ」

「あ、ああ」

護衛たちは無意識にごくりと唾を飲み込むと、抜刀しながら周囲を警戒しつつ小走りで森の奥へと入っていった。

それからおよそ五分。

日頃の栄養不足と寝不足、そしてなにより大量の出血が災いし、オリビアがすっかり意識を失ってしまった頃。

走り続けた護衛たちが、この辺りなら大丈夫だろうと立ち止まる。

「おい、せっかくだ。魔獣に食われやすいように、マントを剝がしておこうぜ」

「なるほど、お前頭いいな〜」

一人の護衛の提案に乗るかたちでオリビアの身体を包むマントを開いたその時、不意に護衛たちの間を一陣の冷たい風が通り抜けた。

何となく不思議に思って周囲を見回すと、いつの間にか目の前に三人の人物が立っており、その背後には、この場に似つかわしくない程の重厚な馬車が止まっていた。

護衛たちはすぐに臨戦態勢をとるが、オリビアを担いでいた護衛だけがブルブルと震えながら立ち尽くしている。

「おい、お前どうし……た」

声を掛けた別の護衛が、彼の姿を見て絶句する。

彼——先程までオリビアを担いでいた護衛の両腕は肘から先がスッパリと無くなり、切られた腕は無残に地面に転がっている。

そして、何故か目の前に立つ男の両腕に、いつの間にかオリビアが大切そうに抱かれていた。

「あ、あがががががぁぁぁ〜！」

両腕を切られた護衛が、血を吹き出しながら転げまわる。

「な、何者だ‼　お前たち！」

一連の出来事に理解が追い付かず、護衛たちはそれでも震えながら剣を構える。

「ミナ、可及的速やかに始末を。バジル、お前はこちらへ」

オリビアを抱いた男がそう告げる。

「承知致しました、リシュー様」

メイド服のミナはリシューに向かって恭《うやうや》しく腰を折ると、次の瞬間一気に護衛目掛けて走り込み、手に持った鋭いナイフで彼等の両足の腱《けん》を切ると、喉元を的確に切り裂いた。

一瞬の出来事に、護衛たちは為《な》すすべなくばたばたと地面に倒れていく。

オリビアを大切に抱いた男は、白を基調とした詰襟ジャケットを着た、シリウスの側近兼秘書を務めるリシュー・ホワイトレイその人だった。

彼の着ている白いジャケットがオリビアの血を吸って赤く染まっていたが、リシューは全く気にすることなくバジルと共に彼女を車内へと運び込む。

その後を、僅かな時間差で護衛の始末を終えたミナが続いた。

オリビアが運び込まれた広い馬車内は、シックな色合いで統一されている。

外部から完全に遮断された静かな車内は、一瞬どこにいるのかを忘れる程の快適さを誇っていた。

オリビアの身体は空いた席に慎重に横たえられ、申し訳程度に巻かれていたマントは細心の注意を払いながら取り除かれた。

「失礼します」

バジルは、隣に座るミナからハサミを受け取ると、オリビアの血に染まった服を手早く切っていく。

「左目から右脇腹にかけ鋭利な刃物により裂傷。左肩と左膝、臀部《でんぶ》と脛《すね》に打撲跡。左足薬指、小指共に骨折。背中と太ももに打撲跡。栄養失調、疲労。あとは、よいしょっ」

バジルは寝かされていたオリビアの両足を躊躇なく広げ、股間付近を専用の器具でじっくりと観察する。もしオリビアが起きていたら憤死ものである。

リシューはそんなオリビアの姿を見ないように彼女たちから背を向け、鞄《かばん》から羽根ペンと二十センチ程の半透明の通信用魔道具、いわゆるタブレットを取り出すと、後ろを向いたままバジルが口にする症状を全てタブレット画面に書き記していった。

そんなリシューの背中に、バジルはミナから薬品と包帯を受け取りながら声をかけた。

「今から治療していきます。概《おおむ》ね痕は残らないとは思いますが……」

「？　思いますが？」

リシューは問う。

「左目は諦めた方がよいでしょう。眼球に傷がついています」

バキッ。

その事実を聞き、リシューは怒りのあまり持っていた羽根ペンを勢いよく折る。

「……シリウス様は大層お怒りになるでしょう」

感情を押し殺した声で呟くと、リシューはたった今タブレットに入力した情報を速やかにシリウスへと送信する。

「ひとまず、シリウス様からの返事を待ちましょう。治療は任せました」

リシューの言葉に二人は頷く。

車内の三人は終始無言で、オリビアの手当が無事終了すると、包帯だらけで毛布にくるまれて寝

かされているオリビアの姿をじっと見つめた。

栄養の行き届いていない骨ばった身体と、艶のないパサついた髪。

顔の半分は包帯で隠れているが、目の下にはくっきりと隈《くま》ができており、頬はこけ、肌と唇は乾燥のせいかカサついている。

リシューは静かに息を吐いた。

最後にオリビア様に会ったのは、およそ二年半前。

記憶の中の美しい少女の面影は殆どなく、まるで別人を見ているかのようだった。

怪我《けが》や不測の事態に備えて救護用の馬車と女医であるバジルたちを連れて来たとはいえ、まさかこんな緊急手当まで必要になるとは……シリウス様が知ったらしばらく荒れるでしょうね……。

頭の痛い問題が山積で、リシューは湧き上がってくる怒りを何とか飲み込み、再びオリビアに視線を戻した。

すると、目覚めたオリビアとバチリと目が合う。

「！　あっと……こ、ここは……？」

「オリビア様、お目覚めになられましたか。傷は殆ど手当て致しましたが、しばらく安静にしていた方が良いでしょう」

リシューは優しく微笑みながら、できるだけゆっくりと柔らかい口調でオリビアに告げる。

しかし当の彼女は『びくっ』と身体を強張《こわば》らせると、車内の隅、彼等から一番離れた壁にビタンと張り付いた。

「……」

「……」

「……」

三人は絶句し、悲しみと怒りに身体を震わせた。

明らかにオリビアは三人を見て怯《おび》えて警戒している。

まだ十二歳の少女が、これだけの酷い仕打ちを受けたことにより、まるで虐待された動物のように他人に怯えるようになってしまっている。

そして、リシューは怒りを覚えると同時に驚いてもいた。

持ち前の人好きする柔らかな笑顔と声色で話し掛けると、大抵の人間は自分に心を開いてくれる。しかしオリビアは、それすら通用しないほど人に怯えているのだと。

……が、実はオリビアは、彼ら三人に怯えているわけではなかった。

そもそもオリビアは、自分がナイフで切られてラッキーだったとすら思っている程の少女である。別に酷い仕打ちを受けたなどとも全く思っていない。

では何故、怯えているように見えたのか。

それは、彼女が目の前にいた三人、リシュー、ミナ、バジルのあまりの顔の良さに驚いていただけだった。

——何だ、この美形たちは⁉

それこそが、彼女が壁に張り付いている理由の全てだった。

水色の髪の青年がこの中だとダントツで麗しいと思うが、黒髪を後ろで束ねたできる女風の白衣を着た女性も美形だし、その隣に座るメイド服の青い髪の少女も美しい。

オリビアが彼等の美貌をまじまじと観察していると、リシューが何ともいえない表情を浮かべていた。

ん？　あの水色の髪と瞳……。

何となく見覚えのある彼の顔、というか配色に首を捻《ひね》る。

「オリビア様。リシューでございます。何度かお会いしたことがあるのですが……」

彼は、申し訳なさそうにオリビアに告げた。

リシュー……。

ああそうだ。

「シリウス兄様の……？」

「はい、側近兼秘書でございます」

子供の記憶はとても曖昧だ。

最後に会ったのが二年以上も前だったこともあり、オリビアはリシューのことをぼやっとしか覚えていなかった。

だがしかし、ここにリシューがいるということは、もしかしてあの手紙が無事に届いたということだろうか？

彼女は内心ほっと息を吐き、再びリシューの顔をじっと見つめる。

年の頃は二十歳前後。

水色の髪と瞳は、とても冷たい印象を受ける。

無表情の彼は血の通っていない彫刻のようだが、先程見せた笑顔は万人受けしそうだ。

物腰も柔らかい上に、所作も気品に溢《あふ》れている。

銀縁眼鏡が、いかにもインテリ風のできる男という感じだ。

しかし、オリビアは騙《だま》されない。

一見人当たりの良さそうに見える笑顔の裏には、とんでもない腹黒が潜んでいる。

ただの黒ではない。真っ黒けっけだ。

おまけに十中八九、ドSだろう。

結論。彼を敵に回してはいけない。オリビアは勝手にそう判断した。

そしてオリビアはふと彼の白いジャケットの胸元に、大きくて赤い染みがついていることに気づいた。

え……？　あれ、もしかして私の血？

オリビアは、さぁっと血の気が引いていくのを感じた。

彼が着用している白いジャケット。

シンプルではあるが、滑らかなシルエットを見る限り明らかに高級品のようだ。

その高級品を、私なんかの血で汚してしまった。よし、謝ろう！

オリビアがリシューに向かって口を開きかけたその時、バンッと勢いよく外側から馬車の扉が開かれた。

「オリビア！」

逆光の上、片目が傷ついたせいでしっかりと見えないが、一人の青年が躊躇なく大股で車内に入ってきた。

突然の出来事に驚いたオリビアは、ひとまず毛布に顔を埋めて車内の隅で成り行きを見守る。

「オリビア？　どうしたの？　私だよ、シリウスだ」

そう言うと、彼はオリビアに向かって両手を広げた。

「……シリウス兄様」

オリビアは毛布からガバッと顔を上げると、無意識に彼へと手を伸ばす。

『愛しい人……』

突然、もう一人の自分の声が頭の中で囁《ささや》いた。

シリウスはオリビアの手を優しく摑《つか》むと、そのまま引き寄せて柔らかく抱き締めた。

「ああ、オリー。可哀想《かわいそう》に……辛《つら》かったろう。少し眠るといい。ずっと側にいるから」

シリウスはオリビアをぎゅっと抱き締めて耳元で囁くと、頰にやんわりと手を添える。

『ああ、やっぱりこの人は私のモノ』

再び、頭の中で声が響く。

前世の記憶が流れ込んでくる前のオリビアは、本当にシリウスのことだけを思っていたのだろう。

オリビアはシリウスの手の平に頰を擦《す》り寄せ、目を閉じて彼の胸に顔を埋めた。

『あったかい……』

懐かしい体温に包まれ、オリビアは安心したようにゆっくりと意識を手放した。

「……これはどういうことだ、リシュー」

シリウスは、包帯だらけのオリビアの頭を撫でながら、地を這《は》うような低い声で問う。

「後程詳細な報告書はまとめますが、実行犯は義母と義妹と思われます。オリビア様を亡き者にしようと画策していたようです」

リシューの言葉に、シリウスの纏う空気が一気に冷たくなる。

「先程、傷薬の他に栄養剤と睡眠導入剤を投与しました。しかし、余りの警戒心の強さからすぐ目を覚まされました。余程過酷な状況で、生活していらっしゃったのでしょう」

バジルがそう告げる。そして直後、シリウスは抑揚のない声で命じた。

「……リシュー、報復の準備を」

「かしこまりました。既に準備は完了しております」

「私は先にオリビアと共に転移魔法で城に戻る。今回かかわった人間は一人残らず生きたまま回収しろ。くれぐれも殺すことのないように」

シリウスはそう言うと、オリビアを抱いて馬車から出て行った。

残されたリシューは馬車の窓を少し開けると、胸ポケットから十センチ程度の薄い直方体の銀色のケースを取り出す。

蓋を開けるとそこには青、黄、赤の三つの小さな魔石がはめ込まれており、リシューはその中から青い魔石を取り出して、ふうっと息を吹きかけた。

すると魔石から無数の青い鳥が次々と現れる。

この鳥が訪れた国には、やがて絶望が訪れるとも云《い》われる魔法の鳥。

その鳥たちが、馬車の窓から外へと飛んでいく。

「シリウス様は、オリビア様をあのような目に遭わせたサイファードの人間……いいえ、ブラン王国そのものを許すことはないでしょう。さあ、お前たち。ブラン王国の王都へお行きなさい」

リシューがそう告げると、無数の鳥はしばらく上空を旋回した後、一斉にブラン王国の王都目指して飛んで行った。

その様子をしっかりと確認したリシューは、転移魔法でバジルとミナと共にシリウスの後を追って城へと戻ったのだった。

※※※

「この部屋に、鍵を掛けてしまいなさい！」

アンナはそう言うと、すぐに屋根裏部屋から出る。

側に控えていた使用人が青白い顔をしながらも、彼女の命令に従い扉にしっかりと鍵を掛けた。

「はぁ……」

手に持ったナイフを床に落とすと、口から息が漏れる。

気づかぬうちに、緊張していたのだろう。

アンナは、ナイフを持っていた手が白くなっていることに気づいた。

棒で殴ったことは何度もあるが、流石に刃物を使ったことは一度もない。

勢いに任せた行為であったが、彼女に後悔はなかった。

むしろ、目障りがいなくなって清々している程だ。

元々は、衰弱死させる予定だったのだ。

多少時期が早まったところで、何ら問題はないだろう。

勿論アンナたちは、ここに来た当初からそんな大それたことを考えていた訳ではない。

血の繋がりはないが、アンナは初めてできた姉と仲良くやっていきたいと、本気でそう思っていた。

だが歩み寄ろうにも、当のオリビアは何を考えているのかさっぱり分からない。

笑うことも、泣くことも、怒ることさえもなかった。

アンナは当初、そんな彼女のことを『変わった人だな～』くらいの認識でいた。

しかし、日々オリビアに贈られてくる沢山のプレゼントを目にし始めた頃から、アンナの胸にどす黒い感情が芽生え始める。

見たこともない、繊細で美しい小物の数々。

色取り取りに輝く宝石やドレス。

自分ではどう転んでも手に入らない品々を見ていると、羨ましさよりも妬みの感情が勝ってくる。

同じ家族なのに。

私には何もないのに、どうしてオリビアだけ？

私と何が違うの？

悔しかった。涙が出るほど悔しかった。

最初は魔が差した。

軽い気持ちで、盗むつもりなど全くなかった。

ちょっと借りるつもりだった。

指摘されたら、すぐに返すつもりだった。素直に謝るつもりでいた。

でも、オリビアは気づかなかった。

味を占めたアンナは、それ以降オリビアの私物を平気で使うようになる。

高価で美しい品々を身に着けると、自分こそがこの屋敷で一番美しい令嬢なのだと思えた。

あんな無愛想な女より、私の方がサイファード伯爵令嬢として相応《ふさわ》しい。

きっと、アーサー様もそう思っているに違いない。

アンナは母であるローラも、オリビアに対して良い印象を持っていないことを知っていた。

夫であるアレクが今もなおシェラを一番に想《おも》っているため、その娘であるオリビアの存在が不愉快で仕方がなかったのだ。

結果、やはり血は争えない。

似たような考え方をしていた二人が邪魔なオリビアを排除しようという計画を立て始めるのに大して時間は掛からなかった。

「少し騒がしかったようだけど、大丈夫なの？」

一階に降りたと同時に、執事を伴ったローラがアンナに声を掛けた。

「母様。……ええ、うまくやりましたわ」

ほっとして、アンナが微笑む。

ローラはボリュームのある黒髪と緑の瞳を持つ妖艶な女性であるが、とにかく派手だった。

大きく胸元の開いた赤や紫のドレスを好んで着用し、身に着けている宝石もゴテゴテと大きい物ばかり。

「でも、姉様がお一人で森に入ってしまったようで、行方が分からないのです……」

アンナは、わざとらしく悲しそうな表情を作る。

その言葉の意味を察したローラは、嬉《うれ》しそうにコロコロと笑った。

「あらあらあら。あそこは未開の地ですし、きっと恐ろしい魔獣が生息していることでしょう。二度と戻らないかもしれませんね」

「ええ本当に。可哀想な姉様」

二人はクスクスと笑い合う。

「アンナ。これからはアーサー様の婚約者として、恥ずかしくないように生きていかなければなりません。今着ているドレスもすぐに着替えなさい。私は今からノルンディー家に手紙を書きます」

ローラに言われて自分のドレスを見ると、そこにはオリビアの返り血がべったりと付いていた。

「まあ!? 何てこと!!」

驚いたアンナが、自室に戻ろうと踵《きびす》を返した時、

「奥様！　お客様でございます！」

玄関から大慌てで使用人が走って来た。

「何ですか、騒々しい。そもそも今日は、来客の予定などなかったはずです」

ローラはジロリと睨《にら》むが、何故かその使用人は顔面蒼白《そうはく》で小刻みに震えている。

「？　何？　あなた一体……」

ローラが不審に思って聞き返そうとした時、

「我々はブラン王国所属の第一騎士団、そして俺は団長のレオだ。この度オリビア様に関する調査をせよとの命令が下ったため、突然だが邪魔をする」

使用人を脇に押しやり、ぶっきらぼうにズカズカと屈強な男たちが屋敷に入って来た。

レオと名乗った赤髪の男と、その後ろに白髪と黒髪の男が無表情で立っている。

白髪の男が、第一騎士団、副団長シロ。

黒髪の男が、第一騎士団、団長補佐クロ。

彼等は一様に黒い軍服を着用しており、耳には銀のカフを着けている。

ローラとアンナは、三人の一般人とはかけ離れた美しい顔と雰囲気に圧倒され、しばし呆《ほう》ける。

しかしすぐに我に返ったローラは、ヒステリックに彼等に怒鳴った。

「何です！　無礼ですわよ！」

その時側に控えていたローラの執事が機転を利かせて間に入り、深々と腰を折りながら尋ねる。

「第一騎士団の皆様。誠に失礼ながら、本日こういった調査が入ることは事前に聞いておりませんでして、その、何のお迎えの準備もできておりませんので、また明日にでも改めてお越しいただくということは……」

「準備など不要だ。我々はとにかくオリビア様の現状を知りたい」

「し、しかし……！　今ちょうど屋敷内もごたついておりまして、第一騎士団の皆様に十分な歓迎をさせて頂けないかと……」

「構わん。とにかく入れろ。……ああそれと、現在この屋敷に住んでいる、もしくは働いている者全てを同じ部屋に集めろ。今すぐだ。例外はない」

レオの言葉にローラの執事はローラに困惑の目線を送ったが、これ以上拒否すれば怪しまれると思った彼女は、仕方なく使用人たちにレオに従うよう促した。

第一騎士団。

ブラン王国国王直下の騎士団の一つで、高位貴族の子息のみで形成されているエリート集団である。

国の治安維持に従事しており、彼等がここに来たということは、国王から何らかの命がなされたということだろうとローラの執事は理解した。

そしてその事をローラにも耳打ちで伝えると、ローラは仕方なくひとまず黙って彼等に従うことにした。

応接室の壁沿いにずらっと十数人の使用人が並び、中央のソファーにはローラとアンナ、対面には騎士団の三人が座っている。

「夫であるアレクは、現在ブラン王国の王都におります。ですのでこれで全員ですわ」

ローラはにこやかにレオに告げるが、その内心は非常に焦っていた。

今、オリビアの部屋を見られるのはまずい。

あの部屋に行けば、きっとオリビアの殺害を謀った証拠が見つかるだろう。

何とか彼等に穏便に帰ってもらえまいかと、ローラは焦りながらも頭をフル回転させていた。

一方アンナは、この状況のまずさをいまいち理解していないのかけろっとしており、時折騎士団の方を見てその美貌に頬を染めている。

「オリビア様の姿が見当たらないが」

レオは部屋を見渡す。

「オリビアは、外出中ですわ」

ローラはにっこりと微笑みながら答えるが、その言葉にレオの片眉がぴくりと動いた。

「俺は全員と言ったはずだ。貴様、命に背くのか」

レオがローラを睨んだと同時に、彼の隣に座るクロが剣の柄に手をかけた。

「ひぃっ！」

ローラは元男爵令嬢だが、美貌と身体のみで生きてきたために、高位貴族への作法など全く知らない。

男という生き物は、微笑んでしなだれかかれば、自分の言うことを何でも聞いてくれる。

彼女は本気でそう思っていたし、今までそうやって生きてきた。

だからこそ、自分の行いの何が彼の気に障ったのかさっぱり分からなかった。

「あのっ！　実は姉様は今朝、散歩に行くと言ったきり姿が見えないのです」

会話に割り込んだのはアンナだった。

「……」

レオは無表情のまま、アンナに視線だけを移す。

そもそもレオは、皆をこの場に集めはしたが対等に席に座ることを許した覚えはない。

それなのに堂々と、しかも上座に座り、アンナに至っては菓子を摘まんでいる始末。

彼は舌打ちしながら、事前に読んでいたサイファード家についての報告書を思い出す。

元男爵令嬢のローラと、平民の男との間に生まれたアンナ。

こいつらは貴族ではない。

甘い蜜に吸い寄せられた、ただの寄生虫だ。

ここでこの二人を剣で切って捨てても、何ら問題ないのでは？

レオはイライラする余り、ついそんなことを考え始める。

彼の機嫌の悪さに比例して、室内の空気は重くなる一方だったが、それを全く理解せずにアンナはペラペラと喋《しゃべ》り続けている。

「それで皆、心配して森を探していたのですが、一向に見つからず……」

悲しそうに眉を下げ、潤んだ瞳でレオを見つめた。

「……」

「散歩に行くと言っただけで、なぜ森を探しているのですか？」

レオの無言の意味を察したのか、シロが代わりに尋ねる。

「あ、えっと、いつも姉様は散歩と言って森に出掛けているので……今回もそうかと」

アンナはシロの美しい顔に頬を染め、しどろもどろになりながら答える。

「おいっ、行くぞ」

レオは立ち上がると、壁に控えていたローラの執事を呼びつける。

「オリビア様の部屋に案内しろ」

瞬間、室内の空気が凍り付く。

「な、何故でございましょうか？」

ローラが焦って口を挟むが、レオは完全に無視して執事を促して部屋を出て行こうとする。

「我等も捜索に加わるのですよ」

レオの代わりにシロが答えた。

「そ、そのようなこと、騎士様のお手を煩わす程では……」

ローラは忙《せわ》しなく視線を動かす。

「早く致せ!!」

レオが執事に言い放つ。

「は、はい。只今《ただいま》」

執事はちらちらとローラの顔色を窺いながらも、諦めてオリビアの部屋へと彼等を案内し始める。

その後をローラとアンナ、他の使用人たちも無言でついて行った。

二階に続く階段を登り、そのまま更に屋根裏へと続く階段に向かう。

先頭を行く執事の顔は青を通り越して白くなっており、後に続くローラやアンナも終始無言で、屋敷内に大人数の足音だけが響く。

執事はオリビアの部屋の前に辿り着くと、大きく息を吐いてから鍵を取り出して扉を開けた。

なぜ屋根裏部屋なのか。

どうして外側から鍵が掛けられているのか。

レオ、シロ、クロは無表情で、それを彼等に問うことはなかった。

しかし扉が開き室内の惨状を目にした瞬間、あからさまに眉を顰めた。

狭い室内に、古びた家具が数点置かれ、机に載せられたトレイには、カビの生えた黒パンと泥水のようなスープの入った器が置かれている。

そして何より目を引いたのは、床に飛び散った大量の血しぶきと血溜《ちだま》りだった。

「……」

シロがすぐさま室内に入り、床に残された血痕を確認する。

「完全に乾ききっていません」

彼の言葉に、そこにいた全員が無言になる。

シロとクロはレオの命令を待ちつつも、誰一人逃がさないようにさり気なく扉の前に移動する。

レオはズカズカと室内を歩き回ると、部屋の奥にある扉をノックした。

返答がないのを確認して扉を開けると、そこには小さな便器が置かれているのみで、オリビアの姿はなかった。

彼は扉を閉めて再び室内を見回す。

唯一あったクローゼットを開けるが、中は空っぽで何も入っていない。

続いてレオは机の引き出しを開けると、そこにはわずかな紙とペンが入っていた。

「レオ団長。淑女の部屋を、そのように不躾《ぶしつけ》に見回るものではないかと」

シロがレオを静かに窘《たしな》めるが、彼は特に気にせずに引き出しから一枚の紙を取り出した。

それは、以前オリビアが名前を書き出したあの紙だった。

レオはニヤリと笑うと、その紙を胸ポケットにしまう。

その時、部屋の入口付近からこの場の緊迫感に似つかわしくない軽い声が聞こえた。

「成程、ここがオリビア様の部屋なのですね。成程成程〜」

室内にいた全員が振り返ると、そこには別の騎士を伴った一人の男が立っていた。

ブラン王国で宰相を務めるシルフィーだ。

そのすぐ後ろには、既にシルフィーによって拘束されたオリビアの父アレクが立っている。

「あ、あなた！」

「父様！」

ローラとアンナは駆け寄るが、当のアレクは室内を見たまま茫然《ぼうぜん》と固まっている。

騎士団長のレオは、自分の上司にあたるシルフィーに現状を耳打ちしながら、先程見つけたオリビアの書いた紙を手渡した。

「成程」

シルフィーは頷くと、ツカツカと室内を歩き回って状況を確認する。

「……あなた方は、オリビア様をここで監禁していたのですね」

「違います！　そんなことしておりません!!　オリビアは病気が悪化して、自分で部屋に閉《と》じ籠《こも》っていただけですわ！」

シルフィーの正体を知らないローラは、アレクの腕にしがみ付きながら言葉を被《かぶ》せるように反論した。

「ほう。どのような病に？　医者には見せましたか？」

「い、いえ、そこまでは……」

「病気が悪化していたのに、お一人で散歩に？」

「き、気分転換と言って……」

「外側から鍵が掛かっているのに、どうやって？」

「っつ……」

ローラは口ごもる。

シルフィーはそんな彼女を無視し、今度はこの屋敷の使用人たちに尋ねた。

「配膳は誰が？」

「……は、はい。私が……」

長い沈黙の後、一人の年配の使用人が恐る恐る手を上げる。

「一日何回配膳を？」

「一日三回、朝昼夜と配膳しておりました」

「そうですか……」

シルフィーは残念そうに首を左右に振りながら、トレイの載った机をトントンと人差し指で叩く。

「はっきり言っておきます。オリビア様はサイファード家の当主です。貴族当主への侮辱は場合によっては極刑となりますので、その辺りをよく考えてから発言して下さい。勿論、私への虚偽申告も同じです」

そのシルフィーの言葉に、使用人は勿論のこと、一際驚きの声をあげていたのはローラとアンナだった。

「え？　あなた!?」

「当主って、父様じゃないの？」

知識のないローラやアンナが、貴族の当主になれるのは国と盟約を交わす直系の子孫だけなどという事を知る筈《はず》もなかった。

彼女たちの愚かな発言に、騎士たちは眉をひそめる。

シルフィーは大きく舌打ちした。

「まあ良いでしょう。大体分かりました。後は個別に聞き取りを行います。それで……現在のオリビア様の行方ですが……」

シルフィーは、側に控えていた騎士から白い布に包まれたナイフを受け取ると、刃に付着した血痕を確認する。

その後、チラリとアンナのドレスに目をやると、振り向いて窓から遠くの森を眺めた。

「恐らくこの部屋でアンナ嬢に切り付けられ、どこかに……そうですね、あの森にでも捨てるように命じたのでしょうか」

その言葉を肯定するかのように、数人の使用人の身体が無意識に揺れる。

「今からあなた方は容疑者です。大人しく捕縛されなさい」

後ろに控えていた騎士たちが、使用人たちを次々と拘束していく。

勿論、ローラとアンナも例外ではなかった。

「い、いや！　やめて!!」

「離しなさい！　私は何もしていないわ！　あなた！　何とか言って！」

ローラはヒステリックに叫びながらアレクに助けを求めるが、当のアレクは空虚な瞳でその場に立ちすくんだままだった。

「当主を殺して乗っ取りを企てたとなれば、重い罪に問われます。覚悟して下さいね」

シルフィーは暴れるローラに、にっこりと微笑みながら告げた。

「なっ！　あなた！　助けて‼」

ローラは再度アレクに縋《すが》りつこうとするが、無情にも騎士に遮られる。

口を閉ざしたままガタガタ震えるアンナの横を、シルフィーは無表情で通り過ぎるが、ふと、彼女の髪に飾られた白いリボンに視線を向けた。

瞬間シルフィーは目を見開き、物凄《ものすご》い勢いでそれを毟り取る。

ブチブチブチッと、容赦なく髪が千切れる。

「きゃあぁっ⁉」

アンナは痛みに驚いて叫ぶが、シルフィーは全く気にも留めずにまじまじと手の中のリボンを凝視する。

それは王冠をかぶった二匹のドラゴンが刺繍《ししゅう》された、本来こんな小娘ごときが到底持っているはずのないリボンだった。シルフィーはアンナに詰め寄る。

「これを、どこで手に入れた」

先程の軽い口調とは打って変わり、地を這うような冷たい声色。

「ひっ、ひぃ……」

彼女は怯えて後退《あとずさ》ろうとするが、両脇を騎士にガッチリと抑え込まれて動けない。

「これを、どこで手に入れたかと、聞いている」

「か、買いました」

「嘘《うそ》を吐くな。これは、どこかその辺で簡単に買えるような代物ではない」

「あ……アーサー様に……」

アンナは辛《かろ》うじて声を絞り出す。

「アーサー様に頂きました！」

「アーサー？　ああ、ノルンディー家の次男のアーサー・ノルンディーですか。ん？　そういえば彼は確かオリビア様の婚約者だったはずですね？」

シルフィーは首を傾《かし》げるが、

「ああ。だがアーサーはオリビア様とではなく、そこにいるアンナ嬢と非常に仲が良かったという報告がある」

レオが答える。

「成程。となると、今回のオリビア様への迫害にはアーサーもかかわっていたかもしれないと……ふむ、ではレオ。今すぐここにアーサーを連れてきなさい。シロとクロは残って、ここにいる使用人たちを尋問なさい」

「はっ！」

「承知しました」

「了解～」

シルフィーに命じられ、レオは数人の部下を連れてアーサーのいるノルンディー領に向かう。

一方でシロとクロは使用人たちを連れて、彼らを尋問できそうな他の部屋へと移動した。

彼等を見送ったシルフィーは、先程から棒立ちしているアレクに歩み寄り、耳元で囁いた。

「これはあなたが安易によその人間を招き入れた結果です。楽に死ねると思わないように」

その言葉を聞いたアレクは膝から崩れ落ち、もうここにはいないシェラとオリビアを思い、泣き崩れたのだった。

※※※

「申し訳ございません……申し訳ございません……」

サイファードの屋敷の執務室。

尋問の最中、一人の使用人の女が泣きながら蹲《うずくま》っていた。

彼女はこの屋敷の家政婦長で、ローラの古くからの知り合いだった。

ローラの執事と共に、率先してオリビアへの嫌がらせを行っており、既に尋問済みの使用人たちからも頻繁に名が挙がっていた。

彼女のすぐ側には、黒の軍服に身を包んだ第一騎士団、団長補佐クロがポケットに手を突っ込んだまま笑顔で立っている。

真っ黒い髪と瞳を持つ彼は、いつもニコニコ笑ってはいるがその瞳は恐ろしく冷めている。

団長レオの片腕であり、荒事を任されることの多い『性格に難あり』の男である。

一方、執務室の椅子にゆったりと腰掛けている白い髪と灰色の瞳を持つシロは、先程から魔道具のタブレットにサラサラと何かを書いている。

副団長であり、騎士団の中で比較的温厚な彼はクロの幼馴染だった。

室内は現在この三人だけで、既に尋問を終えた使用人たちは執務室から別室に移動させられていた。

「謝ってばかりいないで、きちんと説明しなさい」

シロは、手元に視線を落としたまま女の方を見ることすらせず言い放つ。

「申し訳ございません……申し訳っ」

ガンッ。

クロは、いきなり女の後頭部を踏みつけた。

「んがっ！」

突然の衝撃に、女は床にしたたか顎をぶつける。

「あ～つまんない。つまんないぃぃ～～～！　殺していい？　ねえシロ、こいつ殺していい～い～～？」

クロはキラキラした瞳でシロを見る。

「女性には優しくしなさい、と習いませんでしたか？」

シロはようやくタブレットから顔を上げ、呆《あき》れたように息を吐いた。

「え～何言ってんの？　考え方古いよ～。世は男女平等よ？」

「平等ですか。先程拷問した別の使用人の男は、骨の三本で済んでいましたが？」

「え？　それ、誤差だよ、誤差！　それにシロ、拷問じゃないよ？　尋問だよ？　リシュー様に言われたでしょう？」

「相手にケガを負わせている時点で、それは拷問でしょうに」

「え～っシロ、細かい～～」

抗議しながらも、今度は蹲った女の腹の下に足を入れて勢いよく蹴り上げた。

「がはっ！」

衝撃で身体が浮き上がり、ひっくり返った状態で倒れ込んだ女の顔面を、彼は容赦なく踏みつけた。

分厚いブーツの靴底が、女の頬に食い込む。

「僕は女性を女神のように敬っているけれど、それに値しないゴミへの扱いは知らないも～ん」

クロは、可愛《かわい》らしく頬を膨らます。

「相変わらず、足癖が悪いですね」

「だって、手で触ると汚れるし」

彼は両手をポケットに入れたまま、女の顔に置いた足をギリギリと動かす。

「まあ良いでしょう。先程のアバズレ共との会話に、口も足も出さなかったのは素晴らしい行いでしたし」

「でしょ！　でしょ～！　褒めて褒めて～～」

「はいはい、えらいえらい。そんなことよりも後が詰まっています。尋問に戻りましょう。それから殺すのはなしです。私たちはオリビア様について調査に来ただけで、殺戮《さつりく》は命じられていません」

「ほ～い」

シロとクロは足下でカタカタ震える女には目もくれずに、再び尋問を続けるのだった。

＊＊＊

シルフィーの命令により、数名の騎士たちが森の中で捜索を行う中。

レオに連行される形で、アーサーとアーサーの父親であるノルンディー侯爵家当主のロドリーは、サイファードの屋敷へと到着した。

第一騎士団によって物々しく警備されたサイファードの屋敷内、アーサーとその父ロドリーは応接室に通されると、そこにはソファーに座ったシルフィーが待っていた。

「シルフィー殿。これは一体何事かね」

まだ何も事態を把握できていないロドリーは、シルフィーへと尋ねる。

「これはこれは、ノルンディー卿《きょう》」

シルフィーはソファーから立ち上がると、ロドリーと握手を交わして席を勧めた。

「……こちら、私の息子のアーサーです」

「アーサー・ノルンディーです。お初にお目にかかります」

アーサーも父親同様、何故自分がここに呼ばれたのか全く分からなかったが、シルフィーといえば自身のノルンディー領も統括するブラン王国の敏腕宰相。

自分を売り込むチャンスだと考えてしっかりと挨拶するが、当のシルフィーはアーサーを一瞥《いちべつ》しただけで特に言葉を返さなかった。

「早速ですがアーサー殿。あなたにいくつか質問があります。偽らずに答えて頂けますか？」

「勿論です」

アーサーは力強く頷いた。

その言葉に、シルフィーはにっこりと微笑む。

「では早速。ここ最近、オリビア様はどのようなご様子でいらっしゃったでしょうか。出来るだけ詳しく教えて頂けますか？」

意気込んだアーサーだったが、質問の内容がオリビアのことだと分かり、あからさまに落胆する。

「オリビア、ですか？」

聞き返した口調にも、その色を覗《のぞ》かせる。

「はい。アーサー殿はオリビア様の婚約者ですので、彼女とは非常に近しい存在だったと推測します。最近の彼女の行動や、話す内容に違和感を覚えたことはなかったでしょうか」

アーサーは、シルフィーの質問の意図が分からなかった。

しかしオリビアが何かをしでかし、婚約者である自分がそのせいで質問されていることだけは理解出来た。

本当に迷惑な女だ。

アーサーは内心舌打ちする。

「……お言葉ですがオリビアのことであれば、わざわざ僕なんかに聞かずともオリビア本人に聞けば宜《よろ》しいのではないでしょうか？」

「オリビア様は現在行方不明です。騎士団の団員たちが捜索していますが、未《いま》だ見つかっておりません」

「え……？」

「ですので現在捜索と並行し、オリビア様に関係する人物全員を呼んでオリビア様の身辺調査を行っているのです。ですからアーサー殿。あなたから見た最近のオリビア様についてお教えください」

シルフィーの言葉を聞いたアーサーは、少し驚きつつもしばらくして口を開いた。

「……そうですね。最近の彼女の言動には、目に余るものがありました」

彼はきっぱりと言い切った。

「と言いますと？」

シルフィーは表情を変えずに尋ねるが、父親のロドリーはあからさまに眉をひそめる。

「はい。彼女は姉である立場を利用し、病気の鬱憤を晴らすかのように妹であるアンナ嬢に非常に厳しく当たっていました。時には暴力に訴える事もあり、アンナ嬢はよく泣いていました。おまけに彼女は大変な浪費家で、自分のためだけに金を使い、ローラ夫人やアンナ嬢には全く使わせていなかったようです」

話をしているうちにアーサーは気分が高揚してしまい、感情のこもった口調でシルフィーに訴えかける。

「成程。それでアーサー殿は、そんなオリビア様に対して何かしましたか？」

「勿論です。しっかりと注意し、行動を改めるよう厳しく伝えました」

アーサーは、胸を張って答えた。

その隣に座るロドリーは、既に真っ青な顔をしてカタカタと震えている。

シルフィーはそんな二人の対照的な様子を、内心可笑《おか》しく思いながら見ていた。

「ちなみにアーサー殿は、そんな横暴なオリビア様の言動を目撃したことはありましたか？」

「えっ……」

途端にアーサーは口ごもる。

「周囲に厳しく当たるオリビア様や、お金を浪費し、自分のみ着飾るオリビア様を目撃したことはありますか？」

アーサーは考えた。

しかし、記憶の中のオリビアはいつも無口で、痩せ細った身体に地味なドレスを着て静かに座っているだけだった。

「いいえ、ありません。しかし……」

「そうですか。では今話したその情報はどこから？」

アーサーの背中を、冷たい汗が伝っていく。

自分は何か、とんでもない思い違いをしているのではないかと。

「……ローラ夫人とアンナ嬢、それからサイファード家の使用人たちです」

「成程、承知しました。ちなみに、今サイファード家を乗っ取ろうとしている輩《やから》がいることをご存じでしたか？」

シルフィーの唐突な言葉に、ロドリーとアーサーは驚いて目を見張る。

「乗っ取りだと⁉」

ロドリーは眉をひそめた。

「はい。当主であるオリビア様を亡き者にしようと監禁し、食事もほぼ与えず、衰弱死させようと企《たくら》んでいたようです。しかし気が急《せ》いたらしく、今日、ナイフでオリビア様を刺し、使用人に森へ遺体を捨てるよう命じたようです」

「なっ⁉」

「⁉」

ロドリーとアーサーは絶句した。

その表情を、じっとシルフィーは観察している。

「オ、オリビア様は、亡くなられたのですか……?」

ロドリーは驚いた顔で尋ねる。

「まだ断定はできません。先程言った通り、現在騎士たちが捜索中です」

「そ、そうか……」

「ノルンディー卿。これはお願いなのですが、我々騎士団全員、明日の朝には王都に戻らなければいけません。ですのでもし今日中にオリビア様が見つからなければ、明日以降の捜索をノルンディー家にお願いしたいと思っています」

「しょ、承知した……。すぐに捜索隊を編成する」

ロドリーは戸惑いながらも、しっかりと頷く。

「しかし、ナイフで刺すなど……一体誰がそんな愚かなことを……」

ロドリーは無意識に呟く。

「ああ、それはこの屋敷にいるアンナだと思われます。もっとも、殺害の計画に加担していたという意味では、王都にいたアレク殿以外のこのサイファードの屋敷にいる人間全員が容疑者ですが」

「何だと⁉　それは本当なのか？」

「ええ。特に主犯格と言えるのはローラとアンナです。使用人はそれに従っただけなのでしょうが……聞き取りをしていくと、日頃の憂さ晴らしに、率先して虐待を行っていた者もいたようですね」

「馬鹿なのか！　そいつらは⁉」

ロドリーは、ギリッと歯を鳴らす。

ここにいる使用人は、平民に毛が生えたような身分の者たちばかりである。

そのような輩が、高位貴族の、しかも当主に危害を加えるなど言語道断だ。

その場で切って捨てられても、何ら文句は言えまい。

「あ、あの……それは、本当のことなのでしょうか？」

アーサーはシルフィーの言葉を信じることが出来ず、震えながら尋ねた。

「この屋敷の人間たちが、オリビアの殺害を企てていたと、そういうことなのですか？」

「ええ、そうです。ローラとアンナ、使用人たちの証言。物的証拠も全て揃《そろ》っております」

シルフィーの答えに、アーサーは言葉が出なかった。

まさか、彼女たちがそんなことを企んでいたなんて。

「ところでアーサー殿は、オリビア様とは親しかったのですよね？」

「は、はい。婚約者なのですから当然です」

アーサーは気を取り直し、しっかりと答えた。

「では何故、婚約者をアンナに替えたいなどというお考えを持っておられたのですか？」

「えっ……」

アーサーにとって、その言葉はまさに青天《せいてん》の霹靂《へきれき》であった。

確かにそんなことも言ったことはあるが、あの話は冗談だったはず。

アンナは確かに可愛らしい。

しかし、自分はサイファード家の婿養子になる身だ。

当主であるオリビア以外との婚姻は許されていない。

「使用人への聞き取りの際、アンナは既にアーサー殿と婚約したと言っていたそうです。茶会の席でアーサー殿もオリビア様にその旨をお伝えしていたと。ですのでアーサー殿。もしこの後オリビア様が最悪の形で発見された場合、あなたもローラとアンナに加担した間接的な容疑者の一人となるのですよ」

「っ⁉」

アーサーは息を飲む。

「違う！　そんなことはない！　確かにそれは、いや、それらしいことは言ったが、そういう意味では……」

アーサーは焦った。

確かにオリビアにはそのような類のことを言ったが、それはあくまで彼女を嗜《たしな》めるためだ。

本気でアンナと婚約出来るなんて思っていなかったし、ましてやそんなことでオリビアの迫害に加担するつもりなどさらさらなかった。

その時、ロドリーがジロリとアーサーを睨みながら呟いた。

「……確かに少し前、アーサーがそんな戯言《たわごと》を言っているという話は、ローラ夫人からチラッと聞いたことがある。しかし何かの冗談かと思い信じてはいなかったが……」

「誤解です、父上!!　僕にそんな気持ちはありません！　本当です!!」

「そうですか。まあこの際、あなたがアンナを好きかどうかはさて置き、このような惨事になる前、オリビア様から何か相談は受けなかったでしょうか？」

シルフィーは、じっとアーサーの表情を観察しながら質問を続ける。

「相談、ですか？」

「ええ。現在の置かれている状況や助けて欲しいこと、心配事や不安に思っていること等。アーサー殿は婚約者なのですから、追い詰められていたオリビア様から何か相談のようなものがあってもおかしくなかったはずなのですが」

その言葉にアーサーは固まった。

相談……。

「…………受けました」

俯《うつむ》きながら、アーサーは小さく答える。

「それは、どのような内容でしたか？」

シルフィーは問う。

「……」

「？　アーサー殿？」

アーサーは膝に置いた拳をぎゅっと握りしめ、弱々しい声で答えた。

「……相談は受けましたが、ちゃんと聞いていませんでした」

おやおやおや。

シルフィーの目に、はっきりと侮蔑の色が見える。

「成程。卿、どうやらアーサー殿は、婚約者と良好な関係を築けていなかったようですね」

「アーサー……貴様っ!!」

「しかも、アーサー殿はオリビア様に病気のせいで跡継ぎが産めない、自分には相応しくないと罵っていたとの情報も入っています」

シルフィーは、指を組んでニコリと微笑む。

この情報は、シロとクロの尋問によりこの屋敷の使用人たちから明らかになったものだった。

多少の負傷者は出たものの、我が身可愛さに使用人たちは薄い紙のようにペラペラと良く喋り、オリビアの置かれていた状況、人間関係などを事細かく聞き出すことが出来た。

尤《もっと》も、そうしたからといって、使用人たちの罪が軽くなることなどないのだが。

アーサーは、頭の中が真っ白になった。

一方ロドリーは、息子への怒りのあまり剣の柄を握っていた。

その状況で、シルフィーはゆっくりと息を吐いた。

「いいですか。そもそもオリビア様はサイファード家の当主です。金銭面にしても行動にしても、それが当主の意向であれば全て正しいのです。それを何故、他家の者が責めるのですか。どんな不条理であっても、サイファードの領地はサイファードの直系が治めているのです。この事はブラン王国国王もお認めになっているのですよ。それを愚かにも、ただの種馬風情がふざけたことをしましたね」

シルフィーは傍らに置いていた紙束を、バンッと二人の前の机に投げつけた。

「というのも、このような物が出てきましてね」

笑顔ではあるが明らかに怒っているシルフィーの様子に、さすがのロドリーも唾を飲む。

これには一体何が書かれているのか？

ロドリーは、恐る恐る紙束へと手を伸ばした。

「サイファード領の森の開拓、木々の売買、貴族専用の避暑地建設、商人の誘致等々」

シルフィーは、書かれてある内容を空で読み上げる。

それは、アーサーが意気揚々とアンナに説明していた、森の開拓事業のたたき台の写しだった。

ロドリーは慌てて資料に目を通し始める。

彼はひとしきり読んだ後、一瞬大きな身震いをしたかと思うとおもむろに立ち上がり、持っていた紙束で力いっぱいアーサーを殴り付けた。

「このっ、愚か者めがぁ‼　なんだこの書類はぁ⁉」

「ち、父上⁉」

見たこともない剣幕に、アーサーは驚いて両手で防ぐが、ロドリーの手は一向に止《や》むことはない。

何度も何度も叩かれ、持っていた紙束が破れて辺りに舞い散る。

すると今度はそれを手放し、力任せにアーサーの顔を拳で殴った。

「ぐぁっ！」

アーサーはソファーから転げ落ち、床に顔をぶつけて転がる。

唇は切れ、大量の鼻血が床に滴り落ちる。

「流石に許容範囲を超えています。これを本気で書いたのだとしたら、彼はとんでもない阿呆《あほう》です」

修羅場が目の前で展開されているにもかかわらず、シルフィーは淡々と話す。

「こんな奴《やつ》！　私の子ではないわ！　追放だ！　いや、今すぐ私が殺してやる‼」

腰から剣をスラリと抜くと、剣先をアーサーの喉元に突きつけた。

「ひぃっ……！」

アーサーは恐怖で言葉を失い、ガタガタと震えながら後退る。

「はいはいはい、二人とも席について」

シルフィーはパンパンパンと手を打つと、何事もなかったかのように平然と二人に座るよう促す。

「卿も剣を収めなさい。まだ話の途中です」

ロドリーはぐっと歯を噛《か》みしめると大きく息を吐き、ブンッと一度剣を振って鞘《さや》に戻した。

アーサーも殴られた衝撃で足元をふらつかせながらも何とかソファーに腰を下ろすが、鼻と口からは血を流したままだった。

「さて、ではは質問を変えます。アーサー殿、こちらに見覚えはありませんか？」

シルフィーは、二人の目の前に一本の白いリボンを置いた。

「これは、アンナがアーサー殿から貰ったと証言しているリボンなのですが」

「えっ……？」

アーサーは、そのリボンを手に取ってまじまじと眺める。

白地に銀糸で小さい花と、王冠をかぶった二匹のドラゴンが刺繍されている。

大層美しく芸術的ではあったが、正直アーサーはこのリボンに見覚えがなかった。

確かにアンナへ多くのプレゼントを贈ったが、その一つ一つまで正確には覚えていない。

ましてや女性の身に着ける物の柄など商人に任せっきりで、区別などつくはずもなかった。

「……確かにアンナには、いくつかのプレゼントを贈りましたが……これは……」

分からない。

正直に言うべきかどうか、アーサーはチラリとシルフィーの顔色を窺う。

「成程。アーサー殿は婚約者であるオリビア様よりも、その妹にプレゼントを贈っていたのですね」

シルフィーはにっこりと微笑んだ。

「っつ……」

「アーサー貴様、帰ったら覚えておれ。シルフィー殿、今日はこの辺りで失礼する」

ロドリーは、これ以上聞くに堪えないと席を立つ。

しかし、

「いけません。このリボンの出所を確認するまでは、決して帰すことは出来ません」

シルフィーは、いつになく厳しい口調で言い放った。

「何だってこんなリボン一つにそこまで……」

ロドリーは、アーサーの手からリボンを奪い取った。

だが次の瞬間、そのリボンの刺繍模様に気づくと目を見開いたまま動きを止める。

そしてロドリーは真っ青な顔をして、アーサーの胸倉を摑んで引っ張り上げた。

「き、貴様！　一体何をしたのだ！　どうやってこのリボンを手に入れた!!」

「へ？」

「この紋章、リボンに刻まれているこの紋章は、間違いなく『財閥』のものだ。お前ごときがどうやって手に入れたというのだ!!　答えろアーサー!!」

「へ、ざ、財閥……!?」

意味が分からずポカンとするアーサーに、シルフィーはふむ、と考え込む。

「どうやら、アーサー殿にはこのリボンが何なのか、本当に身に覚えがなさそうですね。となると、これをアーサー殿からもらったというのはアンナの虚言でしょう」

シルフィーはそう結論付けた。

それを聞いたロドリーは、アーサーを摑んでいた手を放すと、ドサリとソファーに座り込んだ。

アーサーは何が起こったのか理解出来ず、放心状態で座っている。

「分かりました、リボンの件については結構です。しかし、アーサー殿はいまいち現状が理解出来ていないようですね。君、彼をオリビア様の部屋まで案内して差し上げなさい」

シルフィーは扉の前で待機している騎士に声を掛け、アーサーを屋根裏部屋に連れて行くように指示した。

「ああそれと、アーサー殿。折角張り切って作った事業計画書ですが、何もせずとも森はきれいさっぱり消えるでしょう。良かったですね」

騎士に引き摺られていくアーサーに向けて、シルフィーは告げた。

「え？」

彼はその言葉の意味が分からず、きょとんとした顔でシルフィーの顔を見返す。

「……まさかノルンディー卿。自分の息子にサイファードの歴史を教えていなかったのですか？」

シルフィーは目を細めて、じっとロドリーを睨む。

「そんな訳はない！　何百回と読み聞かせている！」

ロドリーは焦ったように声を荒らげた。

領地が隣のノルンディー侯爵家は、自領への影響もあるため、代々サイファードの歴史についてしっかりと学び、正確に現状把握を行っている、そのはずだった。

「そうなのですか？」

シルフィーは再びアーサーに視線を戻す。

「歴史？　あ、サイファードの伝説……おとぎ話は知っています」

小さい頃から、何度となく読むことを義務付けられた精霊に関するおとぎ話。

アーサーは切れた唇で答えた。

「……成程、その様子では精霊の伝承を本当にただのおとぎ話として認識しているのですね。この土地から『精霊の力』を使える直系子孫が一人もいなくなるとどうなるか、想像すらしていないのでしょう。……まあいいです。アーサー殿はオリビア様に関する重要参考人として、今後どこかのタイミングで王都に一度連行します。それまでは捜索隊のメンバーとして、オリビア様の捜索に励んで下さい。よいですね、ノルンディー卿？」

シルフィーの言葉に、ロドリーは黙って頷く。

それからアーサーは騎士に連れられ、オリビアの部屋を見るために応接室を出て行った。

室内に残った二人。

「あいつは勘当だ。いや、毒殺する……」

ロドリーは小さく呟いた。

「非常に貴族的な解決方法ではありますが、今回は愚策でしょう。これから彼には役に立ってもらわなければなりませんからね」

「？」

「国王は既にオリビア様を何とかサイファードに引き留めるため、アーサー殿以外の新しい婚約者候補を急いで選定しています。となると元婚約者であったアーサー殿の持つ情報は非常に有用で、それは新しい婚約者候補となった者からも非常に望まれるでしょう。もちろん、オリビア様が生きている前提の話ですがね」

「……承知した」

「理解が早くて助かります。少なくとも、息子を殺すなどと――」

――息子を殺すなどという簡単な解決方法、主が許すはずもありません。せいぜい生き恥を晒《さら》しなさい。

という後半のシルフィーの微《かす》かな呟きは、項垂《うなだ》れたロドリーの耳には届かなかった。

「今回のことで、あなたのノルンディー領にも多くの影響が出るでしょうが、国からの援助は他の貴族の心情を慮《おもんぱか》れば厳しいでしょう。しかしこれも自業自得ですから、何とか持《も》ち堪《こた》えてください」

「……ああ」

ロドリーは悔しそうに、窓の外に広がる森を眺める。

先程まで青々と茂っていたはずの木々が、紅葉のように次第に葉の色を変え始めている。

サイファードの地から、精霊の血を継ぐ者が一人もいなくなってしまったことによる影響が、早くも現れ始めていた。

一方その頃、オリビアの部屋に連れてこられたアーサーは、その惨劇の跡と彼女の置かれていた状況に言葉を失い、恐ろしい程の後悔の念に苛《さいな》まれるのだった。

※※※

サイファードの屋敷の応接室。

アーサーたちが帰った後、シルフィー、レオ、シロ、クロはソファーに座りながら、今回の事件の内容を纏めていた。

窓からは、続々と騎士団の用意した馬車の中へ連行されていく使用人たちが見える。

後ろ手に縛られ、縄を騎士にガッチリと掴まれた彼等の足取りは重く、皆一様に俯きながら馬車に向かって歩いていく。

時折女の甲高い悲鳴が聞こえるが、誰一人それに反応する者はいなかった。

彼等はこれから馬車に詰め込まれ、ブラン王国王都に護送される。

「サイファード領から王都までは、早馬だったとしても二日は掛かる。馬車となれば、奴らが王都につくのは大体七日後くらいだろうな」

「それ位でしょうね」

レオの呟きにシルフィーが答えた。

「七日間、ずっと馬車の中かぁ～。まあ僕たちは馬車に乗るわけじゃないから関係ないけど、可哀そうだね～。転移魔法を使えば一瞬なのにね！」

クロはニコニコと笑う。

「彼ら使用人は皆平民に近いようですし、魔力も大して感じられません。ただの一般人が転移のような高度な魔法なんて使えませんよ」

シロの言葉に、

「そうだね！　にゃははは～頑張ってね～」

クロは、捕まった使用人たちを乗せて次々と出発する馬車に向けて応接室内から手を振った。

彼らはそのままこの応接室に残って報告書を作成しているのだが、その側を別の騎士たちが忙しく動き回っている。

彼ら騎士たちはこの屋敷中全ての部屋の物を検品し、目録に記入した後に箱に詰めて屋敷の外へと運び出していた。

「それよりシロ、先程の報告の続きをお願いします」

シルフィーが催促すると、シロは魔道具のタブレットに目を落とした。

「簡単に言うと、今回の事件はローラとアンナの二名がオリビア様を邪魔に思って企てた殺害計画だったようです。執事と家政婦長はローラを慕っており、彼女の望むように行動。他の使用人たちはそんな姿を度々目撃し、憂さ晴らしのために似たようなことをしていた、という感じです」

シロはざっくり答えながら、タブレット上で報告書をまとめてシルフィーのタブレットへとそのデータを送信する。

「成程。つまり、全員ただの馬鹿だったということですね。それにしてもシロ、あなた……」

シルフィーは、たった今自身のタブレットに届いたシロの報告書に目を通して溜息を吐く。

「？」

「報告書の空いたスペースに落書きしない、と何度言ったら分かるのですか？　あとから綺麗に手直ししなければいけない私の身にもなりなさい」

「え？　何描いたの～⁉　見せて見せて～」

クロがシロのタブレットを覗きこむ。

そこには、報告書の余白を使ってデフォルメしたオリビアの顔と、何故か苦悶《くもん》を滲《にじ》ませる執事や使用人たちの顔が描かれていた。

「スペースが空きましたので。それに落書きではありません。芸術です」

シロはドヤ顔で答える。

「『芸術です』じゃないでしょう。スペースが空いたのなら、報告内容を充実させなさい。それにあなた、オリビア様に直接お会いしたことなどないでしょうが」

シルフィーは呆れる。

「妄想です。どうですか？　上手でしょう？　似てますか？」

シロはシルフィーに詰め寄る。

「うっ、ま、まあ。似ているかと言われれば……確かに……」

「へぇ～、オリビア様ってこんな顔してるんだ～。綺麗な御方だね。シロ、上手だね～」

「ありがとう」

クロの言葉に、シロは今日一番の笑顔を向ける。

「レオ。あなた、きちんと教育なさい」

クロはともかく、シロの外見がいかにも仕事できます風なのが、余計にたちが悪い。

「いや、すまん。俺には無理だ……」

シルフィーの言葉にレオはそっぽを向いた。

「こほんっ。ではひとまず我が騎士団が仕えるブラン王国の国王陛下には、『オリビア様は家を乗っ取ろうとした義母と義妹に刺された後、森に捨てられて未だに安否不明。現在全力で捜索中』と適当に報告しておきましょう。あの国王は馬鹿なので適当な報告書でも気づきません」

シルフィーはそう締め括り、タブレットを鞄に戻した。

残務処理を終えて屋敷を出ると、既に辺りは夕焼けに染まっていた。

サイファード家の屋敷は小高い丘の上にあり、遠くまで広がる領内の町並みもよく見渡すことができた。

「うお～！　終わった。連休だ～!!」

レオは嬉しそうに両手を上げる。

「ねえシロ。何する？　せっかくサイファード領に来たんだから、どっかこの地方の美味《おい》しい料理屋さんでも行く？」

クロは嬉しそうに、シロの後を付いて回る。

「はしゃぐのは結構ですが、きちんと七日後には王都に出勤して下さいよ」

「分かってるって！　うわっ、何だあれ」

レオが驚いて声を上げると、皆が一斉に彼の視線の先に目を向けた。

「ああ……あれが」

シルフィーは目を細めながら、その光景を見つめる。

夕日に照らされた森から、まるで蛍のような小さな光が次々と空へと昇っていく。

溜息が出るような幻想的な光景に、一同はしばし見惚《みと》れた。

「美しいですね、あれは何なのでしょう」

シロはタブレットを取り出すと、嬉しそうに目の前で起こっている光景をサラサラとスケッチし始める。

「あれは魔力、つまり精霊たちでしょう」

シルフィーは答えた。

「精霊？　あれが……」

「ええ。このサイファードの土地がかつて、岩と砂ばかりで草木も生えない不毛な地であったということは知っていますよね？」

「知ってる〜」

「はい。しかし二百年前、そこに精霊の女王が降り立ち、その力で緑あふれる大地にしたと」

クロが元気よく右手を上げ、シロは静かに答えた。

「そうです。ブラン王国に残る文献には、その時女王は多くの精霊をこの地に呼んだと記されています」

「ではあれは、まさかこの地を去ろうとする精霊たち？」

「きっとそうでしょう。オリビア様がいなくなったことで、この地に精霊の力を持つ人間が一人もいなくなり、精霊はこの地に留まる必要がなくなった。……ご覧なさい。辺りを」

シルフィーの言葉に周囲を見渡すと、森だけでなく、いつの間にか大地全体から小さな光が次々と空へと昇っていた。

次第に薄暗くなっていく中、目を凝らすと、多くの領民たちが家から外に出てこの美しい光景——サイファード領の終焉《しゅうえん》を眺めている。

「精霊、初めて見た〜。綺麗だね」

クロの呟きに、レオとシロが頷く。

「はぁ〜。しかしまあ、この状況でノルンディーの連中は明日からオリビア様の捜索か。見付かる訳ねえのに、ノルンディーは哀れだな」

レオは、同情するかのように首を左右に振る。

実は彼らは、オリビアが生きていて、そして既に他の場所に保護されている事を知っている。

何故なら彼らはブラン王国騎士団には所属するものの、外部から送り込まれている間者であり王国の人間ではないからだ。

「しかしこの勢いで精霊がいなくなってしまえば、このサイファードの地はあっと言う間に不毛の地に戻るでしょう。作物が育たなくなったこの地は、生きていくには非常に厳しい。もし難民となってしまったサイファード領民をノルンディーが全て受け入れなければならないことになったとしたら、ノルンディーは大変な目に遭うでしょうね」

「自業自得だろ」

レオたちは面白そうに笑うが、

「それが、大変な目に遭うのはノルンディーだけではありません。今一番危機的な状況にあるのは、ノルンディー領含むこのブラン王国全体です」

シルフィーは言う。

「ん？　どういう意味だ？」

レオは目を細めてシルフィーを見る。

「私達《わたしたち》がサイファード領に到着する少し前、青い鳥がブラン王国王都に向けて放たれました。数日後、それを見た王都にいる知識人や商人たちは、すぐにでもブラン王国外へと退去し始めるでしょう」

「げっ！　マジか……」

レオは驚いて声を上げる。

青い鳥。

それは、四大財閥が『敵』とみなした国に放つ警告の鳥である。

財閥が管理する国で、財閥に向けて明らかな敵対行為があった場合にのみ放たれることが殆どで、青から黄色、そして赤へとその色を変えるごとに警告度合いが増し、赤い鳥が飛び交った国は、四大財閥を完全に敵に回したとして地図から消滅すると云われている。

『青』の段階で、財閥が直々に手を下すことはない。

しかし鳥が放たれたという時点で、賢い者たちは早々にそんな国には見切りをつける。

「このままだとブラン王国はジリジリと流通を止められ、国力を削《そ》ぎ落とされるでしょう」

「まじか～」

「そうとも知らず、我が国の素晴らしき王は、サイファード領を繋ぎとめるためにオリビア様の新しい婚約者を焦って選定しています。まあきっと、サイファードの地がこれから枯れていくということすらも知らないのでしょう。哀れなことです」

シルフィーは可笑しそうに笑う。

「青い鳥を飛ばしたのはやはり〝北の財閥〟ですよね？　北の財閥は、このまま管理下であるブラン王国を潰すつもりなのでしょうか？」

シロは尋ねる。

「どうでしょう。私の予想では『生かさず殺さず』といったところで落ち着くと思いますが。今いる王侯貴族から搾れるだけ搾った後、トップの首をすげ替えて終わりでしょう」

「でももしこれで本当にブラン王国がなくなったら、俺たちはどうなるんだ？　ブラン王国の人間ではないから、別にこの国が滅びようとも関係ないんだが……」

「勤務地が替わるだけでしょう。我々は常に〝主〟の命に従い、北の財閥ホワイトレイ家の発展のために与えられた任務をこなすまでです。我々は北の財閥の人間であり、シリウス様を〝主〟として仕える臣下なのですから」

「そうだな。でもそうなれば、もうあの馬鹿な国王の下にいなくて済むようになるな〜やった〜」

シルフィーの言葉にレオは両拳を天高く上げながら答える。

——各国の上層部には四大財閥の内どれか一つの財閥の人間が送り込まれている。

北の財閥が管理するブラン王国については、宰相のシルフィーやレオを筆頭とする騎士団上層部がまさにその北の財閥の間者であった。

「我が儘《わがまま》で横暴なブラン王国の国王グレオ・ブラン。ほんの僅かではありますが政《まつりごと》の才があり、カリスマ性もある。サイファード領の件がなければ、もう少し『王』という職を続けられていたかもしれませんね」

「いやもうムリムリムリムリ！　あんなのの下でもう働きたくないよ！　シルフィー様だって嫌いでしょ？　ああいうタイプ」

クロは嫌そうな顔で、力いっぱいブンブンと首を振る。

「当然です。私は感情的な人間が一番嫌いなのです。とっとと自滅しろと、常日頃から思っていました。そもそも九年前、私たちがここに配属されたのも、あの馬鹿のせいでしたし」

シルフィーは冷たい顔で答える。

「ああ〜、シリウス様の御父君、先代ダリル様を怒らせたのでしたね」

シロは頷いた。

「『殺してもいい。だが国王として、僅かでもグレオに才があるならば、少しの間様子を見ろ』だったね～。あの時のダリル様、今思い出しても怖かった～」

クロは身震いしながら腕を擦る。

「そして非常に残念ながら、現ブラン王国の国王陛下であらせられるグレオ様にはほんの僅かな、塵《ちり》のような才があり、今の今まで何とか生き長らえてきました。本当に、ゴミ虫のようなしぶとさです。まあ、そのお陰で、我々北の財閥もそこそこ儲《もう》けさせて頂きましたが――」

シルフィーは小指にはめた指輪を抜くと、裏側の紋章を見る。

そこには、王冠をかぶった二匹のドラゴンがしっかりと彫られていた。

「すでに、今回の一連のサイファード家に関する調査報告書はリシュー様に送りました。我々はしばらく様子見です」

アーサーが意気揚々と作成した例のサイファード領に関する事業計画書も、レオが手に入れたオリビア直筆の紙も全て送付済みだ。

「了解した」

レオは頷く。

「まあ、昨年異常に豊作だった土芋が、ブラン王国内の倉庫で大量に眠っています。流通が止まったとしても、しばらく国民が飢えることはないでしょう」

シルフィーはくつくつと笑う。

「あの芋、好きじゃないんだが……」

顔を顰めてぼやくレオに、

「僕もきら～い」

　クロもシュンとした表情でそれに続いた。

「我々には関係ないでしょう。今まで通り北の財閥の息のかかった商会から、好きな時に好きな物を調達なさい」

　シルフィーは笑う。

「ということは、僕たちお咎《とが》めなし？」

　クロは期待を込めてシルフィーに聞き返す。

「今回は見逃されるでしょう。そもそも私たちの仕事は、ブラン王国の舵取《かじと》りです。勿論サイファード領のことは気には留めていましたが、私たちは先代ダリル様は勿論のこと、現当主であるシリウス様からもサイファード領への立入り許可を頂いておりませんでした。オリビア様がこのような事態に陥ってしまっていたことを、ブラン王国内にいた私たちがもう少し早く気付けていれば……いえ、それは結果論に過ぎませんね。ですので……発見が遅れたのは、まあ、私たちの落ち度ではないですかね……多少のとばっちりは喰《く》らうと思いますが……」

　シルフィーは珍しく、歯切れ悪く答える。

「助かった……」

「やった！」

「良かったです……」

　レオ、クロ、シロはほっと息を吐く。

「ああ、それから今回サイファードの屋敷で捕らえた愚か者たちですが、ブラン王国での刑が確定した後、極刑であっても殺さずに北の研究所に送るように」

「お〜〜分かった」

レオは頷く。

北の研究所とは、ホワイトレイ家が所有する研究所の一つである。

地図に載らない広大な北の地にあり、そこで働く研究員たちは日夜魔石を使った最先端の魔道具の研究開発を行っていた。

今回捕らえられた者たちは、十中八九最近被験者不足だと嘆いている北の研究所『薬科部門』へとまわされ、新薬の治験に使われるだろう。

シルフィーはそんなことを思いつつ、先程小指から抜いた指輪を空に掲げる。

「全てはホワイトレイのために」

「「「ホワイトレイのために」」」

シルフィーの呟きの後、レオ、シロ、クロは耳のカフを撫でながら同じように呟くと、転移魔法を発動する。

こうして四人は、大地から湧き上がる美しくも寂しい精霊の光の中、当主のいなくなったサイファード領を転移魔法で後にしたのだった。

それから七日後。

異例の早さでサイファード家のお家乗っ取り事件の顚末が、宰相シルフィーによってブラン王国内の全貴族に伝えられた。

その際、義母と義妹による当主オリビアの殺害計画の全貌が事細かく説明され、未だオリビアが行方不明であることも伝えられる。

ノルンディー侯爵は他の貴族からやり玉に挙げられ、爵位を侯爵から伯爵に下げられた。

それでも処罰が甘過ぎると多くの貴族が騒いだが、国王グレオよりオリビアの新しい婚約者選定が行われる旨が伝えられると、途端に反発する者はいなくなった。

国王グレオは、自国で何とか事態の収拾を図ろうと、自らの名の下にブラン王国内全貴族に一連の事件に関して一切口外しないよう緘口令《かんこう》を敷いたのだが、何故かオリビアが未だ行方不明であるという事実だけは瞬く間に近隣諸国へと知れ渡った。

オリビアが去ったサイファードの地はあっという間に草木が枯れ、森が消え始め、水源は涸《か》れ、川や湖は見事に干上がっていった。

緑豊かだった大地は岩と砂ばかりの荒れ地へと変わり、それに驚いたサイファードの領民たちはノルンディー領へと押し寄せる。

しかし領地が隣だったノルンディー領でもオリビアの失踪に関連する被害は甚大で、すでにノルンディー家当主ロドリー自らが寝る間を惜しんでの対応に追われていた。

それに加え、現在ノルンディー家の騎士たちにより発足した捜索隊によってオリビアの捜索が進められているのだが、彼女の姿は未だ見付かっていない。

しかしそれは当然である。

オリビアは既に、シリウス率いる北の財閥ホワイトトレイ家に丁重に救出保護されている。

その事実を、辺境の小国であるブラン王国の一貴族でしかないノルンディー家の人間が知る由もないのだから。

＊＊＊

今からおよそ十二年前。

北の財閥ホワイトレイ家の当主であり、シリウスの父であるダリル・Z・ホワイトレイは、ディナーの途中にもかかわらず、彼の専属執事から一通の手紙を受け取った。

待ちわびた手紙だったのだろう、ダリルはすぐさまその手紙に目を通す。

しかし次の瞬間、不意に身体を硬直させた。

メインディッシュの鴨肉《かもにく》のコンフィにナイフを入れた直後であった今年十歳になったばかりのシリウスは、自分の父の珍しい姿に思わずその手を止める。

広いダイニングテーブルには真っ白なクロスが皺一つなく敷かれ、中央にはカサブランカの花を主とした豪華なアレンジメントが飾られている。

食堂の中央に吊《つ》るされた大きなシャンデリアは、色鮮やかなクリスタルをふんだんに使っているが、華美になりすぎないように美しくカットされていた。

「どうかされましたか？　父上」

硬直したまま一向に動く気配のないダリルに、シリウスは見かねて声を掛ける。

「……ああ。十日後にサイファード領に行く。用意しておくように」

ダリルはそう言いながらゆっくりと手紙をたたむと、テーブルの上に置いた。

「サイファード領ですか。私も行って宜しいのですか？」

シリウスはカトラリーを静かに置くと、十歳とは思えないしっかりとした口調でダリルに尋ねる。

父ダリルが何よりも大切にしている、サイファード家当主、美しき精霊の女王シェラ・サイファード。

忙しいスケジュールを何とか調整し、毎年のように彼《か》の地を訪れているのは知っていたが、シリウスは一度もそのサイファード領への旅に同行させてもらったことがなかった。

「そろそろお前もシェラ様に会っておいた方が良いだろう。どうやら子が生まれたようだ。お前も何か祝いの品を用意しておくように」

ダリルの言葉に、シリウスは目を見開いた。

「精霊様にお子様が生まれたのですか？」

「ああ、どうやら数日前に生まれたばかりのようだ」

ダリルはナプキンで口許《くちもと》を拭った後、テーブルに置いた手紙に視線を移しながらゆっくりと頷く。

ああ、なるほど。

シリウスは思った。

どうやらあの手紙はサイファード領に住まうシェラからのもので、その内容が出産報告であったのだろう。

ダリルのあの様子を見る限りその報告はまさに青天の霹靂で、衝撃のあまり先程の硬直に至ったのだろう。

シリウスは容易に想像ができた。

ダリル・Z・ホワイトレイ。

シリウスの父にして、北の財閥ホワイトレイ家の頂点に君臨している絶対零度の王。

歴代のホワイトレイ家当主の中でも圧倒的な冷酷さと残忍さで知られ、容赦のない君主として恐れられている。

そんなダリルから直々に帝王学を叩き込まれている一人息子のシリウスも、十歳にして既に天才と名高い。

今は亡き母譲りの美しい外見と、父譲りの性格。

ダリルに言わせると『まだまだ甘い』らしいのだが、彼の部下たちは既にシリウスを崇拝している程だった。

現在十歳になるシリウスは、そんな恐ろしくも偉大な父が、失恋により心を痛めていることを敏感に察知する。

しかし流石に表情には出せず、シリウスは食事を終えると十日後のサイファード領への旅に向けて粛々と用意を始めた。

※※※

初めて訪れたサイファード領は、シリウスにとって驚きの連続だった。

自然豊かであることは勿論、木々や花々が今まで行ったどの地よりも色鮮やかで美しく、日の光を浴びて文字通りキラキラと輝いている。

流れる川の水はどこまでも澄み、水中を漂う水草や魚の姿がはっきりと見て取れる。

桃源郷がこの世に存在するのだとしたら、まさにこんな感じだろうか。

シリウスはどこか懐かしさを肌で感じながら、ダリルの後についてサイファード家の屋敷へと入る。そして出迎えに玄関ホールに立っているシェラの姿を見た瞬間、シリウスは本当の意味で息が止まった。

シルバーブルーの髪は、床に付くギリギリで揺らめき、白い肌はまるで内側から発光しているかのようだった。

こちらを見つめる瞳は夜空のように深く瞬《また》き、何処《どこ》までも澄んでいる。

シリウスが最初に感じたのは、圧倒的な恐怖だった。

喉が詰まるような威圧感に身体中が支配され、呼吸ができずにカタカタと震え出す。

何がこんなにも恐ろしい？

彼女の美しすぎる造形？

佇まい？

雰囲気？

……分からない。

しかし、存在そのものが根本的に人間とは異なる。

得体の知れない何かを見た時、人はこうなるのか。

シリウスは全身に鳥肌が立ち、血の気が引いていくのを感じる。

「あらあらあら」

真っ青な顔で何とか立っているシリウスに気付いたシェラは、鈴を転がすように笑う。

「少しは精霊の力を抑えて下さい。息子が倒れてしまう」

ダリルは苦笑しながら、シェラをエスコートするべく右手を差し出した。

「ふふふ。あなたが子を連れて来ると言うから、少し遊んだだけなのに」

存外気安く話すシェラは、瑞々《みずみず》しい唇をほんの少しすぼめて、シリウスに向けて『ふうっ』と息を吐く。その瞬間、先程まで身体全体を覆っていた威圧感が綺麗さっぱり消え失《う》せる。

シリウスは、肺に溜《た》まったままの空気を一気に吐き出した。

「初めまして、シェラよ。ここではシェラ・サイファードと名乗っているの。よろしくね」

柔らかく微笑むシェラに、シリウスは先程襲われた恐怖は一切感じなかった。

「お初にお目にかかります。シリウス・ホワイトレイです。若輩者ですが、宜しくお願い致します」

シリウスは急いで気持ちを立て直し、しっかりと挨拶を返す。

「あら、ご丁寧にどうも」

シェラはニコリと笑いながら、ダリルの手を取って二人を屋敷の奥へと誘った。

シリウスは、歩きながら不躾にならない程度に辺りを観察する。

屋敷の中は至ってシンプルだが、所々にダリルが贈ったのであろう年代物の絵画が飾られている。

「如何《いかが》致しましたか？」

すぐ後ろを歩く使用人が、そんなシリウスに声を掛けた。

「いえ、何でもありません」

答えながら振り返ると、明らかに人間離れした容姿の使用人が立っている。

足音はおろか、気配すら感じない。

玄関ホールで見た使用人たちからは特に何も感じなかったので、この屋敷内には精霊と人間が混在しているのだろうか。

シリウスは考えつつ、シェラとダリルの後をついていく。

そうこうしているうちに、三人は庭を見渡せる明るい部屋へと辿りついた。

「私の子、オリビアよ」

シェラは部屋の中央、小さなベッドに寝かされた美しい赤子をダリルとシリウスに紹介する。

まだまだ産毛ではあるもののシルバーブルーの髪と大きな瞳を持つその赤子は、シェラの色をしっかりと受け継いでいた。

初めて見る美しくも愛らしい赤子に、シリウスは思わず顔を覗きこむ。

すると、その拍子にオリビアと目が合った。

微動だにせずに見つめられ、シリウスも同じように彼女を見つめ返す。

生まれて間もないのに、泣きも笑いもしない。

赤子というのは、こういうものだっただろうか？

不思議に思いながらも、シリウスはじっとオリビアを見つめる。

濡《ぬ》れた大きな瞳の中に、きらきらと虹色の光が瞬いている。

美しいな、と思いながら見ていたシリウスに向けて、不意にオリビアが微笑んだ。

「あら？」

背後でシェラの声が聞こえるが、今のシリウスは湧き上がる高揚感にそれどころではない。

「可愛い……」

可愛すぎる。

オリビアの余りの可愛さに、手を伸ばして頬を優しく撫でる。

「ふわふわ……」

シリウスが呟くと、オリビアは嬉しそうに目を細めてキャッキャッと声をあげて笑った。

「初めましてオリビア。私はシリウス。仲良くしようね」

「あ～あ～」

オリビアはシリウスの言葉に答えるように、嬉しそうに両手をぶんぶんと振る。

ああ——彼女の、オリビアの成長をつぶさに確認したい。

守ってあげたい。

笑いかけてほしい。

できる限り一緒にいたい。

シリウスは、胸の奥からまるで泉のように絶えず湧き上がってくる熱い思いを感じた。

この出会いの日以降シリウスは、どんなに忙しくても時間を作り、ダリルと共にサイファード領を訪れた。

出会いから三年。

その日もシリウスは、三歳になったオリビアに誕生日プレゼントを贈る名目で、ダリルと共にサイファード家の屋敷を訪れていた。

いつも通りシリウスはオリビアを腕に抱き、サイファード家自慢の薔薇園を二人で散歩する。

しかし、機嫌良く歩いていたのも束《つか》の間《ま》、

「おりる」

突然オリビアはそう言うと、器用にシリウスの腕から飛び降りた。

「ああオリー！　危ないよ」

慌てて手を伸ばすが、オリビアは小さい身体で器用にバランスを取ると地面にちょこんと立ち、シリウスに向かって手招きした。

「なに？」

跪《ひざまず》くシリウスに、オリビアは顔を近付ける。

ちゅっ。

オリビアはシリウスの両頬に小さい手を添え、その小さい唇で彼の額に口付けを贈った。

シリウスが驚いて目を見開いた瞬間、彼の周辺に突然光の粒子が湧き上がる。

「え⁉　これは一体……」

「これで、だいじょ〜ぶ」

オリビアは、シリウスに向けて両手を広げる。

抱っこのポーズだ。

「あ、ああ」

突然の出来事にシリウスは真っ赤になりながら自らの額を数回撫で、オリビアを抱き上げた。

それからお返しとばかりに、彼女の頰に優しく口付けを贈る。

「素敵なプレゼントをありがとう。愛してるよ、私のオリー」

その言葉に、オリビアは嬉しそうに目を細めた。

オリビアは、極端に無口で表情も乏しい。

しかし、その瞳は誰よりも饒舌《じょうぜつ》であることをシリウスは知っている。

だからこそ、シリウスはオリビアを見つめることも見つめられることも堪《たま》らなく好きだった。

どこまでも深く澄み切った瞳。

見つめられると、全てを見透かされているような、そんな気になってくる。

ちっぽけで丸裸にされた自分が、彼女の足元に無惨に転がる。

ああ、オリビアに全てを捧《ささ》げたい。

微笑んでくれたなら、全てを肯定された気持ちになる。

こんな自分でも良いのだと、堪らない気持ちになってくる。

この感情を、何というのか分からない。

ただシリウスは、これが三歳の幼子に抱く想いではないと重々承知していた。

しかし、これればかりはどうしようもなかった。


「あらあら、あの子ったら。ダリル、御覧なさいな」

心地良い夏の夕暮れ。

シェラはサイファード邸の庭が一望できるオープンテラスのソファーに身体を預けながら、対面

に座るダリルに向かって朗らかに笑いかけた。

長く美しい髪を、風が優しく揺らしながら吹き抜けていく。

奇跡のような尊い存在。

彼女こそ、二百年前にこの地に降り立った精霊の女王だった。

夕日に輝くシェラの姿は神の如《ごと》く清らかで、その余りの美しさにダリルは目を細めてしばらく見惚れる。

いつどんな時も、彼女を見つめていたい。

ダリルは名残惜しさを感じながら、シェラに促された方に視線を向ける。

そこには、跪いたシリウスの額に口付けを贈るオリビアの姿があった。

「ふむ。あれは一体……」

「祝福ね」

ダリルの問いに、シェラは嬉しそうに微笑む。

人間の歳《とし》にして三歳。

しかしオリビアは、れっきとした精霊族。女王の娘だ。

自身が愛おしいと感じた者には祝福、いわゆる加護を与えることができる。

「祝福か……羨ましい……」

愛おしそうに微笑み合うシリウスとオリビアの姿に、ダリルは無意識にポツリと呟いた。

「あら？　ダリル。私の祝福だけでは物足りなくて？」

シェラは眉を器用に上げて、ダリルを見る。

「いや、そうではなく……」

「?」

ダリルは、自らの失言に小さく舌打ちする。

ホワイトレイ家歴代の当主の中でも冷酷と名高い彼のこのような姿を、もし側近たちが見たなら、驚いて腰を抜かしてしまうだろう。

幾つになっても、恋とは人を愚かにする。

「私は……できれば、あなたの唯一になりたかった」

烏滸《おこ》がましいと思いつつ、懺悔《ざんげ》するように絞り出したダリルの言葉にシェラは意味が分からず小首を傾げる。

「私の唯一? 誰のことを言っているの?」

「……あなたの夫のことです」

ダリルは小さく声を絞り出した。

三年前、シェラから子が生まれたとの手紙をもらった直後、ダリルはすぐさま部下たちに相手の男、つまりシェラの夫についての情報収集を命じた。

その男の名はアレク。

ブラン王国内貴族で、一介の男爵家の三男坊として生まれたその男には特に傑出した才能はない。

ただ、見目が非常に麗しく、色々な女性と浮名を流す生粋の遊び人だった。

現在アレクはブラン王国の王城で文官として働いているためサイファード領には住んでおらず、

王都で一年の殆どを過ごしている。

常に酒に酔ったように朦朧《もうろう》としており、とても仕事ができる健康状態ではないとのことだ。

ダリルとシリウスがいつサイファード領を訪れても、彼の姿を見かけないのはそのせいだろう。

「夫？　……まさかと思うけれど、あの人間のことを言っているのかしら？」

シェラは怪訝《けげん》な表情でダリルに問う。

『あの人間』とは、勿論オリビアの父アレクのことである。

「……はい。あなたがまさか、人間などと。分かっていれば、私とて……」

アレクよりも以前にシェラと出会っていたダリルは、悔しそうに眉を寄せる。

ダリルには、シリウスが生まれてすぐに亡くなった妻がいた。

勿論好いてはいたのだが、今のダリルがシェラに向ける感情はそれを遥《はる》かに凌駕《りょうが》していた。

「面白いことを言うのね。私、あの者に祝福を与えてはいないわ」

シェラは優雅に扇を開く。

どんな姿も美しく絵になる。ダリルは思わず見惚れた。

「そうであっても、あの男、アレクのことを好いているのでしょう？」

シェラが人間との間に子を儲けたことが、ダリルにとって想像以上のダメージになっていた。

「え？　まさか！　ダリル、あなた何を言っているの？　ふっ」

ダリルの言葉に堪え切れず吹き出したシェラは、何が面白いのか腹を抱えて笑い始めた。

「え……？　シェラ？」

「うふふふ……ああ、おかしい。ダリルったら、うふふふ。以前にも言ったことがあったかしら？　私、人間との間に子が欲しかったの」

「え、ええ、それは」

シェラは、可笑しさの余り目尻に滲んだ涙を拭いつつ話を続ける。

「うふふ、アレクを選んだ理由は色々あるのだけれど、偶然を装って我が領地にやってきたあの男。それはそれは、精霊の好みを詰め込んだような容姿だったわ。眷属《けんぞく》たちが大層気に入っちゃって、私の元にわざわざ連れてきたの。それならって、ほんの少々魂の欠片《かけら》を頂いたのよ。別にあの男がどのような生い立ちで、誰に命じられてこの地に来たのかなんて全く興味がなかったし。そもそも私が欲しかったのはその見た目だけだから他はどうでも良かったの。お蔭《かげ》でオリビアは半分が人間でありながらも、あのように美しく生まれたのよ。素敵なことだと思わない？」

「？　魂の欠片？」

ダリルは初めて聞く言葉に首を傾げる。

「ええ。精霊は上位になればなるほど、生物の魂を扱うことができるの。祝福などもその一つね」

「祝福も？」

「ええ。祝福は魂に精霊自身の印を付けるのよ。だからもしダリル、あなたが死んで生まれ変わったとしても祝福はそのまま。あなたの魂には私の印が付いたまま。何度生まれ変わってもそれは変わらないわ。どう足掻《あが》いても、あなたは精霊の祝福からは逃れられないのよ」

「ああ……嬉しい」

シェラの言葉に、ダリルは熱く焼けそうな胸を押さえて俯く。

死んでも、何度生まれ変わっても私は女王の愛し子。

その言葉を噛み締めていると、いつの間にか目頭が熱くなる。

「魂を扱うことができる、つまり遊ぶこともできるのよね～。千切ったりくっつけたり消滅させたり」

「え……」

「勿論行き過ぎた行為は女王としてしっかり注意するわよ。でもまあ、そんなこと今まで殆どないかしらね？　あの男もそう。精霊たちがおもちゃとして私の元に連れてきたのよ。言うなればただの生贄《いけにえ》。私への貢物のようなものかしらね。だから魂をちょこっと千切ったの。それだけよ？　それなのに、私があの男を好いている？　夫？　本当止めてよダリル、冗談でも気持ちが悪いわ」

シェラは心底嫌そうに、右手を左右に振る。

どうやらシェラとアレクの関係は、自分が想像していたようなものではなかったようだ。

ダリルは心底安堵《あんど》した。

それと同時に、先程のシェラの発言の中に聞き流すことのできない言葉が含まれていることに気が付いた。

「先程、アレクが偶然を装って領地にやってきた、と」

「あら？　気が付いたかしら。ええ、実は最近、この国、ブラン王国の国王は何故か私を陥落させようと躍起になっているみたいなの」

シェラは、わざとらしく困ったように眉を下げた。

つまりアレクはブラン王国国王グレオが送り込んだ間者であり、シェラを落とすように差し向けられたハニートラップということだ。

「何だと？」

ダリルは、直近のブラン王国の現状が記された報告書を記憶の中から引っ張り出す。

十年ほど前に即位した国王グレオは、前王と比べて多少性格に難はあるが、かなり前衛的で打算的で、悪《あ》しき古い習慣を解体し、次々と新しい文化を取り入れる非常に国民に人気のある人物だ。

新しい物を好み、物珍しい商品への喰い付きが非常に良い。

本人に魔力がほとんどないこともあり、精霊への信仰心は極めて薄いが魔法には興味があるらしく、金払いも良いので、もう少し国が発展すれば魔道具販売のよい顧客として見込めるだろう。

ただし、古い歴史を持つ貴族とは非常に折り合いが悪い、と。

ダリルは考える。

北の財閥ホワイトレイ家にとって、ブラン王国は取るに足らない矮小《わいしょう》な発展途上国という認識だ。

金も資源も人材もない国。

ブラン王国が辛うじて自給自足でやっていけているのは精霊のお陰であり、代々貧困に喘《あえ》いでいたブラン王国の王侯貴族たちは、そのことを痛いほど理解していたはずだ。

精霊の女王に一刻でも長くサイファードの地に留まってもらうため、決して精霊の機嫌を損ねてはならない。だからこその治外法権であり、いかなる身分の者であっても決してサイファード領には近付かず、手を出さなかったのだ。

「現在ブラン王国に潜入させているのは、文官クラスが数名、商人が数名か……」

小国であったため、ある程度の人員のみを配置し、大まかな国の政と金の流れを監視する程度だしていると——。

ったのが裏目に出た。

まさか取るに足らない矮小国の国王が、何よりも大切なサイファード領に、精霊の女王に手を出していると——。

ダリルは自分の認識の甘さに舌打ちする。

早急に自身の部下の中からブラン王国上層部に新たに何人か投入し、一気に国の舵取りをさせるか。ダリルが思案しつつ、脳内でメンバーの選定を始めたその時、

「ダリル」

不意にシェラに名を呼ばれて思考を止める。

「私たち精霊が愛するのは、自ら祝福を与えた愛し子のみ。今のところ、私はあなただけ。心して生きなさい」

「……はい」

自分は彼女に愛されている。

その事実に、ダリルは込み上げてくる熱い感情で胸が苦しくなった。

「あの子、オリビアにはまだ人間としての自我が入っていないの」

シェラはふと、オリビアのいる庭に視線を移した。

ダリルも併せて視線を移すと、相変わらず仲睦《むつ》まじく歩くシリウスとオリビアの姿が見える。

「でもきっと、あなたの子が何とかしてくれるわね」

シェラはそう言うと、一通の手紙をダリルに手渡した。

「これは？」

不思議に思いながらもそれを受け取り、内容を確認する。

読み進めていくうちに、みるみるダリルの表情が険しくなっていった。

「こいつらは、阿呆なのか？」

それは、ブラン王国の宰相からの手紙だった。

オリビアの三歳の誕生日を祝うと同時に、国王自らが彼女の婚約者を選定し、内定させた旨が記されている。この件についてはサイファード家当主シェラの夫であるアレクも同意しており、大変喜ばしいことだと。

「私、夫を持った覚えもないし、愛しい我が子を下らない人間に渡すつもりもないのよね」

シェラは、つまらなそうに唇を突き出した。

「最近は、色々とこちらに干渉しようと頑張っているみたいね。見慣れない領民もかなり増えたみたいだし」

サイファード領の民のほとんどは、以前からこの辺りに住んでいた遊牧民たちだ。

こんな北の辺境の地で、領民が一気に増えることなど考えにくい。

「あの男、アレクだったかしら。懲りずにここに来るのだけれど、オリビアを大層気味悪がって近付きもしないの」

シェラは可笑しそうに笑う。

「そろそろ潮時かしら？」

囁くようなシェラの言葉に、ダリルは驚いて立ち上がる。

「まさか…………ここを、去るおつもりで？」

「そうね……」

シェラは微笑む。

彼女のその有無を言わせぬ笑顔に、ダリルは力なくソファーに倒れ込んだ。

「何てことだ……」

ダリルは顔を手で覆って俯く。

精霊は元来、人間が住む『人間界』とは違う『精霊界』と謂《い》われる精神世界に住んでいる。

気まぐれに地上に降り立った精霊たちが遊び疲れて帰る場所である精霊界は、人間ごときが到底行くことのできない神聖な世界。ここを去るということ、それはつまり人間界を去り精霊界に帰るということなのだろう。

ダリルは項垂れた。

二人の間に、長い沈黙が落ちる。

夕日はいつの間にか完全に隠れ、ゆっくりと辺りが暗闇に包まれていく。

それと同時に無数のランタンが庭一面に浮き上がり、優しい光が灯《とも》された。

庭の中央付近では、相変わらずシリウスがオリビアを抱いてゆっくりと歩いている。

「でも、今すぐ去るというわけではないわ。……そうね、オリビアが、十歳になる頃にこの地を去ることにするわ」

シェラははっきりと言い切った。

「っ……」

オリビアは三歳になったばかり。

彼女が十歳になり、シェラがこの地を去るまで後七年しか残っていない。

ダリルの心が絶望に染まっていく。

ああ、ブラン王国国王グレオ・ブラン――。

貴様の浅はかで愚かしい行いのせいで、シェラがこの地を去ってしまう……。

精霊界に帰ってしまう――。

この落とし前を、いかにつけさせてくれようか。

ダリルは、どのような方法で国王グレオを殺そうかと思案する。

いいや、いっそのこと国自体を滅ぼしてしまおうか。

憂いがなくなれば、もうしばらくここに留まってくれるかもしれない。

いや、殺す前に何故今になってサイファードにちょっかいを掛けてきたのか調べる必要がある。

ダリルの身体全体が、どす黒い感情に支配されていく中、

「オリビアは置いていくわ」

シェラの言葉に、ダリルは顔を上げた。

「あの子は半分人間だもの。自我が定着するまでは、私がここを去ったとしてもこの場所に留まってもらうわ」

「え、だが……」

常識的に考えて、僅か十歳の幼子を一人残してこの地を去るなど、言葉は悪いが親として正気の沙汰とは思えない。

しかしシェラは、ふふふと笑いながら話を続ける。

「ダリル。心配してくれているところ悪いのだけれど、いくら私の子だとしても、簡単に手助けしては駄目よ。あなたの子シリウスにもしっかりと言い聞かせておいてね」

「？　それは一体……」

幼子を一人この地に残していくのだ。心配ではないのだろうか？

ダリルは不思議に思った。

「だってせっかく半分人間なのだから、人間らしく色んなことを体験しないと面白くないじゃない？　勿体《もったい》ないわ。あの子から楽しみを奪ってはダメよ。だから手出しは無用ね」

シェラはダリルにしっかりと釘《くぎ》を刺す。

「いや、しかし……」

「大丈夫よ、ダリル。私たち精霊には死という概念がないわ。人間が思うほどやわではないの。最悪の事態なんて起こるはずないのよ。それにオリビアは私の娘。あなたが思う以上に力を持っているわ、安心して」

不安そうなダリルに、シェラはきっぱりと言い切った。

「そう、なのか……」

ダリルはホッと息を吐く。

こういう時、ダリルは改めてシェラが自分たち人間とは違う存在なのだと実感する。

「でも、あの子が助けを求めてきた場合はその限りではないわ。その時は、できる限り助けてあげてね」

「ああ。持ち得る全ての力を使って」

シェラの忘れ形見となるオリビア。

全ての力を使ってでも守り切ろう。ダリルはそう胸に誓う。

「ダリル。私の愛し子」

シェラが静かな声で呼ぶ。

「……はい」

ダリルはこれから言われるであろう死刑宣告に近い別れの言葉に、覚悟を決めて暗い瞳でシェラをじっと見つめる。

「あなたの側は楽しいかしら？」

「え？」

ダリルは問われた意味が分からず聞き返す。

「この地は去るけれど、この世界を去ろうとは思っていないの」

「っ⁉」

ダリルは息を飲むと、期待を込めて尋ねた。

「……それはつまり、精霊界に帰ってしまうのではなく、ここサイファード領からは去るが人間界には残ってくれるという意味なのだろうか？　私はてっきり、精霊界に帰りこの世界からは完全にいなくなってしまうものなのかとばかり……」

「あらあら、うふふ。ダリルは心配性なのね。私はね、このサイファード領にはすっかり飽きてしまったけれども、まだ人間界にはいたいと思っているの。だからね、ダリル。オリビアが十歳になった時、ここことは別のどこかであなたと一緒に暮らそうかと考えているのだけれど。どうかしら？」

シェラは柔らかく微笑みながら、ダリルに向けて手を伸ばす。

ダリルはしばらく呆然と佇んでいたが、言われた意味を理解した後、泣きそうな顔でシェラの前に跪き、その手を優しく包み込んで爪先に唇を寄せた。

「ああ、シェラ……」

「住む場所は、あなたに任せていいかしら？」

「……勿論です、愛しています。私の全て」

「ふふふふふ」

ダリルから指先への口付けを受けながら、シェラはちらりと横目でオリビアを盗み見る。

精霊は美しい。それは、精霊自身もよく理解している。

だからこそ、その武器を余すところなく使って愛しい者を手に入れるのだ。

我が娘ながら末恐ろしい。

シリウスはきっと、オリビアから離れられないだろう。

シェラはこっそり思うのだった。

それからダリルは、七年後のシェラとの生活に向けて早々に身辺整理を始める。

それと並行してブラン王国の現宰相を極秘で拘束し、サイファード領への今までの対応を洗いざらい吐かせた。

国王グレオの一存で始めたサイファード領への干渉は、外部に漏れると後々面倒なので宰相のみがかかわる極秘の任務であったことが分かり、宰相を処分した後に、その後釜にシルフィー・ブラックレイを新宰相として就かせ、シルフィーの部下と共にブラン王国へと潜入させた。

更にそれらの業務と並行し、ダリルは新しくシェラと住む二人の新居建設に向け、地図を広げて場所の選定に入った。

気候、土地の広さ、周辺の環境等々。

七年まるまる掛けてとある地に納得のいく新居が完成したのだが、その全容は直属の部下にしか知らされず、家督の相続に向けて突然教育を詰め込まれる羽目になったシリウスにすら教えられることはなかった。

シリウスにしてみれば、とんだとばっちりである。

第三章　北の財閥　ホワイトレイ家　～目覚め～

目を覚ますと、見慣れない天井が目に入る。

オリビアは微睡《まどろ》みながら見ていると、ブレていた視界が次第に鮮明になっていく。

視線だけ動かすと、そこは白いカーテンに囲まれた四角い空間だった。

身体《からだ》に触れる肌触りの良《い》い布に、オリビアは自分がベッドの上で寝ていることを知った。

それと同時に、色々な事柄がすとんと腑《ふ》に落ちる。

ブレていた二つの存在、精霊と人間がピタリと噛《か》み合《あ》ったような感覚だった。

ああ、そうだった。

私は、あの人しか見ていなかった。

彼の、シリウスの瞳を初めて見た時からそれは変わらない。

不純物の一切ない、透き通った、けれども鋭く尖《とが》ったクリスタルのように美しい存在。

私の光を受けたなら、きっとどんな宝石よりも美しく輝くだろう。

なんと愛おしい存在。

彼が欲しい。

彼が欲しい。

彼は私のモノ。

オリビアは、過去の自分の貪欲さに顔が一気に熱くなっていく。

精霊は、興味のあるモノしか目に入らない。

人間から見れば、それはとても冷たく映るかもしれない。

しかし気に入ったモノはどこまでも愛し、祝福し、加護を与える。

いわゆるマーキングだ。

精霊の愛はとてつもなく重いのである。

ああ、なるほど。

婚約者であったアーサーしかり、他の人間に対して塩対応だった理由がようやく分かった。

自由気ままに、気に入ったモノしか興味を示さない。

それが身体を持たない精霊ならば、特に害はないだろう。

しかし、高位の精霊ともなれば自在に身体を作り出すことができる。

それに振り回される人間は、きっとたまったものじゃないだろう。

シェラもそうだ。

一時の気まぐれで大地を育み、気に入らなければ全部捨てる。

しがらみなど一切ない。

シェラがサイファードを去ったからといって、自身の愛《いと》し子《ご》であるダリルを放って精霊界に帰るなどとてもじゃないが考えられない。

きっと今頃、二人仲良くどこかの地で優雅に暮らしているだろう。

幼いオリビア一人をサイファード領に残したのだって、人間の感覚に当て込めるとちょっとしたお使いや、お留守番程度のことだ。

今のオリビアには、それがはっきりと分かった。

勿論《もちろん》オリビアも、そんなシェラの気質をそのまま受け継いでいる。

必要なければ一切口を開かない。

興味がなければ、表情筋の一本すら動かしはしない。

さすが女王の娘。

とんでもない我《わ》が儘《まま》姫だと、オリビアの前世の記憶がそう思わせた。

取《と》り敢《あ》えず……。

オリビアは、寝心地抜群のベッドからゆっくりと身体を起こす。

頭をぽりぽりとかきながら改めて周囲を見回すが、天蓋付きベッドのカーテンに阻まれて辺りがよく見えなかった。

「お目覚めですか?」

カーテンの向こう側から、落ち着いた静かな声が聞こえる。

すぐ側で待機していたのだろう、メイドのミナがカーテンの隙間から顔を覗《のぞ》かせた。

彼女はサイファード領を脱出する際に馬車に同乗していたうちの一人で、青髪でボブカット、メイド服を着た小柄な女性であった。

「お加減はいかがですか? 辛《つら》いところや痛いところなどございませんか?」

ミナはそう言いながら、傍らに用意してあった吸い飲みを手に取る。

「あの、っこほっ……こほっ」

オリビアは何か答えようと口を開くが、渇ききった喉に一気に空気が入ってきてしまい、思わず軽く咳《せ》き込む。

ミナは慌てて彼女の口元に吸い飲みを添える。

「ゆっくり、口に含んでからお飲み下さい」

オリビアは言われた通りに吸い口を咥《くわ》えると、ゆっくりと嚥下《えんか》する。

とろっとした甘くて冷たい液体が、ゆっくりと喉を潤していく。

「あ、ありがとう……」

オリビアがお礼を言うと、ミナはニコリと微笑《ほほえ》んで今度は水の入ったグラスを手渡した。

「五日程眠っておられましたので、ゆっくりとお飲み下さい」

その言葉に、オリビアはグラスを受け取りながら驚く。

「五日⁉」

「はい。ですが、その間にしっかりと治療させて頂きましたので、傷はほぼ完治致しました」

「え……」

「ただ……その、左目の完治が難しく……」

ミナが言葉に詰まる。

ああ、思い出した。

オリビアは、今の今まで綺麗《きれい》さっぱり忘れていたサイファード家での顛末《てんまつ》をようやく思い出した。

そうだ、アンナに切られて森に捨てられたのだ。

オリビアは、自身の左目から右の脇腹までを指でゆっくりと辿《たど》る。

しかしそこには違和感も痛みもなく、触れる限り傷らしき物が一切ない。

あれ？　いつの間に？

治した覚えのない傷が綺麗さっぱりなくなっていることを不思議に思いミナの顔を見たその時、彼女の背後からバサリと勢いよくカーテンをめくって白衣の女性が現れた。

「おっ！　随分顔色良さそうだね」

サバサバとした口調で話す彼女もまた、馬車に同乗していたうちの一人で医者のバジルだった。

「バジル、あなたもう少し静かにお願いします」

突然の彼女の登場を、ミナが窘《たしな》める。

「悪い悪い～」

しかし特に気にした様子もなく、バジルはよっこいせっとベッドの端に腰掛けた。

「ちょっと診るよ～」

彼女は白衣の胸ポケットからペンライトを取り出し、オリビアの右目を確認する。

「うん、大丈夫。後は……ちょっと失礼」

そう言うと、オリビアの左目に巻かれた包帯をスルスルと解き、ガーゼをゆっくりと剝がした。

「こうもパックリ切られていると、流石《さすが》に厳しいな～ほら」

オリビアはバジルから渡された手鏡を覗く。

すると案の定、そこには白く変色した眼球が見えた。

「これでも大分くっついた方なんだ。今の医学ではこれが限界……」

バジルは大きくため息を吐く。

オリビアは、鏡に映る自分の顔をじっと見つめた。

左目から右脇腹にかけてナイフで切られていたはずが、今は眼球にしか傷がない。

魔法も使わず、五日やそこらで傷跡も残さずこれ程までに綺麗になるものだろうか。

おまけに何故《なぜ》か、以前よりも顔色が良い気がする。

「他の傷は完治させた。心配するな」

バジルはウインクしながら親指を立てる。

しかしその顔には、明らかに疲労が見て取れた。目の下の隈《くま》もかなり酷《ひど》い。

「それで、本題なんだが……」

バジルは急に声のトーンを落とす。

「その……魔法で何とかできたりしないか？」

「？　魔法で？」

オリビアは、質問の意味が分からず聞き返す。

するとバジルは自分の左目を指差すと、

「オリビア様自身の魔法で、オリビア様の左目を何とか治療できたりしないかな～って」

バジルはへにゃりと笑った。

「バジル！」

ミナが声を荒らげる。

「何てことを！　自分ができないからって、オリビア様のお力をお借りしようなどと！」

「だって今の医学じゃ、何をどうやったってこれ以上治しようがないんだもん。でもシリウス様ってばマジ怖いからさ。何とかならないかな～って」

バジルはてへっと舌を出す。

「そ、それは確かにそうですが……」

ミナは口ごもる。

ここ数日のシリウスの機嫌の悪さは、話し掛けるのさえ躊躇《ちゅうちょ》する程だ。

今、まともに声を掛けられるのは彼の側近兼秘書であるリシューくらいである。

「でででも！　流石にそれは不敬と言うもので‼」

「私は眠いんだ！　オリビア様の治療もあって徹夜続きなんだよ！　もう五日だぞ！　完徹だ。無理だよこれ以上は死ぬ！　そこまで言うならミナ！　お前が何とかしろ！」

「無理です嫌ですお断りしますぅ～～」

間髪入れずに返すミナに、バジルは食って掛かる。

「てめぇ！　いつもいつも！」

目の前でギャーギャーと取っ組み合いのケンカを始めるミナとバジルを放置して、オリビアは手鏡で再び自分の左目の眼球をじっくりと観察する。

うん。

余裕で治せる、と思う、多分。

過去、サイファードにいた時オリビアは酷い痛みがある場合に限り、自らの魔法で治療していた。

しかし、余りにも綺麗に治すと義母や義妹に見つかった時に色々と面倒なので、傷跡を敢えて残していた。

アンナに切り付けられたナイフの傷も、領地を出て落ち着いたら治すつもりでいた。

大変お手数お掛けしました。

オリビアはバジルに向かってペコリとお辞儀をすると、右手の平で左目を覆い、一言呟《つぶや》いた。

『——治れ』

瞬間、右手の指の間から虹色の光が漏れ出した。

ミナとバジルは驚いて取っ組み合いを止める。

光が収まると、オリビアはゆっくり右手を離す。するとそこには、虹色の光を湛《たた》えた美しい瞳がはめ込まれていた。

「なっ！」

「！」

ミナとバジルは余りの驚きに、口をぽかんと開けたまま放心している。

しかし当のオリビアはそんな二人を全く気にせず、再び手鏡を覗き込む。

「あ、色が変わっちゃった……。ま、いっか」

右目のシルバーブルーの色とは異なり、虹色に輝く左目。

オリビアは右目を手の平で覆い、左目だけで辺りを見回した。

「うん、視界良好。治った」

そう言って、オリビアはミナとバジルに向かって笑いかけた。

「あ、ありがとうありがとうありがとう。マジでありがとう。これで寝られる！　死なずに済む

～!!」

バジルは泣きながら、オリビアの両手を摑《つか》んでぶんぶんと振り回した。

「は、はあ」

勢いあり過ぎて、ちょっと痛いです。

オリビアは顔をしかめる。

「バジル！　その乱暴な手を離しなさい!!　オリビア様が痛がってるじゃない！」

ミナはすぐにバジルの腕を摑んで捻《ひね》り上げた。

「いだだだだだっ。てめっ！　何すんだよ！　馬鹿力女!!」

「煩《うるさ》いわね！　研究バカが!!」

再び二人の取っ組み合いが始まる。

仲良しだな～。

オリビアはしみじみと思った。

そんなオリビアの視線に気付いたのか、ミナとバジルははたと我に返ると、急に背筋を伸ばして衣服の乱れを整え始める。

「え～～こほんっ。改めまして自己紹介させて頂きます。主より命じられ、オリビア様の側仕《そばづか》えとなりましたミナと申します。不肖ながら、精一杯務めさせて頂きます。宜《よろ》しくお願い致します」

ミナは、右手を胸に当てて一礼する。

「バジルと申します。同じく主より命じられ、オリビア様の専属医師となりました。今後とも宜しくお願い致します」

「えっと、オリビアです」

色々突っ込みたいオリビアだったが、諸々《もろもろ》はスルーし、ひとまず一番気になることだけを質問する。

「あの……主って、シリウス兄様のことですか？」

「はい。ここ北の拠点――通称ノルド城の主、シリウス・Z・ホワイトレイ様です」

「北の拠点、ノルド城……？」

「はい、そうです」

ミナは頷《うなず》くと、天蓋付きベッドのカーテンをゆっくりと開けていく。

カーテンの向こう側。

ミナとバジルの背後に広がる景色を見たオリビアは、思わず息を飲む。

一面ガラス張りの室内。

その向こうには、まるで写真のような銀世界が広がっていた。

そびえ立つ高い山々は美しく雪化粧され、空からはキラキラと雪が舞い落ちている。

オリビアはおもむろにベッドから飛び出すと、ふらつきながらも脇目も振らずに窓へと走り寄る。それからキョロキョロと辺りを見回し、バルコニーに続く扉を探し始めた。

「オリビア様、急にお立ちになられては……」

ミナが急いで駆け寄るが、オリビアは瞳をキラキラと輝かせながら見付けた扉からバルコニーに飛び出した。

「きゃあああ～～！」

「うわあああ〜〜！」

ミナとバジルは慌ててオリビアの後を追う。

バルコニーとはいえ、部屋の外は極寒の地である。

しかもオリビアは寝起きであるため、薄手の夜着しか着ていない。

勿論裸足《はだし》で。

しかし彼女は特に気にした様子もなく、積もった雪を踏みしめながらバルコニーの先端に向かう。

「オリビア様！　お戻り下さい！」

「オリビア様!!」

見渡す限りの山々。

オリビアの立つバルコニーはこの建物、ノルド城の最上階に位置しているらしく、足元を覗き込めばとんでもなく遠い地面が見える。

オリビアは冷たい空気を思いっきり肺に吸い込んだ。

「素敵！　冷たい！　気持ちいい!!　最高!!　私、飛びたいわ!!」

嬉《うれ》しそうに声をあげたオリビアは、両手を上げて空に向かって宣言すると、あろうことかそのままバルコニーの柵をよじ登り、一気に柵の向こう側の空中へとジャンプした。

「ぎゃああああああああ〜オリビア様ああああああ!!!!」

「あわわわわわわわ〜〜〜〜!!」

瞬間、辺りにミナとバジルの大絶叫がこだました。

同じくノルド城内、ホワイトレイ家当主シリウスの執務室。

集まったデータを確認していたシリウスの側近兼秘書のリシューは、自身のタブレットが強い光で点滅していることに気が付く。

何か緊急の案件かと思い手早く内容を確認すると、それは待ち望んだ一報だった。

「たった今、オリビア様が目を覚まされたそうです」

リシューは、手元のタブレットをスライドさせながらシリウスに告げた。

その言葉に、書類へとサインをしていたシリウスの手がピタリと止まる。

「そうか」

シリウスは安心したように軽く息を吐くと、ゆっくりとペンを置いて席を立つ。

それに合わせてリシューも席を立つと、二人は執務室を出てオリビアの部屋へと向かう。

「オリビアをサイファードから救出して今日で五日か」

この五日、眠ったまま一向に目を覚まさないオリビアに流石のシリウスも仕事が滞るほど気落ちし、後悔の念に苛《さいな》まれていた。

「はい。その間、バジルの手によってあらゆる治療を施しておりました。現在は左目以外の傷は完治。例の魔石から抽出した高濃度の魔力栄養剤投与により、健康状態も問題ないとのことです。お目覚めになられましたので、食事を流動食に切り替えていくと、消化器官の機能も平常時に戻せるかと」

リシューは淡々と説明していく。

「……左目……」

シリウスは暗い声で呟いた。

「左目に関しては、手を尽くしましたが現在の治療法では完治は難しいでしょう。バジルが寝る間も惜しんで新薬の開発に取り組んでいましたが、今も暗礁に乗り上げたままです」

「……そうか」

この世界で、人間が行使できる魔法属性は『火土水風』の四大元素に限られている。

過去、光魔法や闇魔法も存在していたのだが、今となっては行使できる人間は誰もいない。

光魔法に属する治癒魔法など、空想の産物である。

魔石に関してもそれは同じで、魔石自体の属性は魔獣の持つ属性と大きくかかわっている。

光や闇の属性を持つ魔獣たちは遥《はる》か太古に絶滅したと云《い》われ、現在この世界には化石でしか存在していない。

今回オリビアの治療に使ったのはその化石から採れた魔石の一つで、太古に存在していた光属性ドラゴンの化石から偶然取れた、現在世界に三つしか存在しない光属性の魔石だった。

とんでもなく貴重な品ではあるが、オリビアの瞳がこれで完治するならばと、シリウスは惜し気もなく使った。

しかし、残念ながら結果は思わしくなかった。

「現在のサイファード領と、ブラン王国内の様子は？」

シリウスは歩きながらリシューに尋ねる。

「オリビア様がサイファードの地からいなくなってたった五日ですが、今やサイファード領は完全に以前の姿、砂と瓦礫《がれき》の地に戻りました。ブラン王国王都にあった精霊の女王を祀《まつ》る神殿は、跡形もなく崩れ落ちたそうです」

「国王グレオの様子は？」

「特に変わりません。サイファード領に関しては、宰相の任に就いているシルフィーの報告を話半分に聞き、余りの領地の変わりように早馬で助けを求めたノルンディー家に対し『大げさな』と一蹴したそうです」

「阿呆《あほう》なのか」

「ええまあ、そうですね。ただ、ほんの少しだけ、宰相であるシルフィーが歪曲《わいきょく》して報告したそうですが……」

リシューはクククと笑う。

「そもそもグレオは、我がホワイトレイ家がどのような組織なのかを正確に把握していないだろう。ブラン王国の先王は奴《やつ》に一体どんな教育を施したのやら」

シリウスは呆《あき》れたようにそう言った。

「恐らく、ホワイトレイ家は魔道具を販売するすごい金持ちの組織だという以上の認識はないでしょうね。まあ、間違っておりませんが。シルフィーもうまく情報を遮断してくれているようですし。きっとグレオは青い鳥の意味すらも理解していないでしょう。まあ、ブラン王国内でも近隣の大国と繋《つな》がりのある一部の高位貴族はしっかりと認識していると思われますが」

「話にならんな」

「グレオは紛れもなく正真正銘の阿呆です。オリビア様の新しい婚約者についても、オリビア様が生きているだろうという前提で選定中とのことですが、元婚約者であるアーサーの時の反省点を活《い》かし、今回は候補として見目麗しいタイプの違う高位貴族の子息を三人も選出したそうです」

「反省点を活かすなら、誠心誠意精霊に詫《わ》びることだと思うが……。いや、もう遅いか……」

「だから阿呆なのですよ」

「………リシュー。今後のブラン王国への報復についてはどのように考えている？」

「十日後には、黄色い鳥を放とうかと」

「五日後にしろ」

「承知しました」

オリビアが眠ったままのこの五日、シリウスの機嫌は最悪だった。

勿論、いくら機嫌が悪いからといって部下に当たったり、無茶な命令をするなど子供じみたことは一切しない。

ただただ淡々と、いつも以上に無表情で仕事をこなしているだけだ。

それでも纏《まと》う空気は非常に冷たく、周囲からは『やはり先代ダリル様のご子息だ』と囁《ささや》かれる程だった。

そんなシリウスの一歩後ろを歩いているリシューは、部下や使用人たちが恐怖する中、普段と変わらずシリウスに接している。

むしろ、感情をあらわにするシリウスを歓迎しているかのようにさえ見えた。

それぞれ思考しながらも、しばし無言でオリビアの部屋に続く廊下を歩いていると、

「ぎゃあああああああああああ〜オリビア様ああああああ!!!!」

「あわわわわわわわわ～～～～!!」

　窓の外から絶叫がこだました。

　シリウスとリシューは驚いて声がする先、窓の外に目をやると、オリビアの部屋のバルコニーでミナとバジルが空に向かって大絶叫していた。

「何ごとですか！」

　リシューが状況を確認するべく窓を開けると、ミナたちのいるバルコニーの遥か上空に、ふわふわと浮かんでいるオリビアの姿が見えた。

　虹色の光を纏い、宙を舞っている。

　周囲には、まるでオリビアを取り囲むように同じく虹色に輝く幼子の姿をした何者かが数人浮かんでおり、オリビアはそれらと楽しそうに歌いながら踊っていた。

　柔らかく澄んだ歌声に思わず耳を澄ませていると、まるでそれに合わせたかのように空からサラサラと雪の結晶が舞い降りてくる。

　朗らかな笑い声が辺りに響く。

　それはまるで、童話の世界にでも紛れ込んだかのような光景だった。

　二人はしばらくその様子に見とれていたが、シリウスはふと我に返る。

「すぐに毛布を」

　シリウスは近くに控えていた使用人に指示を出し、オリビアの部屋へと急いだ。

　部屋の前まで到着すると、シリウスは既に待機していた使用人から毛布を受け取る。

「温かい湯の用意を。その後、ここに食事を運ぶように」

シリウスはオリビアの部屋に入ると使用人たちに再び指示を出し、そのまま大股でバルコニーに向かう。

「オリビア様ああああああああああああ！」

「ひやあああああああああああああ」

今なおミナとバジルの叫び声が聞こえるが、虹色の光を纏ったオリビアは全く気に留めず、そのまま風と共に更に上空へと舞い上がる。

オリビアの頬に、チラチラと天から降り注ぐ粉雪が当たる。

くすぐったさと可笑《おか》しさで笑いが止まらない。

雪の精霊たちも歓迎している。

オリビアは身体を持たない雪の精霊に魔力を与えて具現化させ、一緒にダンスを楽しんだ。

「あなた美しいわ！　私オリビア。あなたも素敵ね‼」

オリビアは、精霊たちと思うがままに戯れる。

「らんらんらんらん〜〜うふふふふ〜〜……っへくちっ」

どれ程の時間が経《た》っただろうか。

突然くしゃみと共に、ふとオリビアは我に返る。

「……あれ？」

ここ、どこ？

私、何してたんだっけ？

ぷかぷかと空中に浮かびながら、オリビアが首を捻っていると、

「オリビア。楽しいのは分かるけれど、そろそろ戻っておいで。身体が冷えてしまうよ」

名を呼ばれて声のする方を見下ろすと、バルコニーの端でシリウスが微笑みながら立っている。

ふと下の方を見回すと、城の窓という窓から人々がこちらをキラキラした目で見上げていた。

「ふへ？」

オリビアは何が起こったのか分からずに、茫然《ぼうぜん》と宙に浮いている。

「ほら、こっちへおいで」

シリウスは、毛布を広げてオリビアを呼ぶ。

「………」

ぼぼぼぼぼ。

擬音を付けるとしたら、まさにこんな感じである。

オリビアの顔が一気に熱くなる。

これは……やってしまった……。

まるで自分は、初雪に興奮する子犬のようだ。

余りの恥ずかしさに急いでシリウスの胸に飛び込むと、しがみ付いて顔を埋める。

「ううう……はずかちぃ〜〜」

ぐあああ〜〜ちょう〜〜はずかしい〜〜!!

シリウスは、自分の胸にしがみ付くオリビアの身体を優しく毛布で包み込む。

寒さのせいか、オリビアの前髪はところどころ凍っており、長い睫毛《まつげ》にまで霜が付いている。

シリウスはそんな彼女の前髪に付く霜を軽く払うと、指で優しく睫毛に触れる。

くすぐったさに思わず目を閉じたオリビアの瞼《まぶた》を、更に口付けで温めた。

「こんなに冷えてしまって」

至近距離で見つめられ、オリビアは思わず顎を引く。

改めてしっかり見たシリウスの顔は、とんでもなく美しかった。

光に透ける明るい金髪と、コバルトブルーの瞳。

スッと伸びた美しい鼻梁《びりょう》に、想像よりもふっくらとした唇。

顔全体が、計算し尽くされたような絶妙なバランスを保っていた。

「楽しかった？」

シリウスは囁くように尋ねる。

オリビアは、彼の顔に見とれたまま無言でいると、

「ん？」

シリウスは目を細めて更に顔を近付けた。

オリビアはようやく我に返ると、こくりと頷く。

「そう、良かった。とても美しかったよ。でも少し身体が冷えているね。温かい湯に浸《つ》かった後、消化の良い物を食べようか」

シリウスはオリビアの頰に口付けを贈ると、くるりと方向転換してバルコニーを後にした。

側に控えていたミナは一礼すると、すぐさまバスルームに続く扉を開ける。

シリウスはオリビアを抱いたままそこに入ると、優しくその場に彼女を下ろした。

「ゆっくり温まっておいで。その後食事にしよう。気分が悪くなったらすぐに言うんだよ」

オリビアの頬を指先で優しく一撫《な》ですると、シリウスはバスルームから出て行く。

彼の出て行った扉をしばらく呆然《ぼうぜん》と見つめていたオリビアだったが、恥ずかしさの余りそのまま突っ伏して身悶《みもだ》えた。

ぐわあああああ〜〜！

何が『私、飛びたいわ‼』だ！

ああ恐ろしい恐ろしい、何て恐ろしい精霊の好奇心‼

遊びに夢中になって、興奮して周りが見えなくなる幼子のようではないか。

記憶の中にある前世の自分は、正確な年齢は分からないものの、それなりに大人だったはず。

客観的に見て、今の自分の精神年齢の低さに悶えるしかない。

オリビアは今後、自分自身の行動に十分気を付けようと心に誓う。

そして、バスルームの端で空気のように控え、恥ずかしさの余りのたうち回るオリビアが落ち着くのをじっと待っているミナは、間違いなく側仕えの鑑《かがみ》であった。


「どこか沁《し》みるところはありませんか？」

「あ、ないです」

温かなミストに満たされた浴室。

オリビアは湯船に半身を浸からせながら、ミナに優しく髪を洗われていた。

浴槽から出した両手は、別の使用人たちに優しくマッサージされている。

手練《てだ》れのマッサージ師のような彼女たちの指さばきに圧倒されるが、十二歳やそこらの子供の身体など凝っているはずもなく、オリビアは申し訳なく思いながらも大人しく身を任せていた。

ミナは美しくカットされた瓶を手に取り、中に入っていた金色の液体を惜しげもなくオリビアの髪に付けていく。

「良い香り……」

室内に漂う爽やかな香りに、オリビアは思わず呟いた。

「少し蒸らしますね」

髪を手早く束ねてタオルで包み込むと、今度は首筋や肩を優しく揉《も》み始める。

「違和感があったら言って下さいね」

いやいやいや。

オリビアは心の中で、全力で突っ込む。

このとんでもない至れり尽くせり感は、まるで高級スパに来たようではないか。

そしてここでようやくオリビアは気付く。

蛇口を捻れば、当たり前のように出るお湯。

室内を満たしている温かいミスト。

一定の温度を保った湯船。

前世と遜色ない文明がここにはあった。

これが全部、魔石で動いている魔道具なのだからすごい。

サイファードにいた頃は、大まかに言えば十八世紀辺りの文明だったとオリビアは記憶している。

やっぱりブラン王国は、魔道具も買えないほど貧乏な国だったのだろう。

オリビアは、ミストで霞《かす》んだ天井をぼぉ～っと見ながら考え込む。

そうこうしているうちにマッサージが終わり、髪も綺麗に洗い流される。

身体の芯まで温まったオリビアは、ミナに連れられて浴室を出た。

オリビアは最上級のふかふかなタオルに身体を包まれ、柔らかいソファーに座らされた後、更に使用人たちの手によって身体にオイルが塗り込まれていく。

「あ……あの、ここまでは……」

こんなお子ちゃま相手に流石に申し訳なくなり、オリビアはやんわり断るようにミナに声を掛ける。

「これは、保湿に優れた夜花のオイルです。この辺りは寒くてとても乾燥しますので、私共はオリビア様のために万全の対策を取らせて頂いているのですよ」

「あ……ありがとう」

何故か圧を感じるミナの笑顔に、オリビアは反射的に礼を言ってしまう。

「勿体《もったい》ないお言葉です」

使用人たちがせっせとオイルを塗り込んでいる間、ミナはオリビアの髪を乾かし始める。

手持ち無沙汰になったオリビアは、辺りを見回した。

大理石で作られた脱衣所は一定の温度に保たれており、足下はまるで床暖房のように暖かい。

壁にはめ込まれた大きな鏡には髪を乾かすミナの姿が映っているのだが、その手に持っている物を見てオリビアは驚いた。

ドライヤー⁉

若干形状は違うが、どう見てもそれは完全にドライヤーだった。

「ミナさん。それ……」

オリビアは、ミナの持っている物を指差す。

「私のことは『ミナ』とお呼び捨て下さい。これは火と風の魔石を使った魔道具です。今期の新作で、今までの物より二倍早く乾くのです。勿論、髪の潤いと艶も持続します」

「へ、へえ～」

いわゆるマイナスイオンドライヤーってやつかなぁ？

オリビアはそう思いつつ、改めて鏡に映る自分の姿を見た。

骨と皮の貧相な身体に、トリートメントされた艶のある髪がとても不自然に見える。

チラリと盗み見たミナは、メイド服の上からも分かる程の女性らしい身体つきをしていた。

自分の胸に視線を移したオリビアは、こっそり溜息《ためいき》を吐く。

大丈夫。

まだ十二歳。

がんばれ私。

それから使用人たちに全身しっかり整えられ、真っ白いレースの付いた可愛《かわい》らしい下着を身に着けた後、ミナが一着のワンピースを持ってきた。

「さあ、こちらを着ましょうね」

「え……」

普段着のように出てきたそれは、一目見ただけで高価なものと分かるドレスだった。

シンプルでありながらも、ところどころ装飾に使われているレースや刺繍は非常に繊細で、生地の質感や光沢、シルエットが明らかに既製品とは一線を画していた。

「どうなさいましたか？」

「え……あの、その。汚しちゃいそう、破いちゃいそう……」

あっと言う間にソースを溢《こぼ》して、シミになる未来が見える。

ミートソーススパゲッティなんか食事に出たら最悪だ。

存在するか分からないけど……。

ともかくもっと暗い色。できれば黒で、汚れの目立たない丈夫な服が良い。

何せこちとら十二歳の子供である。

「オリビア様。服は汚すためにあるのですよ？」

ミナが『もう～何言ってるんですかぁ～またまた～』みたいな顔で、謎の理論をオリビアにぶつける。

「は？」

「それに、もし汚れたり破れたりしたら、新しい服に着替えれば良いのです。何の問題もありません！」

ミナは胸を張った。

豊満な胸がいい感じに揺れる。

何言っちゃってんの、この人。

オリビアの口元がひくつく。

「今日はまだ体調が万全ではありませんので、宝石類のついた重い物ではなく、軽くてシンプルな物をご用意しましたが、もう少しお元気になられれば、もっともっと素敵なお洋服をご用意しますね！」

ミナは両手を合わせて嬉しそうに提案する。

は？　これでシンプルだと？

オリビアは戦慄を覚えた。

「さあさあ、着替えて部屋に戻りましょう。シリウス様がお待ちです」

ミナは使用人たちと共に、オリビアに服を着せていく。

「お身体を冷やしてはいけませんので、こちらのポンチョを羽織りましょう」

「え……」

「靴はこちらにしましょうね」

「あ……」

最終的にオリビアは降参し、なすすべなく彼女たちに身を任せた。

「ああ、想像以上です！」

出来上がったオリビアの姿を見たミナと使用人たちは、額の汗を拭いながら達成感に酔いしれる。

「は、はぁ……」

風呂上がり、一応病み上がりのオリビアは食っちゃ寝しつつ終始ベッドでゴロゴロするとばかり思っていたのだが、鏡に映る着飾った自分の姿を見て、今から自分は一体どこのパーティーに行くんだ？　と首を捻るほどの仕上がりにドン引きした。

「温まったかい？」

自分の部屋に戻ると、ソファーに座っていたシリウスが立ち上がってオリビアの元に歩いてくる。

それから彼女の前で屈《かが》むと、一気に抱き上げた。

「うわっ……」

突然の浮遊感に、オリビアはバランスを取るべくシリウスの首に手を回した。

「ふふ、そのドレス、凄《すご》く可愛いね。良く似合う」

「あ、ありがと」

シリウスはオリビアを褒めた後、頬を優しく撫でる。

彼の乾いた肌の感触が心地良く、オリビアは思わず目を細めた。

「瞳、綺麗な色だね。見えているの？」

シリウスは、近距離でオリビアの左目を覗き込む。

「うん。ばっちり」

その答えに、シリウスはどこかほっとした表情で笑った。

「さあ、食事にしよう。色々用意したから、気に入った物があれば教えて」

シリウスはオリビアを抱いたまま、テーブルいっぱいに用意された食事を一通り見せた後、ゆっ

くりと椅子に彼女を下ろした。

目の前には温かそうに湯気を立てた重湯《おもゆ》に近いリゾットが置かれ、その周りには柔らかく煮込んだ野菜、小さくカットされた魚や肉が並んでいる。

「美味《おい》しそう……」

久々にまともな食事を見たオリビアは、目を輝かせる。

「良かった」

シリウスはほっと息を吐く。

しばらく、他愛のない話に花を咲かせながら食事をしていたオリビアとシリウスだったが、不意にオリビアはしょんぼりしながらスプーンを置いた。

「どうしたの？」

シリウスが不思議そうに尋ねる。

「お腹《なか》、いっぱい……」

「そっか」

オリビアは、リゾットを半分くらい食べたところでギブアップしてしまった。

シリウスは側に控えていた使用人に合図を送ると、テーブルから皿を引かせる。

「ごめんなさい。いっぱい残して……」

「大丈夫。五日間も眠っていたんだから仕方ない。これから、もっと沢山食べられるようになるよ」

落ち込んでいるオリビアの頭を、シリウスは優しく撫でる。

「うん。あっ、そうだ！　シリウス兄様。お願いがあるんだった」

オリビアは大切なお願いを思い出し、パッと顔を上げた。

「ん？　オリビアの願いごとなら、何でも叶《かな》えてあげるよ」

「本当⁉　やった～！　実はね、しばらくここに置いてほしいんだけど」

「え？」

オリビアの言葉に、シリウスの動きが一瞬止まる。

「う～ん、十日くらい？　そしたらね、出て行くから。お願い！」

両手を合わせ、オリビアは可愛くお願いする。

「…………」

シリウスは沈黙したまま。

「？」

オリビアは不思議に思って周囲を見回すと、控えていた使用人たちもあんぐりと口を開いたまま固まっている。

オリビアはそんな彼等《かれら》の様子を見て、

『う～ん。やっぱり突然来て十日は図々《ずうずう》しいかぁ～』と解釈する。

「じゃあ、七日で」

そこで改めて日数を減らしてお願いしてみることにした。

しかし相変わらず周囲は無言のまま。

「それじゃあ、五日！」

何やら競《せ》りをしているような感覚に陥りながらも、オリビアは徐々に日数を減らしていく。

「じゃあ三日で‼」

「……オリビア」

「う～ん、流石に厳しいか。それじゃあ明日出て行くから、少しお金を恵んで……」

「オリビア！」

シリウスは、はっきりとオリビアの名を呼ぶ。

「はい？」

シリウスは、首を傾《かし》げるオリビアの両肩をおもむろにガシッと摑んだ。

「ここを出て、どこか行く当てはあるのかい？」

「ううん、別にないけど。でももう逃げ隠れする必要もなくなったから、自由に旅行する予定。後は働いたり、一人暮らししたりしたいな～って。あ！　シリウス兄様に手紙書くよ。絵葉書がいいかな～だから後で連絡先教えて」

「働く……一人暮らし……」

オリビアの言葉に、バタリと数人の使用人が倒れる。

「え？　何！　大丈夫⁉」

オリビアは驚いて席を立とうとするが、シリウスにガッチリと肩を摑まれていて動けない。

「いいかい、オリビア。よく聞いて」

「？　はい？」

「まず、私の連絡先は教える」

「わ～ありがと」

「それから君は、ここにずっといてくれていい」

「え？　ずっと？　流石にそれはちょっと……嫌っていうか……。旅行も行きたいし……」

「むしろここを実家だと思ってもらって構わない」

「は？　実家？」

「そうだ。ここをオリビアの実家としよう。つまりここはオリビアの家だ。死ぬまでいてくれていい」

「死ぬまで⁉」

「そう。勿論これからもオリビアの家はどんどん増えるけれど、取り敢えず、ひとまずここを実家としよう」

「？」

何を言っているのかさっぱり意味が分からない。

家が増える？

オリビアは混乱する。

「だから旅行に行きたいのなら、私と一緒に行こうね」

「え……私は、一人旅がしたいんだけど……」

「ね」

「え？　だから……」

「ね」

有無を言わせないシリウスの笑顔に、オリビアは何故かコクリと頷くことしかできなかった。

「後、はい。これをどうぞ」

シリウスは、スーツの内ポケットから一枚の銀色のカードを取り出すとオリビアに手渡した。

「これは？」

「私の名刺、連絡先だよ」

手渡されたカードには、確かに彼の名前と住所が書かれている。

しかしそれはどこからどう見ても金属製で、しっかりとした硬さと重みがあった。

オリビアは不思議に思って、表面を撫でたりひっくり返したりしてみる。

「それはプラチナ製です。表面は硬化の魔法でコーティングされておりますので、多少乱雑に扱われても折れたり傷付くことはありませんのでご安心下さい。後、こちらも」

リシューが補足しながら、オリビアに小型のタブレットを渡す。

「必要な連絡先は、既にこちらで登録しております。使い方は追々覚えていきましょう。ミナ、頼みましたよ」

「承知しました」

オリビアの後ろに控えていたミナが頷く。

「これって」

スマホだよね⁉

画面は真っ暗だが、それはまさにスマホサイズの薄いタブレットだった。

「どうかなさいましたか？」

動揺しているオリビアに、リシューは声を掛ける。

「……いえ」

オリビアはチラッとシリウスの顔を見る。

するとその視線に気付いたのか、シリウスはオリビアの方を向いて小首を傾げた。

「どうかした？」

「う、ううん、別に……」

オリビアは首を横に振る。

シリウスと、一度きちんと話をした方がいい。

オリビアはそう思った。

自分が今どういう状況なのか、これからどうしていくべきなのか。

そして何よりも、以前シリウスが会っていたオリビアは、厳密には今のオリビアではない。

それでもいいのだろうか？

「では！　オリビア様、ちょっと失礼しますね」

ミナはオリビアの手から名刺とタブレットを取り上げると、いつの間にか手に持っていたもこもこのポシェットにそれらを順番に詰め込み始めた。

「後はハンカチとキャンディー。防犯グッズも入れてっと……よし！　完成！　肌身離さずきちんと持っていて下さいね」

ミナはそう言うと、もこもこポシェットをオリビアの首から掛けた。

「え……あ、ありがとう？」

まるで、初めてお使いに行く子供である。

オリビアは何とも言えない気分になりながらも、右手でシリウスの裾をちょんちょんと引っ張る。

「どうしたの？　疲れた？」

シリウスは身を屈めて、心配そうにオリビアの前髪をかき上げる。

「お話ししたい、です。二人で」

「うん、いいよ。お話ししよう。折角だし、少し場所を変えようかな」

そう言うとシリウスはオリビアを抱き上げ、

「中央庭園に行く」

周囲にそう告げ、オリビアを抱いたまま部屋を後にした。

到着した庭園はフロアのほぼ中央にあり、大きな噴水が豊かな水を噴き上げている。

天井が吹き抜けになった広い円形の空間はとても明るく、見上げると宗教画のような大きなステンドグラスがはめ込まれていた。

「鈴蘭《すずらん》がこんなに。きれい……」

オリビアは、噴水の周りに咲き乱れる鈴蘭を見て呟く。

「鈴蘭、好きだったね」

「あ、うん……花の中で一番好き」

シリウスは、オリビアに花を贈った際、彼女が鈴蘭の花を一番喜んだことをしっかりと覚えていた。

「あそこに座ろう」

シリウスが視線を向けた先にはソファーとテーブルが置かれており、そこには既に紅茶が用意されていた。

「はい。お姫様」

シリウスは、いつの間にか手に持っていた鈴蘭の花束をオリビアに贈る。

「あ……ありがとう」

オリビアは鈴蘭の中でも、朝露に濡《ぬ》れた真っ白い鈴蘭が一番好きだった。

『だって、とってもシリウスに似ているでしょう？』

いつかの声が、オリビアの頭の中で囁く。

一見可愛らしく見えるのに、朝露にしっとりと濡れて佇《たたず》む耽美《たんび》な姿。

儚《はかな》そうに見えるのに、迂闊《うかつ》に手を出すと毒でしっぺ返しを食らう。

そんなところが堪《たま》らなくシリウスに似ていて愛らしいと、耳元で囁く。

ちなみにシリウスのことを『可愛らしい私の鈴蘭』などと称するのは、世界広しといえどオリビアだけだろう。

この城にいる者に問おうものなら、十中八九目を逸《そ》らして走り去ってしまうだろうし、シリウス自身もまさか自分のことを『鈴蘭』に似ていると思われているなど、天地がひっくり返っても考え付かないだろう。

「オリビアの部屋に」

シリウスはオリビアから花束を預かると、側に控えている使用人に渡す。

「さぁ。お話ししようか」

使用人が立ち去るのを確認すると、シリウスはオリビアを抱えたままソファーに座った。

「あの……」

「ん？」

オリビアはシリウスの膝の上から下ろしてもらおうと彼の顔を見るが、何故か笑顔で返される。

無言の拒否だろう。

何となくシリウスの性格が分かり始めたオリビアは、渋々ながらも現状を受け入れ、諦めてこのままの状態で話をすることにした。

「まず、えっと。色々助けてくれて、ありがとう」

オリビアはペコッと頭を下げる。

「ふふふ、どういたしまして。手紙、確かに受け取ったよ。私に連絡をくれて嬉しかった。こちらこそありがとう」

お礼にお礼で返されてしまった……。

オリビアは戸惑う。

「それで、あの、何て言うか、実は私、今までの私とちょっと違うっていうか……別人？」

どう言って説明すべきか、オリビアは頭を捻るが、

「ああ、人間としての自我が入ったんだね」

「!?」

シリウスの言葉に、弾《はじ》かれたように彼の顔を見る。

「実はある程度理解している。シェラ様からも聞いていたしね」

シリウスは目を細めながら告げた。

「お母様から？」

「そう。オリビアは精霊と人間両方の特性を持っているから、人間の自我が定着するには少し時間が掛かると」

自我……。

成程。

思考や感情に関しては確かにそうだろうけれど、前世の記憶は『自我』と言えるのだろうか。

オリビアはう～んと悩みながらも、何となくではあるが、シリウスが今の自分を理解してくれていることにほっとする。

まあ、前世の記憶云々《うんぬん》は追い追いかな……。

オリビアはそう結論付けた。

「こうして君ときちんと話ができて、とても嬉しい」

シリウスは真摯にそう告げる。

確かに以前のオリビアは二つ三つの単語を発するだけで、シリウスと二人っきりで過ごす時間でさえ、会話という会話はほとんどなかった。

「迎えに行くのが遅くなって、ごめんね」

シリウスは、切なそうにオリビアの頬を撫でる。

正直オリビア自身、サイファードの地にいた時でさえ特に『辛い』や『悲しい』などの感情はなく、最終的には自分一人で何とかできるだろうと考えていた。

しかし、こうやって自分を心から心配してくれる存在がいることは純粋に嬉しかった。

オリビアはシリウスの背中に手を回して『ありがとう』の意味を込め、両腕にぎゅっと力を入れる。

そのまましばらくオリビアとシリウスは、お互いの存在を温《ぬく》もりで感じ合った。

「オリビアは、サイファード領のことを――もっと言えば、ブラン王国自体のことをどう思っているかな?」

沈黙を破ったのはシリウスだった。

「どうって?」

「生まれ育った故郷なのだから、懐かしかったり、いつか戻りたかったりする?」

「う~ん。それは絶対にない」

「絶対に?」

「だって、いたくないから去ろうと思った訳だし……」

正直二度と戻りたくないのがオリビアの本音だ。戻ったら最後、今度は何に巻き込まれるか分かったもんじゃない。

「そっか……そうだね。これからはここがオリビアの家なのだし、好きなだけ寛《くつろ》いでくれて良いからね」

「それ、本気?」

「勿論。そのうちもう少し元気になったら色んな所に出掛けよう。好きな所に連れて行ってあげる」

「え？　本当⁉　行きたい！　色んなとこ‼」

旅行したい！

オリビアは思わず興奮するが、シリウスの自分に対する度を越えた甘やかしぶりに、彼の将来が少し心配になった。

「ああ。そういえば」

シリウスは、思い出したかのように話し出す。

「赤い鳥は好き？」

「赤い鳥？」

唐突な話題転換に、オリビアは首を傾げる。

「そう。羽も身体も真っ赤な鳥だよ」

「う～ん、見たことないけど、どれくらいの大きさ？」

「これくらいの予定かな？」

「予定？」

シリウスは胸の前で、両手を使って大きさを表す。

大体六十センチくらいだろうか。

「結構大きい鳥だね～」

「そうかな。でもとても美しいから、今度見せてあげる」

「本当⁉　楽しみにしてる」

オリビアの言葉に、シリウスは満面の笑みを浮かべた。

第四章　ブラン王国と黄色い鳥

今より遡ること、二十年前。

先代のブラン王国の王が崩御し、新国王としてグレオが即位したのは彼が二十五歳の時だった。

第一王子であったグレオは幼い頃から感情の起伏が激しくとても頑固であったが、突拍子もない政策を国王に進言し、周囲をあっと驚かせる子供だった。

好きなことにしか興味を示さず、嫌いなものは徹底的に排除する。

グレオの教育係は、そんな彼に非常に苦労して知識を身につけさせたが、とても完璧とは言い難《がた》かった。

神童か、はたまたただの馬鹿か。グレオに会った者たちの評価は必ず真っ二つに分かれた。

そんなグレオには、八歳下の弟ルカがいる。

第二王子であるルカは、グレオとは違い温厚で柔和な性格をしていた。

魔力量が多く魔法が得意だったが、非常に身体《からだ》が弱く、一日の半分を王城の自室のベッドの上で過ごしていた。

魔法を使う者は、精霊を信仰する。

ブラン王国では当たり前のことであり、魔力量の多い者ほど精霊への信仰心が強かった。

ルカも体調が良《い》い日は王城に隣接する神殿で過ごし、精霊を、果てはサイファード領の安寧を日々祈って過ごしていた。

一方グレオには、全く魔法の才がなかった。

人間誰しもが体内に持つはずの僅かな魔力すらほとんどなく、勿論《もちろん》魔法も使えない。

だからこそ、弟ルカと違い精霊の存在も大して信じてはいなかった。

グレオは魔法が使えないことを、特に気にしてはいなかった。

人それぞれ才能は違う。

自分にはきっと別の才能がある。

剣の才能、乗馬の才能、芸術の才能。

何でもよいのだが、その一つに分類されるのが魔法の才能で、それは個人の資質に左右されるもの。

つまりグレオは『魔法とは、行使する個人の力』という認識だった。

この考えは、魔法が使えない者ほど顕著であった。

確かに魔法には、個人の才能が大きくかかわってくる。

しかし、精霊なくして魔法を行使することはできない。

優れた魔法使いならば、自ら魔法を行使する際、媒介になっている精霊の存在をしっかりと肌で感じることができる。人知を超えた大いなる力の前では、自分個人の才能など全く物の数ではないことを十分理解している。

だからこそ、魔法を使う人間にとっては、ブラン王国に顕現した精霊の女王を敬わずにはいられないのだ。

神は存在する。

しかし自分たちを助けたり、願いを叶《かな》えたり力を与えたりはしない。

神とは完全なる想像上の存在だ。

グレオは、精霊もそんな曖昧な概念のような存在だと考えていた。


ある日のこと、今期の予算案に目を通していたグレオは、使用用途が書かれていない結構な額の金の流れに気付き、自らの執務室に財務官を呼び出した。

「この特別予算とは何のことだ」

「先王より聞いてはおられませんか？　それはサイファードの特別予算です」

「サイファードとは、サイファード伯爵のことか」

「はい」

二百年前に精霊が降り立ったという、伝説の残る地。

「たかが伯爵領に、一体何故《なぜ》このような額の予算が組まれているのだ？」

「王よ、口を慎みください。サイファードは我が国の恵みでございます。彼の地に何かあってはこの国は大変な事態になりましょう。そのための予算です。これは二百年前から変わっておりませぬ」

二百年前、精霊によってもたらされた恵み。

女王がこの地を去った後、ともすれば訪れるであろう凶作や飢饉《ききん》に備え、今のうちから余剰分で資金を貯《た》めている、いわば積み立て保険のようなものだった。

財務官は、グレオを諭すような口調で話す。

彼は先王の頃より仕える優秀な財務官であったが、まだ若いグレオに対してよく見下した態度をとっていた。

「これだけの金があれば、どれだけのことができたと思う」

グレオは財務官に問う。

「何をおっしゃいますか。この国が、彼の地からどれ程の恩恵を受けているとお思いか」

「どれ程の恩恵を受けていると言うのだ」

グレオは質問に質問で返す。

「彼の地から流れる川は他のどこよりも豊漁で、付近に広がる大地は常に実りが約束されております。天候も安定しており、女王が降り立つ以前とは比べ物にならない程、我が国は豊かになったのですぞ」

「馬鹿がっ‼」

グレオは吐き捨てる。

「何故二百年前の話が出てくる。私は今の話を聞いておるのだ。豊漁？　豊作？　天候が安定している？　そんなもの、この国が元よりそうだっただけだ。何をサイファードの手柄にしておる！」

「なっ⁉」

「そもそも二百年前と今では、国のあり方がまるで違うだろうが。いつまで古い考えに固執している。馬鹿らしい。仮に二百年前に本当に精霊が降り立ったのだとしても、今あの領にいるのは多少魔法の使えるただの人間だ。そいつらに一体何ができると言うのだ」

グレオは書類を叩《たた》き返す。

「特別予算はたった今から廃止。今まで貯めてきた金は、全て吐き出させる」

「なななな何を呆《ぼ》けたことを！」

「呆けているのはお前だ！　お前は明日から来なくていい。出て行け‼」

グレオはそう言って、財務官を執務室から追い出した。

追い出された財務官はその後もしばらく廊下で何やら騒いでいたが、グレオは一切耳に入れなかった。

その日から、グレオは資料を見るたびにサイファードの文字が目に付くようになる。

説明を求めた担当官は馬鹿の一つ覚えのように口を揃《そろ》えて『二百年前から決まっている』と言う。

その度にグレオは激怒し、担当官を首にしていった。

そんな日々がしばらく続いたある日のこと、グレオはふとサイファード領の現当主がどのような人物か会ってみたくなった。

思い立ったが吉日。

グレオは当時の宰相を自らの執務室に呼びつけ、サイファード伯爵を登城させるよう命じた。

しかし、その命は宰相にあっさり断られた。

「は？　無理だと」

「ご存じかと思いますが、過去の盟約により、我々は彼の地に許可なく踏み入ることができません。勿論王命を使ってこちらに当主を呼ぶこともできません」

そうだった。

グレオは先王である父の言葉を思い出す。

『彼の方はこの地に住んでいるのではない。住んで頂いているのだ。権力を使って干渉し、機嫌を損ねればすぐに去ってしまわれるだろう。くれぐれも気を付けるのだ』

グレオは小さく舌打ちする。

「チッ。分かった分かった。それならば舞踏会か何かでも開催し、客として招くとしよう」

「無理です」

「は？　何故だ？」

「彼の地に一切の干渉はなりません。精霊がお怒りになります」

ブチッとグレオの堪忍袋の緒が切れる。

「お前らは馬鹿か！　精霊の怒りだと！　天罰などこの世にあるものか!!」

バンッと両手で机を叩く。

「なんと!?」

宰相は目を見開いて驚く。

「今までお前は、天罰にあったことはあるのか!!」

「い、いいえ、ございません」

「神に祈って、人知を超えた大きな願いが叶ったことはあるか!?」

「……いいえ、ございません」

「だったら無いんだよ、そんなものは！」

「しかし!!」

「馬鹿馬鹿しい！　精霊の怒りなど存在しない！　盟約があったとしてもサイファード領は我が国

来い!!」

の領地だ。そして、この国の王はこの私だ。いいからさっさと呼び出せ!!　引《ひ》き摺《ず》ってでも連れて

「さ、流石《さすが》にそれは……」

宰相は額の汗を拭いながら答える。

「何だ!?　まだ何かあるというのか！」

「サ、サイファードは近隣諸国にとっても神聖な地。たとえ我が国の領地といえども、その当主に無体を働くなど、この国の心象にもかかわってきます」

「チッ！」

グレオは下品に舌打ちをした。

グレオは貧乏揺すりをしながら、何とかサイファードを出し抜けないかと考える。

「確か、ノルンディー領は水晶の発掘が盛んだったな」

「？　はい。そうですが……」

「ルカを呼べ」

グレオは暗く笑いながら宰相に命じた。

「王よ、お呼びでしょうか？」

グレオの執務室に現れたルカは、兄でもある国王グレオに恭しく頭を下げる。

グレオが即位した後、こうやって二人で顔を合わせるのは初めてのことだった。

「久しいな、ルカ。身体はもう良いのか？」

「はい、お陰様で。ご心配をお掛けしました」

「いや、いい。早速で悪いのだが、お前を神殿の相談役に任命することにした」

「私が、ですか？」

「ああ。お前が適任だ」

今でも一日の殆《ほとん》どの時間を神殿で過ごすルカは、神官たちとの関係も非常に良好だった。

「まず、やってもらいたいことは大きく二つ。精霊の女王の御神体を造らせ、神殿の最奥に安置しろ。完成した後はあらゆる民に開放し、良き日を選んで祭りを開け」

グレオは指を順番に立てながら説明する。

「御神体と、祭りでございますか」

「そうだ」

その時ルカは、ようやく兄グレオが精霊の尊さを理解したのだと喜んだ。

「祭りは毎年開け。それから精霊の女王へ捧《ささ》げるものとして国民から寄付金を募り、寄付金を出した国民にはノルンディー産の水晶を対価として与えろ。『サイファード領近辺で採れた』と謳《うた》ってな。勿論出した寄付金の額によって、与える水晶の大きさや純度はしっかり分けろ」

「えっ……」

「心配するな。流石に水晶に『精霊のご利益がある』などとは謳わん」

グレオは鼻で笑う。

ルカはグレオの金儲《かねもう》けとしての思惑を何となく理解し、先程感じた高揚感が急激に冷めていくのを感じる。

しかし、ルカもこの国の王族の一人。

任された仕事は、着実に行わなければならない。

ルカはブラン王国の王家の書庫に残された過去の文献を読《よ》み漁《あさ》り、何とか繋《つな》ぎ合《あ》わせて女王の姿を模《かたど》ったご神体を完成させる。

その後、いくつかの記録と照らし合わせて女王の顕現した日を割り出し、その日に国を挙げて祭りを催した。事前に近隣の国々にも招待状を送り大々的に宣伝したことも功を奏したのか、祭りは稀《まれ》に見る大成功を収めた。

この日を境に、次第に精霊信仰は神聖なものから娯楽へと変わり始める。

敬虔《けいけん》な信者たちは皆眉を顰《ひそ》めたが、それを補っても余りある金が動くようになった。

毎年行われる精霊祭り。

その期間以外もブラン王国の王都は多くの観光客で賑《にぎ》わい始め、寄付金は増え続け、宿が建ち、飲食店もどんどん増えていく。

そして金が動けば商人も増える。

この時期、グレオは生まれて初めて魔道具を手にした。

以前から存在は知っていたのだが、高価すぎて手が出せなかったのだ。

魔力がなくても魔法が使える。

グレオは興奮を抑えることができず、ひたすら魔道具を買い漁り、一通り使って飽きた物から順に貴族へ貸与し始めた。

水の出る魔道具。

炎の出る魔道具。

土を柔らかくする魔道具。

貴族たちはそれを使い、自身の領地の中でもとりわけ不毛な場所を豊かにし始めた。

一般国民に魔道具が広まるほどまだブラン王国は豊かではなかったが、それでも少しずつ王国は発展し始める。

グレオは賢王でありながら精霊にも信仰深い人物として、国内外に名を馳《は》せ始めた。

しかし当のグレオは、精霊の伝承ですら金儲けの道具の一つとしか考えていなかった。

そして国庫が潤い始めたその裏で、今度はサイファード領への介入を始める。

「確か、サイファードの当主は女だったな」

「はい、シェラ・サイファード。年齢は正確には把握しておりませんが、領民が噂《うわさ》するには、若くて大層美しい女性のようです」

宰相の言葉に、グレオはにやりと笑う。

「すぐに見目の良い若い男を数人集めろ」

「はい。しかしどうなさるおつもりで？」

「サイファード領に入り、内情を調査してきてもらう。多少強引でもいい、あわよくば当主を落として孕《はら》ませろ。所詮女だ。コロッといくだろう」

「な、なんと……」

グレオの言葉に宰相は青ざめる。

「不服か？」

「いえ……そのようなことは……」

「だったらつべこべ言わずに取り掛かれ。うまくやった者にはそれなりの地位を与える。ただし、周囲にこのことが露見しても面倒だ。この話はお前の心にだけ留《とど》めておれ」

「は、はあっ……」

つまり極秘任務ということだ。

宰相は悩んだものの、国王グレオの命は絶対である。渋々ながらも見目が良く、使い勝手の良い男を数人見繕い、サイファード領へと送り込んだ。

こうして送り込まれた男たちの中、アレクだけが精霊たちに気に入られ、予定とは違う方法であったがシェラとの間に子を授かることになる。

その報告を受けた時、国王グレオはニタリと笑った。

「だから言っただろうが。精霊の伝承などただのおとぎ話だ。これを機にあの地の全てを手中に収めよう」

二百年前からサイファード領はブラン王国の領地である。

しかし治外法権を適用しているせいで、ブラン王国の歴代の王をもってしても、サイファード領に何かを命じることはできなかった。

そもそも治外法権下なので、ブラン王国の法は適用されない。

その意味で、ブラン王国はサイファード領を領地として獲得してはいたが、掌握はできていなかったのだ。

しかしこれからは違う。

アレクをこちらの手元に置くことにより、現当主であるシェラと、娘であるオリビアを思いのままに操ることができるだろう。サイファード領にも今まで以上に人を潜入させやすくなる。

二百年間、どんなに優れた王も成し得なかった、サイファード領を掌握するという快挙。

グレオは高揚感で、胸がいっぱいになった。


「王、いや兄さん。最後だから弟として言っておくね」

婚姻のために隣国へと向かう前日、珍しくルカはグレオの執務室を訪れた。

たった二人の兄弟だ。

正直グレオは、ルカはこの国に残って自分の補佐をしてくれるものだと思っていた。

「どうした？」

「僕はもう、この国の人間ではなくなるから良いのだけれど、これ以上サイファードに変なちょっかいを掛けると、本当に大変な事になるから覚悟しておいてね」

「はっ？」

「僕に言えるのは、それだけだよ」

そう言うと、ルカはグレオの言葉を待たずに執務室から足早に出ていった。

「何だ？　あいつ？」

グレオはルカが出て行った扉を、しばらく呆然《ぼうぜん》と見つめていた。

＊＊＊

四大財閥が共同で研究開発を行っている『魔法科学』は、ここ数百年で見ても目覚ましい進歩を遂げていた。

今や、遠くにいる人間同士の会話やデータのやり取りは勿論のこと、人や物の瞬間移動まで魔道具を使って可能となっている。

しかし、財閥の手掛けたこれらの魔道具を商人たちが商品として扱うには、厳格なルールが存在する。

そのうち、特に厳しく定められているのが『商品レベル』である。

国や地域ごとに販売可能なレベルが厳しく定められ、それを違えた商人は以後一切彼等《かれら》の商品を扱うことはできなかった。

商品としての魔道具のレベルはざっくり十段階に分かれており、最先端の魔法科学によって開発された新商品を最高ランクの十とし、型が古くなっていくほど数字が小さくなっていく。

厳密には更に枝分かれしているのだが、主に一～七までが市場に流通し、それ以上のレベルになると、各財閥の拠点でしか取り扱われていなかった。

さて、今回二人の商人が訪れたのは、北の辺境にあるブラン王国の王城。

ここ最近の政策で外貨が流れ込み、一気に国庫が潤ったと囁《ささや》かれている国である。

王城内の一画、応接の間のテーブルの上に商品を並べた彼等商人の目の前には、数十年前に型落ちした魔道具に目を輝かせているこの国の王グレオが座っていた。

そもそもブラン王国の文明は、周辺国の中でも特に停滞しており考え方も異様に古い。

自然や精霊を信仰する辺境の土地柄もあるのだろうが、自給自足を行っているために国交を殆ど結んでおらず、近隣諸国の情報がほぼ入ってこないせいで、著しく文明が停滞しているのではないかと商人たちは考えていた。

「これを全部貰《もら》おう」

グレオの言葉に、商人二人はきょとんとする。

「ありがとうございます。ただ……」

魔道具は魔石自体に価値があるため、基本、型落ちしても余り値は下がらない。一つ一つは高価な物ではないのだが、周辺国との物価が違いすぎるため、この国では結構な高級品だった。

「問題ない」

グレオはそう言うと側に控えていた使用人に目配せし、大きな布袋を商人の目の前に置かせ、口《くち》紐《ひも》を開けさせた。

「これは……」

袋の口から大量の金貨が見える。

商人たちは驚いて目を見張った。

「この国は更に豊かになる。今後も宜《よろ》しく頼む」

グレオは勝ち誇った顔でそう言うと、たった今買ったばかりの魔道具を持ってさっさと部屋を出ていった。

今から金の勘定をするので邪魔をしてはいけないと思ったのか、使用人たちも全員退出する。

残ったのは、扉の前に立つ騎士だけだった。

「おい、どうするんだよ、これ」

一人の商人が、騎士に聞こえないように小声で金貨の入った袋を指差す。

「いや〜久々にこんな量の金貨を目にしたよ」

「俺も。まさかこのご時世に、現金払いとは恐れ入った」

売上の殆どを数字とデータ上で管理している彼等は、今時大口の取引に現金を使う国があることに驚いた。

「どこぞの小さい商店じゃあるまいし」

「こりゃ、初期の魔道具を見て喜ぶわけだ」

この国、ブラン王国の定められた商品レベルは一、場合によっては二である。

つまり、先程グレオが嬉《うれ》しそうに購入した魔道具は、彼等が扱う商品の中でも圧倒的に最低ランクに位置していた。

商人二人は苦笑しながら、重い袋を馬車まで交互に持ち合う。

今度来る際は、必ず台車を持って来ようと心に誓った。

無事に馬車まで辿《たど》り着《つ》き、商人たちは次の客先へと向かう。

その道すがら、馬車の中からブラン王国の王都の街並みを観察する。

国王の政策が上手《うま》くいっているせいか、なかなかに人通りが多い。

「う〜ん。今後に期待か？」

「まあ、そうだろうな。金払いも悪くない。何となく勢いで物事を動かすタイプっぽかったし、派手に転ばなければ、それなりに上手くいくんじゃないか？」

商人二人はそう評価した。

『王侯貴族は管理するもの』
これは四大財閥共通の認識であり、広く商人にも知れ渡っている考え方である。
四大財閥に言わせると、『王侯貴族』とは絶滅危惧種である。
血筋とプライドばかりに拘《こだわ》り、すぐに足元を疎《おろそ》かにする。
誰かがしっかり保護してやらないと、すぐに死んでしまう愚かしくも弱い種族なのだ。
だからこそ、食べ物を管理し、使う物を管理し、住む場所を管理する。
分不相応なものは、身を滅ぼす元である。
きちんとした箱庭で衣食住を管理してこそ、彼等は彼等らしく生きることができる。
そうすることで、遅かれ早かれやってくる絶滅の危機を緩やかに食い止めるのだ。
勿論管理者も、しっかりとした責任を負わされる。
飼い主は、常にペットの行動の責任を負わされるものだ。
粗相した際、生かすも殺すも飼い主の匙加減《さじかげん》ひとつ。
『滅びゆく者は美しい』
そう言って笑ったのは、北の財閥の帝王ダリルだと云《い》われている。
しかし、それは定かではない。
一介の商人風情が、そんなこと知る由《よし》もないのだから。

＊＊＊

オリビアが北の拠点――ノルド城で目を覚ました数日後。

サイファード領での調査を終えたシルフィーたちは休暇を楽しんだ後にブラン王国王城へと戻り、事のあらましを国王グレオに報告した。

案の定グレオは我を忘れたように怒り、この前代未聞のお家乗っ取り事件は異例の速さでブラン王国内の全貴族たちに通達された。

「まだオリビアは見付からないのか？」

グレオは自らの執務室で、イライラと貧乏揺すりを始める。

「現在、ノルンディー家の騎士たちが総出で捜索を行っておりますが、未《いま》だ目ぼしい情報は入ってきておりません。付近の国境警備隊にも通達しておりますが、オリビア様らしき姿は目撃されていないそうです」

シルフィーは、各所から上がってきた報告書を読み上げる。

「この際死体でも構わん。何としても見付けろ」

「死体、ですか？」

シルフィーは問う。

「むしろここまでくると、オリビアには死んでいてくれた方がありがたい。他国に流れて、いらんことを言われてはかなわんからな」

「成程」

「第一から第三騎士団の中で手の空いている者は、全員サイファード領に向かわせ捜索に当たらせろ」

「かしこまりました、ノルンディー家への対応はどうなさいますか?」

「ああ、あれか……」

グレオは呆《あき》れた様に椅子に倒れ込む。

今朝早く、早馬で王城までやってきたノルンディー家の従者は、オリビアが去ったことで起こっているノルンディー領の惨状をシルフィーに説明し、救いを求めた。

シルフィーはそれを受け、事実を分かりやすく簡潔にまとめた後、結論だけをグレオに伝えた。

「ノルンディーの連中が突然資金援助して欲しいと頼んでくるとは、一体何にそんなに入用なのだ?」

「そうですね。やはり、オリビア様の捜索のために多くの人員を割いているのも、要因の一つではないでしょうか」

「ふん、くだらん。ノルンディーは水晶の一件でかなり儲けさせておる。その金で何とかさせろ」

「かしこまりました。ではお断りしておきます」

嘘《うそ》は言っていない。

シルフィーは、うっかり喉まで上がってきた笑いを堪える。

「婚約者候補たちには会ったか?」

「はい。昨日三人共にお会いしました。大層麗しい青年たちでございました」

「そうだろう、そうだろう」

グレオは満足そうに頷《うなず》く。

シルフィーが王都に戻って来た時には、すでにオリビアの新しい婚約者候補の選定が終わっていた。

　新興貴族の令息の中で、既に成人を迎えているタイプの違う見目麗しい三人。

　前回のアーサーの失敗から学んだグレオは、互いの欠点を補えるよう、複数人での囲い込みを考えたのだ。

「彼等を候補者としてサイファード領に行かせ、オリビアの周りに侍《はべ》らせろ」

　シェラの時に使った計画を、娘であるオリビアにもするのだ。

「……しかし、オリビア様が本当にご遺体で見つかった場合はどうなさるのですか？　ご遺体と婚約させるのですか？」

「それならもう手を考えている。近いうちに孤児院から十二、三歳の少女を数人見繕え。ついでに銀の髪の鬘《かつら》もいくつか用意させろ」

「はて？」

　グレオの命に、シルフィーは首を傾《かし》げた。

「オリビアが見付からなかったか死んでいた時の替え玉だ。どうせノルンディー以外、誰もオリビアの顔など見た者はいないだろう。周辺国も気付きはせん」

「成程、承知しました。急ぎ手配致します」

「良いか、何としても穏便に済ますのだ。オリビアの生死がどうであれ、サイファードは我が国のものだ。どこの国にも渡しはしない」

　グレオはほの暗い顔で目を細める。

　シルフィーはそんなグレオの顔を一瞥《いちべつ》すると、軽やかに部屋を出て行く。

シルフィーの足取りは非常に軽かった。無意識に口元が緩む。

やはり連続休暇の後だと、心に余裕ができる。

いつもなら愚王を殴りたい衝動を抑えるのに苦労するのだが、今日は優しい気持ちで対応することができた。

シルフィーは上機嫌で、庭園を横切る渡り廊下に差し掛かるが、目の端に青い鳥の姿が見えた瞬間足を止める。

「見て！　また青い鳥だわ。渡り鳥の群れかしら？」

城で働く使用人たちは、その意味も知らずに珍しい青い鳥の姿に盛り上がる。

昼休憩中の庭園で賑やかな笑い声が響く中、各々が空を見上げて鳥を探していた。

数日前から王都に現れた青い鳥は、どうやらそれなりに人気があるようだ。

喜んではしゃいでいる者が大半だが、中には何やら考え込んだ後、早足で通り過ぎる者も僅かにいる。対照的なその姿に、シルフィーは思わず吹き出しそうになった。


「どうだった？」

シルフィーが自分の執務室に戻ると、第一騎士団団長のレオが勝手にソファーに座って寛《くつろ》いでいた。

「あなた、いつの間に」

「ん？　ついさっき。で、どうだった？」

「どうって、愚王ですか？　いつも通りですよ」

シルフィーは、レオの対面に腰を下ろす。

「いや、それは知ってる」

「そうそう、オリビア様の替え玉を用意することが決まりました。あの様子では、替え玉をオリビア様として、新しい婚約者候補たちと一緒にサイファード領に住まわせるんじゃないでしょうか」

「おお～住んだらいいいんじゃないか？　住めるもんならな」

レオはケタケタと笑う。

本物のオリビアがいないサイファード領に住もうとすることがどれだけ無意味で愚かな行為か、誰も分かっていないことが滑稽で面白い。

「なあ、前から聞きたかったんだが、グレオってマジで精霊を、いや、違うな。精霊の女王の伝説を信じてないのか？」

レオにしては珍しく、真面目な顔でシルフィーに問う。

「レオ、あなた自身はその伝説を信じていますか？」

「ん？　俺か？」

「ええ。精霊が存在するのは、何となく分かりますよね」

「まあな、魔法使うし」

「それでは、精霊の女王の存在は信じていますか？」

「あ～～成程」

レオは頷いた。

「精霊は……何ていうか、俺にとっては空気とか光みたいなもんだな。確かに存在するが、目に見えない。そもそも姿見たことねえし。いるって言われてもどこに？　て感じだわ、確かに」

「そうですね。そしてその存在が曖昧な精霊の、更に女王と呼ばれる存在が人間と同じ姿となって二百年前にこの国に顕現し、大地に実りを与えた。……それをただの神話ではなく実話として受け入れるのは、一般の人間からすればやはり難しいのかもしれませんね」

「確かに、少し聞いただけだと神話の域を出ないよな～それ。未だにシェラ様やオリビア様の存在って不思議だもんな～～知ってても実感が湧かないっつうか……」

レオは腕を組んで何度も頷く。

「あの御方たちと比較的近くにいる私たちですらこうなのですから、やはり全く魔法が使えない人間となると、考え方が根本的に違うのでしょう」

「確かに天罰やら神罰なんて、ろくに信じてねえもんな～俺」

「サイファード領は精霊の怒りを買ったのではありませんよ。ただ、あの地を去っただけです」

「逆にそれが怖いんだがな～。精霊のあるところに実りありってか。本当、スゲー存在だな～」

「だからこそ、この世界は豊かなのかもしれませんね」

「お！　良いこと言った！」

レオがピシッと親指を立てる。

「はいはい。あ、そうそう、ローラとアンナは表向きは死罪となります。それなりに痛めつけて北の研究所に送ってください。使用人たちは漏れなく鉱山奴隷となりますので、道すがら行先《いきさき》を変更してもらいましょう。偽装はお任せします。決して殺さぬように」

「了解」

聞きたいことは聞いたとばかりに、レオはソファーから立ち上がって部屋を出て行こうとするが、

「あ、もう一つ」

シルフィーは、言い忘れていたかのようにレオを呼び止めた。

「警告の黄色い鳥が、数日以内にここ王都に放たれるそうです。身辺整理をするようにと皆に伝えておいて下さい」

「げっ！　マジか！　早くないか⁉」

レオは驚いた。

「それほど我らの主がお怒りであるということですね。この分じゃ、近い将来『赤』もあり得ますね」

「うへ〜〜荷造り始めよう〜」

「是非そうして下さい」

「了解っと」

レオは手を振りながらシルフィーの執務室を出て行った。

それから数日後、シルフィーの言葉通り黄色い鳥の大群がブラン王国の王都の空を覆い尽くしたのだった。

時を同じくして、ホワイトレイ家の名で近隣諸国の王族たちに一斉に手紙が届く。

魔力を纏《まと》ったこの手紙には、北の財閥ホワイトレイ家の当主のみが用いる封蠟《ふうろう》が施されており、

受け取った者たちを恐怖のどん底に叩き落としていた。

自分は、何かとんでもない粗相を仕出かしてしまったのだろうか？

震える手で何とか手紙を開封すると、そこには一枚の黄色いカードが入っていた。

『今後、ブラン王国とのいかなる国交・経済交流も、敵対行為とみなす。シリウス・Z・ホワイトレイ』

「ひぃっ」

恐怖の余り、手紙が床へと滑り落ちる。

ブラン王国に、黄色い鳥が放たれたのだ。

読み終わった者は理解し、皆同じ思いを胸に大きな溜息《ためいき》をついてその場に崩れ落ちた。

自国でなくて良かった……。

王族たちはそれぞれ冷や汗を拭いながらも急いで召集をかけ、ブラン王国との関係を入念に調査するように命じた。

ほんの一欠片《かけら》でも、国が行う事業の中にその名がないか丁寧に調べあげ、見つかれば王命によって取引禁止を言い渡す。

その上で、ブラン王国への出入国も完全に禁止した。

人の流れが消え、物流が途絶える。

こうして、潮が引くようにブラン王国から人や物が消え始める。

一体全体ブラン王国は、何をしでかしたのか？

周囲の国々は想像を膨らます。

ある日突然、ブラン王国の王都に青い鳥の群れが飛来し、それから時間を空けずに黄色い鳥が放たれた。

精霊が降り立った伝説の国であったが、今や精霊は去った。

精霊を怒らせ、ホワイトレイ家を怒らせたブラン王国の未来は間違いなく破滅だろう。

それが、近隣諸国の共通認識だった。

＊＊＊

サイファード領で拘束したオリビアの義母ローラや義妹アンナ、屋敷《やしき》で働く使用人たちを馬車でブラン王国の王都へ連行しておよそ七日。

シルフィーは、王城の前に到着した護送馬車へと近付いた。

「全員無事か？」

「はい、死なない程度に食料と水を与えておりましたので、問題ありません」

一人も欠けることなく、北の研究所まで連れて行かなければならない。

人数を確認していた部下の傍らで、シルフィーは馬車から降ろされる使用人たちをじっと観察する。

皆顔色が悪く、足元をふらつかせながら歩いていく。

「オリビア様の義母であるローラと義妹アンナは地下の特別房へ。それ以外の使用人たちは纏めて雑居房に放り込んでおいてください」

「かしこまりました」

流石に七日も馬車の荷台に詰め込まれていたためか、ローラとアンナは騒ぐ気力もないようだ。

彼女たちは虚《うつ》ろな目で素直に騎士の後についていく。

「オリビア様の父であるアレクの姿が見えないのですが」

シルフィーは人数を数えている部下の一人に尋ねた。

アレクは実行犯ではないのだが、別の要因で捕縛し、連行されていたはずだ。

しかし彼の姿が先程から見当たらない。

「？　主からのご指示ではなかったのですか？」

部下の一人が不思議そうにシルフィーの顔を見る。

「何のことですか？」

「いいえ、道中、確かサイファード領を出て三日を過ぎた頃、ソフィ様がいらっしゃいまして」

「は？　姉貴が⁉」

シルフィーは、突然自分の姉の名が出たことに驚いた。

「はい。『我が主の命を受けたのでアレクは私が連れて行く』とおっしゃられましたので、その場でお引き渡し致しました。てっきりシリウス様からの命かと思い……」

シルフィーは硬直した後、額に手を当てて屈《かが》み込んだ。

「やられた……」

「え？　いけなかったのでしょうか？」

「いやいい。いい……」

右手を振りながら部下に伝えると、気を取り直して立ち上がる。

「後は頼んだ」

シルフィーはそれだけ言うと、足早に自室へと向かった。

呑気《のんき》に休暇など取っている場合ではなかった。

シルフィーは己の失態を悔いた。

彼はこの国ではシルフィー・ブラックと名乗っているが、本名はシルフィー・ブラックレイ。

ブラックレイ一族は、代々ホワイトレイ家の影として仕えている家系だ。

シルフィーの姉、ソフィ・ブラックレイ。

彼女も同じようにホワイトレイ家に仕えているのだが、シルフィーとは仕えている主が違う。

彼女が現在仕えているのは、先代ダリル、つまりシリウスの父だ。

ダリルはシェラがサイファード領を去ったタイミングでシリウスにホワイトレイ家の全権を譲り、現在どこかの孤島で悠々自適に余生を過ごしているらしい、というのがシルフィーの知るダリルの情報である。

「確か先代ダリル様は、シェラ様を溺愛、いや崇拝なさっていた……」

そしてそのダリルが溺愛していたシェラを伴侶にする形で奪っていったのが、オリビアの父でもあるアレクという男。

十数年経《た》った今もダリルがシェラを奪われたことに怒りや嫉妬を覚えているのかは分からないが、とはいえダリルがそんなアレクを放っておくはずもない。

シルフィーは頭を抱える。

まさか、主の獲物を先代に掻《か》っ攫《さら》われるとは……。

何たる失態。

どのみち自分が馬車に乗っていたとしても、姉には敵《かな》わない。

だが、すぐに報告することはできたはずだ。

「……取《と》り敢《あ》えず怒られますか……」

駆け込んだ自室でタブレットを取り出すと、シルフィーはすぐさまリシューに連絡を取った。


「私たちをどうする気なの⁉」

特別房に放り込まれて座らされたローラとアンナは、鉄格子の向こうに立つ騎士を睨《にら》む。

彼女たちはブラン王国の王城の最下層にある、ベッドやソファーなど一通り家具が置かれた貴族専用の監房の中にいた。

室内は簡素だが、風呂やトイレもあり、生活するには困らない作りになっている。

しかし部屋の全てが鉄格子で区切られているため、プライバシーなどはまるでなかった。

「な～んだ。まだそんなに元気あるんだね～」

鉄格子の外で、クロは面白そうにローラとアンナを観察する。

「あ、あなた‼」

クロの顔を見て、ローラとアンナは震えあがる。

七日前のサイファード邸での尋問の際、彼女たちはクロに何度も蹴られていたため、彼にトラウマを覚えていた。

「殺してはいけないですよ。あくまでも半殺しです」

後ろから歩いてきたシロは、クロの隣に立つとしっかりと彼に言い聞かせる。

「分かってるって。う～ん、何して遊ぼっかな～」

クロはじっとローラとアンナの顔を見ながら考える。

彼女たちは七日間、身体を拭くことも着替えることもできず、事件当時の服装のままだった。

「お、夫のア、アレクを呼んでちょうだい!!」

ローラが悲鳴じみた声で言う。

「何で？　呼んでどうするの？　最後に会いたいの？」

クロは首を左右に大きく動かしながらローラに尋ねる。

「え？　最後……？」

「あれ？　もしかして君たち。あれだけのことしといて、ただで済むと思ってないよね？　死刑だよ死刑。当然だよね～」

クロは手で、自分の首を切る真似《まね》をする。

「あなた、一体何を言っているの？」

ローラは意味が分からないといったふうに眉を顰めた。

「え～どうしよう～シロ～こいつら、想像以上に馬鹿だよ～どうしよう～」

クロは困ったようにシロの身体に抱きつく。

「ふむ……」

シロはクロの頭を撫《な》でながら、観察するかのようにじっとローラとアンナを見つめた。

「なっ、何ですの！　あ、あなたまさか、私たちを辱めようなどと考えてはいないでしょうね！」

ローラは慌てて両腕で胸元を隠すと、それを見ていたアンナもローラの背後にさっと身を隠した。

「はぁ〜〜〜〜〜？　マジできもいんだけど‼」

クロは大声で叫ぶと、鉄格子を開けてドカドカと中に踏み込み、ローラの髪を鷲摑《わしづか》んだ。

「おいてめぇ！　僕たちが女に飢えてるように見えるって言うのか⁉　あぁ〜？」

クロは不機嫌を隠そうともせず、鉄格子にローラの顔を勢いよく叩きつける。

「ぐっ、あがっ⁉」

「ほら。その汚い目で僕たちをしっかり見ろよ！　そんなに女に飢えてるようなさもしい人間に見えるか⁉　あ〜？」

叩きつけられた衝撃で鉄格子がガンガンと揺れる。

その様子を、向こう側からシロたち騎士団が無表情で見ている。

第一騎士団は、シルフィー直属の部下である。

つまり、全員がブラックレイ一族である。

彼等は皆鍛え上げられた逞《たくま》しい身体と長い手足を持ち、きっちりと制服を着こなす姿は非常に洗練されていた。おまけに外見もかなり麗しい。

「クロ。そんなに激しく動かしたら、よく見えないんじゃないかな？」

ローラの頭をガンガンと鉄格子に叩きつけるクロに、シロが冷静に突っ込む。

「あ。そっか」

我に返ったクロは、パッと手を離した。

支えを失ったローラは、そのままどさりと床に倒れこむ。

顔面は痣《あざ》だらけで、口や鼻からは血が大量に流れていた。

「うぐ……」

クロは、くぐもった声で低く唸《うな》るローラには目もくれず、

「もう～。ついカッとなって手が出ちゃった～僕の悪い癖だね！　汚い汚い」

指に絡まった大量の髪の毛を気持ち悪そうに振り払うと、はめていたグローブを脱いでポイッと投げ捨てた。

シロは鉄格子を開けてクロに出るように促すと、彼に新しいグローブを手渡す。

「ありがと～シロ～」

クロが嬉しそうに受け取ると、しっかりと両手にはめる。

アンナは倒れ込んだローラの横に座り込み、ハンカチで彼女の顔に飛び散っている血を拭いながらすすり泣いていた。

「僕たちが、小便臭いガキや厚化粧のバケモノに勃つわけないでしょ。マジでぴくりともしないし。ねぇ～シロ」

「下品だ」

シロが窘《たしな》める。

「だって本当のことだもん。こっちだって選ぶ権利あるし。シロだってそうでしょ？」

「……間違ってはいないが、人によるのではないか？」

「じゃあさぁ。使用人たちで試すっていうのはどう？」

「ん？　どういう意味だ」

「ほら。あのサイファードの屋敷にいた執事とか、こいつらのこと好きそうじゃない？」

「ああ、そういうことか」

サイファード領から連行された使用人たちの中には、男が四人いる。

「執事一人、庭師一人、護衛騎士二人だったかな？　そいつら全員ここに放り込もうよ」

「悪趣味では？」

「えへへ～褒められちゃった」

クロは嬉しそうに頬を染めると、後ろにいた第一騎士団のメンバーに彼等を連れてくるように頼む。

「それじゃあお二人さん。今から着てる服全部脱いでね。ついでにシャワーも浴びちゃって良いから。大丈夫、心配しなくていいよ。僕たち全く興味無いから。気にしないでね」

クロはローラとアンナに向かってにっこりと微笑《ほほえ》んだ。


「お嬢様……」

「奥様……」

連れて来られた男四人は、部屋の隅で素っ裸《すぱだか》で丸まっているローラとアンナに心を痛めるが、クロの言葉に目の色を変え始めた。

「この二人、ローラとアンナは死刑確定。残る君たち使用人や護衛騎士も全て鉱山奴隷となる。刑が執行されるまでの残り十日間、自死と殺人以外この中で何をしても構わない。もう一度言う。ナニをしても構わない。是非とも最後の時を楽しんでくれたまえ～諸君」

クロはそう言うと、クルッと方向転換した後ムフフフと笑った。

「さ～さ～忠誠心と欲望、どっちが勝つかな～楽しみだね～」

「本当に悪趣味だな」

隣でシロが突っ込む。

「え～だってあいつら、オリビア様を害したんだよ？　当然の報いだし。それに殺しちゃいけないんでしょ。他に何かやりようある？」

「……まあ、確かに暴力ではすぐに死んでしまいそうだな」

「でしょ？　まあいいんじゃない？　娯楽にはなるでしょ。僕は見ないけど」

「私も興味ない」

そう言うと、シロとクロはさっさとその場を後にした。

二人が去った後、案の定、予想通りの展開が特別房内で繰り広げられる。

それを見た監視役の第一騎士団のメンバーたちは、『勘弁してくれ』と心の中で呟《つぶや》くのだった。

＊＊＊

「ようこそ。アーサー殿」

ブラン王国の王都に連行されたオリビアの元婚約者であるアーサー。そこで彼を待っていたのは宰相のシルフィーだった。

王城内、比較的小さい部屋に連れてこられたアーサーの目の前には、温かそうな湯気を立てた紅茶が置かれている。

「冷めないうちに、どうぞ」

サイファード家の屋敷で会った時よりも随分やつれてしまったアーサーに、シルフィーは柔らかく微笑みながら茶を勧めた。

「あ、はい。頂きます……」

アーサーは言われるままに、紅茶を一口飲んで喉を潤す。

ガチガチに強張《こわば》っていた彼の肩から力が抜け、緊張が緩んだのを見計らいシルフィーはゆっくりと口を開いた。

「それで――どうですか？　捜索の方は。オリビア様は見つかりましたか？」

「あ、いえ……。まだ、です」

アーサーは俯《うつむ》きがちに答える。

「あれから、サイファード領はどうなりましたか？」

「っ……」

再度のシルフィーの問いに、アーサーはヒュッと息を飲むと膝の上でぎゅっと拳を握りしめた。

よく見ると、アーサーの身体は小刻みに震えている。

「その様子ですと、自分のしでかしてしまった愚かな行いの結果を、自分自身の目で確認することができたようですね」

「………はい」

長い沈黙の後、アーサーは諦めたようにコクリと頷いた。

アーサーはサイファード領でシルフィーに呼び出されて事件の真相を聞いたその次の日から、いなくなったオリビアの捜索に加わることとなった。

あの日、シルフィーたちから解放されて父ロドリーとノルンディーの屋敷に戻ったアーサーを待っていたのは、家族からの冷たい仕打ちの数々だった。

再びロドリーからは殴られ、母には泣かれ、兄からは口を利いてもらえない。

捜索隊が編成されるまで自室で謹慎を言い渡され、アーサーは一人、ベッドに寝転がって今までの出来事を思い返していた。

本当にローラやアンナは、サイファード伯爵家の乗っ取りを企てていたのだろうか。

本当にオリビアを殺そうとしていたのだろうか。

アーサーは周囲にこれほど諫《いさ》められても、未だに一連の事件について実感が持てずにいた。

明日から始まるオリビアの捜索。

宰相であるシルフィーから直々に捜索メンバーに抜擢《ばってき》されたのだから、全力で取り組もうとアーサーは思っていた。

別に手柄を独り占めしたい訳ではない。

しかしオリビアがいなくなってしまった以上、彼女の婚約者である自分が自らの手でオリビアを見付けるのが筋だ。

そして無事オリビアを見付けることができた暁には、彼女に誠心誠意謝罪して、婚約者として改めてきちんとした関係を築こう。

思えばまともに会話をしたことすらなかった。

きちんと向き合い、オリビアのことをもっと知ろう。

好きな色、好きな花、好きな食べ物、苦手な物。

それから、自分のことも知ってもらおう。

がりがりに痩せてはいるが、見た目は悪くない。アンナ嬢のように沢山のプレゼントを与えて着飾らせれば、それなりになるだろう。

そうして、改めて二人で手を取り合ってサイファード領を発展させていこう。

「オリビア、待っていてくれ。必ず僕が助けてあげるから」

アーサーは能天気にもそう呟くと、明日の捜索に備えて早々に眠りについた。

が、一夜明け、まだ辺りが薄暗い中。

ノルンディーの屋敷内、階下の騒がしさに目を覚ましたアーサーは、ゆっくりとベッドから起き出した。

「こんな朝早くから何事だ？　一体……」

アーサーは眠い目を擦りながら一階へと降りる。

「川が干上がりました！」

「森の消失が、物凄《ものすご》い速さで広がっております！」

「サイファードの領民たちが、こちらに押し寄せてきております！」

玄関ホールで怒号が飛び交い、屋敷内を忙《せわ》しなく人が走り回っている。

アーサーは何事かと思い、人々の流れをかき分けて玄関から外に出る。

確認のために何気なく周囲を見回した瞬間、アーサーは愕然《がくぜん》とした。

「は……？」

昨日まで当たり前に見えていた眼前に広がる屋敷周辺の森が、綺麗《きれい》さっぱり消えている。

アーサーは震える足を叱咤《しった》し、急いで屋敷内に戻るとノルンディーの領地を見渡せる三階のバルコニーへと向かった。

全身から冷たい汗が吹き出し、走りながらも膝が震えているのが分かる。

どういうことだ？

どういうことだ？

どういうことだ？

アーサーは混乱と恐怖に塗りつぶされて座り込みそうになりながらも、何とか三階のバルコニーにたどり着く。

既にそこには何人もの使用人たちが到着しており、バルコニーから身を乗り出しながらノルンディーの領地と、そしてその向こう側に広がるサイファード領を不安そうに見つめていた。

アーサーに気付いた使用人たちが彼のために道を開ける。

アーサーは急いでバルコニーから身を乗り出すように、遠方に広がるサイファード領を確認した。

「こ、これはっ……」

あれほど豊かに生い茂っていたサイファードの森が、まるで絵画を上から塗り潰したかのように端から順番に綺麗に消失している。

サイファード領から流れ込む川も干上がっているようで、何人もの人間が以前は川底だった場所に入り、何やら調査をしている。

一面美しい緑だった大地は黄土色に変色し、吹いてくる風は乾燥して砂が混じっている。

「あ……ああ……」

アーサーの口内はカラカラに乾き、上手く唾を飲み込むことができない。

「ついに精霊様が出て行かれてしまった……」

「ああ、なんということだ……」

「これからどうなるのかしら……」

ヒソヒソと話す使用人たちの声が、アーサーの耳に届く。

『何もせずとも森はきれいさっぱり消えるでしょう』

アーサーの頭の中に、昨日聞いたばかりのシルフィーの声が響く。

「あああああああああ」

アーサーは頭を抱えてその場に蹲《うずくま》る。

「何てことを……僕は何てことを！」

人知を超えた現象を目の当たりにしたアーサーは、ここでようやく事の重大さに気付く。

しかし、時すでに遅く――。

その日から、ノルンディーでは寝る間を惜しんでオリビアの捜索が行われた。

しかし勿論、未だに見つけることはできていない。

サイファードの領地にある『女王の森』は今やすっかり消え失《き》せ《う》、数キロ先まで見渡せる乾いた石と砂の大地が広がっているだけだ。

もしそこにオリビアがいたのなら、遠目からでもすぐに気付くことができるだろう。

しかし周囲をどれだけ見渡しても、生き物の影一つさえ見当たらない。

きっとオリビアはもうこの地にはいない。

昨日のうちに、魔獣にでも食われたのだろう。

そう囁かれながらも、騎士たちは捜索の手を止めることはなかった。


「――アーサー殿？」

シルフィーに呼ばれてアーサーは我に返る。

「どうかされましたか？」

「あ……いえ。申し訳ございません」

考えに没頭していたアーサーは、自分が今ブラン王国の王都に連行され、宰相であるシルフィーと話していた現実を思い出した。

「時間もありません。始めさせて頂きます」

シルフィーはそう言いながら胸ポケットから小さい鈴を取り出すと、その場で数回鳴らす。

すると、その音が合図となったのか目の前のカーテンが開かれ、大きなガラス窓が現れた。

アーサーは視線のみを動かしてガラスの向こう側を覗《のぞ》くと、そこには十歳前後の三人の少女が椅子に座り、所在無さげにキョロキョロと辺りを見回していた。

どうやら彼女たちからは、こちら側が見えないらしい。

アーサーは不思議に思いながらも、しばらく彼女たちを観察する。

三人とも同じような銀髪で、それなりに整った顔立ちをしている。

しかし身なりはそれほど良くはない。きっと平民だろう。アーサーはそう結論付けた。

「どうですか？」

「え？　どうとは？」

シルフィーから問われた意味が分からず、アーサーは困惑する。

「この中に、オリビア様に似ている者はいますか？」

「え……？　オリビア、ですか？」

「ええ。陛下の命により、オリビア様の代わりを選ぶことになりまして、彼女の顔を良く知るアーサー殿にお手伝いしてもらおうかと思いまして」

「代わり、ですか？」

「はい。陛下はオリビア様の婚約者候補を新たに三名決められまして……」

「え!?」

「何を驚いているのですか？　あなたとオリビア様の婚約は早々に白紙に戻されましたよ。そもそもあなたは解消したくて仕方がなかったのでしょう？　良かったですね」

シルフィーはにっこりと微笑む。

「話は戻りますが、このままオリビア様が見付からないか死んでいることが分かった場合、代わりの人間、つまりオリビア様の替え玉の少女に、オリビア様の婚約者候補の方々とサイファード領に住んでもらうことになります」

「え？　あのサイファード領にでしょうか？」

「ええ、あのサイファード領にです」

今や瓦礫《がれき》と砂しかない不毛の地。人間など住めたものではない。

「勿論アーサー殿も一緒です。あなたには彼等の従者という立場で同行してもらいます。あなたはそこで、偽者のオリビア様をフォローしつつ、婚約者候補の方々に偽者を本物のオリビア様だとしっかり信じこませて下さい」

「……それは、何故ですか？」

「アーサー殿は、我が国ブラン王国が領地を所有する権利についてどこまでご存じですか？」

「直系子孫との盟約、でしょうか」

「ええ、そうです。そもそも直系子孫が生まれなかった場合等による特別措置はありますが、原則我が国は、領地所有に際し代々その直系の子孫と盟約を交わしています。サイファード領も例外ではありません。しかし現在、唯一の直系子孫であるオリビア様がいなくなられました。このままこの状態が続くと、どうなるでしょうか？」

シルフィーはアーサーに尋ねる。

「直系の子孫が絶えてしまった領地は盟約の効力を失い、ブラン王国の手を離れてしまいます」

「ええ、正解です。――しかし、それでは困るのですよ」

「え……」

「サイファード領は精霊信仰をしている人々にとって、聖地のような場所です。精霊を利用した観光産業は今やブラン王国の一大事業。順調に外貨を増やし続けています。道半ばで頓挫する訳にはいかないのです。その上、近隣諸国にブラン王国とサイファード領の盟約が消滅したことが知れ渡れば、彼の地を手に入れようとする国々のせいでサイファード領はあっという間に戦火にさらされるでしょう。そうなると、隣の領地であるノルンディーへの被害も甚大なものとなるでしょう。だからこそ、オリビア様がいなくなってしまったことを何としても隠す必要があるのですよ」

「……そんなことをしても、きっと無駄です。森が枯れ川も涸《か》れたあの領地の現状を知れば！」

アーサーは、シルフィーの顔を見てきっぱりと言い切る。

確かに以前のアーサーなら、今の話の内容に納得しただろう。

しかし今は違う。

一晩にして消えた大地の恵み。

人知を超えた圧倒的な力。

あの現状を目の当たりにすれば、考えを改めない訳にはいかなかった。

自分は、何と愚かでちっぽけな存在だったのだろうと。

アーサーは自分の内側にある、精霊に対する言葉にできない畏怖の念に声を震わせる。

「今のサイファード領は、人が住める環境ではありません。シルフィー様は精霊を……あの伝説を信じてはおられなかったのですか？」

「それをあなたが言いますか？」

シルフィーは可笑《おか》しそうに笑う。

「……すみません」

「いいのですよ。でもそうですね、我が国の偉大なる王は間違いなく信じていないでしょうね。偽オリビア様が婚約者候補の一人と親しくなり、子でも孕んでくれれば万々歳。今後、彼等がサイファード伯爵家を盛り立て、領地を守っていってくれると真実そう思っておいでなのですよ」

「なっ⁉　何故宰相であるあなたが助言しなっ……ひぃっ⁉」

アーサーは思わず声を荒らげるが、シルフィーの表情の変化に最後まで言い切ることができなかった。先程までニコニコと微笑んでいたシルフィーの姿はどこにもなく、その目はほの暗い光を湛《たた》え、口元には不気味な笑みを浮かべている。

「シ、シルフィー様……？」

「良いではないですか。箸にも棒にも掛からぬほどの矮小《わいしょう》で愚かなこの国がどうなろうと、知ったことではありません。さあ、ほら、あの三人の少女の中からさっさと一人選びなさい。所詮どの娘も、オリビア様には似ても似つかない顔なのですから」

シルフィーはアーサーの腕を摑むと、少女たちの姿が良く見えるようにガラス窓の前まで引っ張り、彼の顔を強引に窓へと押し付けた。

「さあ早く、ほら、さあさあ！」

アーサーは、突然のシルフィーの豹変《ひょうへん》に身の毛がよだつほどの恐怖を全身で感じた。

何かがおかしい。

アーサーの身体が無意識にカタカタと震える。

宰相であるシルフィーは、サイファードでの事件が発覚したあの時点で、領地がどのような結末を迎えるのか既に知っていた。

父であるロドリーもそうだ。

いや、父だけじゃない。

家族も、使用人たちですら知っていたのだ。

以前の自分ならいざ知らず、何故国王陛下はこのことを知らない？　気付かない？

おまけに数日前、ノルンディー領の混乱が制御しきれないと判断した父ロドリーは、援助を請うために王城に向けて早馬を走らせたはずなのに……。

アーサーは、身体中から冷たい汗が吹き出るのを感じた。

誰かが意図的に、国王にあげるべき情報に制限を掛けている？

誰が？　一体何のために？

ちらりと盗み見たシルフィーの表情は、今まで見たこともないほど冷たかった。

アーサーは瘧《おこり》のように身体を震わせながら、為《な》す術《すべ》もなく、シルフィーの言葉に従うことしかできなかった。


それから程なくして、アーサーたちはサイファード領を目指した。

新しく選定されたオリビアの婚約者候補である三人の青年は、タイプは違えど皆大層見目が良く、自らの武器を最大限に活《い》かして孤児院から連れてきた一人の少女、偽オリビアを全力で口説いている。

少女も最初のうちは余りの環境の変化に戸惑っていたが、しきりに麗しい高位貴族の青年に愛を囁かれるうちに、次第に満更でもなさそうな態度へと変わっていった。

彼等婚約者候補たちは、晴れてオリビアに選ばれた暁にはサイファード伯爵家へ婿入りすることが決まっている。

高位貴族ではあるが、次男や三男の彼等も必死なのである。

馬車の中でいちゃつく四人を尻目に、従者の立場であるアーサーは馬車には同乗せずに馬に跨《またが》る。

贅沢《ぜいたく》に慣れ切った婚約者候補たちには、野宿など到底無理だろう。

道中多めに休憩を挟んだとして、サイファード領に到着するのは早くて十日後。

無事到着したとして、そこに待つのは砂と瓦礫だけの地。

アーサーは溜息を吐くことしかできなかった。

第五章　北の国　カッシーナ公国

「服装ヨシ！　鞄《かばん》ヨシ！　おやつヨシ！　髪型ヨシ！　美しさヨシ！　神々しさヨシ！　可愛《かわい》さヨシ！　可愛さヨシィ!!」

ミナは意気揚々と、オリビアに向けて指差し確認を行っている。

食欲が戻り、活動時間が大幅に増えたオリビアは今日、ようやくバジルから外出の許可がおりた。

よく食べるようになったオリビアの頬はふっくらし始め、ようやく年相応の体型に戻りつつある。

しかしせっかく摂《と》った栄養も、何故《なぜ》か胸を通り過ぎて腹に溜《た》まってしまう。若干ポッコリしてしまった自分の腹を見て、オリビアは少し不満に思っていた。完全なる幼児体系である。

今日のお出掛けのために用意されたオリビアの服は、真っ白なモコモコのワンピースと、淡いピンクのファーポンチョ。

目立つ髪色を隠すため、フード付きマフラーもセットになっていた。

「本日の目的地は、北の国カッシーナ公国です。この北の拠点ノルド城から一番近い国で、そこに三日間滞在する予定となっています」

「カッシーナ公国？」

ミナの説明にオリビアは聞き返す。

カッシーナ公国。

建国しておよそ十年程度の新しい国で、北の財閥ホワイトレイ家が管理する数ある国の中の一国である。

「はい。シリウス様とカッシーナ公国の大公とは古くからの知り合いで、公国に赴く際はいつも彼の屋敷《やしき》の離れを利用しております。警備の面から考えて、今回もそこに宿泊することになっております」

「え……」

人ん家《ち》？　何それ……。面倒臭い……。

気ままな旅行をイメージしていたオリビアのテンションが、あからさまに下がる。

単独行動が好きだった前世のオリビアは、気を遣いながら他人の家に泊まることが何より苦手だった。

それならば、多少金はかかろうとも一人勝手にどこかのホテルに泊まりたいタイプだ。

現在、シリウスの城に滞在しているオリビアが言えた義理ではないのだが。

「やっぱり、行くの止め……」

オリビアは旅行をキャンセルするべく口を開いたのだが、

「大丈夫だよ。何もする必要はないから」

開け放たれた扉から、シリウスが姿を見せた。その後ろには、いつも通りリシューが控えている。

「シリウス兄様！」

相も変わらずきっちりとスーツを着こなしているシリウスだったが、今日はその上からグレーのコートを羽織っている。

後ろに撫《な》でつけられた髪と、両手に真っ白いグローブをはめているのは彼の外出スタイルだろう。

シリウスはオリビアに向けて両手を広げる。

するとオリビアは嬉《うれ》しそうに走り寄り、そのまま彼の腕の中に納まった。

シリウスはいつも通りオリビアを抱き上げ、右腕に抱える。

最初は落ち着かなかった彼の腕の中も、今やオリビアの定位置となっている。

ここに来てからのオリビアは、常に上機嫌だ。

シリウスに声を掛けられると無意識に駆け寄り、嬉しさの余り瞳を瞬《またた》かせて周囲に魔力を放出する。

散々シリウスとイチャイチャした後、ふと我に返って恥ずかしさに身悶《みもだ》える。

ここのところ、その繰り返しだった。

オリビア自身、理性で何とか落ち着こうと試みるも、シリウスの姿を見ると嬉しくてどうでも良くなってしまう。

完全に精霊側に引っ張られており、何もかもが幼子のようだった。

会話についても似たようなもので、今まで殆《ほとん》ど言葉を発してこなかった弊害か、何につけても理路整然と順序立てて説明することが非常に困難だった。

しかしオリビアは諦めなかった。

前世の精神年齢がそうさせるのだが、寝る前に必ず早口言葉を復唱して滑舌の練習を行い、いついかなる時も冷静さを保てるように瞑想《めいそう》を行った。興奮し、我を忘れて魔力を漏らすなどもっての外だ。

その甲斐《かい》あってか、オリビア自身、恥ずかし過ぎて見悶える回数が次第に減っていった。

「カッシーナで、親しくしなければならない人間などいないよ。オリビアが気に入らなければ、誰とも話す必要はないからね」

「え？　そうなの？」

「勿論《もちろん》。挨拶すらしなくていい」

流石《さすが》のオリビアも、それは余りにも失礼ではないかと思うが、シリウスは特に気にした様子もなくオリビアの頬を優しく撫でる。

「今日も可愛いね」

「あ、ありがと……」

じっと目を見つめられながら褒められると、何故かいたたまれない気持ちになる。

最近は何とか受け止められるようになってきたが、慣れてきても恥ずかしいものは恥ずかしい。

オリビアは照れ隠しから、すぐにシリウスの胸に顔を埋める。

その行動が更に彼を喜ばせることになっているのだが、当の本人はそれには気付かない。

リシューは通常運転のシリウスとオリビアをニコニコと見ており、ミナに至っては「尊い……」などと呟《つぶや》きながら拝んでいた。

「それじゃあ行こうか。外は寒いから気を付けて」

向かう先は北の国カッシーナ公国。

シリウスはオリビアを抱いたまま外へ向かうと、城の前に停車していた馬車へと乗り込む。

リシューとミナがその後に続くと、四人を乗せた馬車がゆっくりとロータリーを進んでいく。

「ほら、見てごらん」

シリウスはカーテンを開け、オリビアに外の景色を見せる。

すると、先程まで木々に囲まれていたはずの風景が、一瞬の光と共に建物に囲まれた風景へと変わっていた。

「……転移魔法?」

「そうだよ」

シリウスはカーテンを閉めると、オリビアの身体《からだ》を一度ギュッと抱き締める。

しばらくすると馬車が止まり、外側から扉が開かれた。

「先に少し話をしてくるから、オリビアは後からおいで。ミナ、くれぐれも」

「かしこまりました」

シリウスはそう言うと、リシューを連れて馬車を降りて行った。

しばらくの間、シリウスの出て行った扉を眺めていたオリビアは、何となく心許《こころもと》なくなって対面に座っていたミナに手を伸ばし、袖口をチョンっと摑《つか》む。

置いて行かれた子犬の様な庇護《ひご》欲をそそるその姿に、ミナは驚いて目を見開き、鼻と口を手で覆って天を仰いだ。

「ありがとうございます!!」

「えっと、ミナ?」

「んんんごほんっ。え〜〜いいえ、オリビア様。今から馬車を降りますが、全て無視して下さい」

「はい?」

「挨拶されても無視、手を差し伸べられても無視、笑顔を向けられても無視。三無視でお願いします」

「三無視」

「はい、そうです。ここにいる人間は、オリビア様が親しくする必要のない者たちばかりですので」

「へ、へえ……そう、なんだ。分かった……」

ミナが何を言っているのかいまいち理解できなかったが、オリビアはひとまずコクリと頷《うなず》く。

ミナはそんなオリビアのフードを目深にかぶらせ、しっかりと固定する。

「さあ、参りましょう」

ミナはそう言うと、オリビアの手を引きながらゆっくりと馬車を降りる。

馬車のタラップを降りた瞬間、シリウスとリシューの周りにいた人々が一斉にオリビアの方に視線を向けた。

「…………」

メチャクチャ見てくるんですけど!!

オリビアは彼等《かれら》の不躾《ぶしつけ》な視線を感じてたじろぐ。

三無視三無視。

オリビアはミナから言われた言葉を心の中で唱えながら、彼等と目が合わないように俯《うつむ》くと、一点を半目で見つめ続ける。

「彼女にこの街を案内したい」

何とも言えない沈黙の中、シリウスはオリビアの背中にしっかりと手を回し、静かな声色で周囲に告げた。

「心得ております。いつも通り警備の方は万全を期しております。本日以降、特別室でお寛《くつろ》ぎ下さい」

この国の大公——つまり君主であるカール・カッシーナは一歩前に出てシリウスに一礼すると、オリビアの前に跪《ひざまず》いた。

瞬間、シリウスとリシューの片方の眉がピクリと動く。

「初めましてご令嬢。カール・カッシーナと申します。この国で大公の任に就かせて頂いております。以後お見知りおきを」

カールはそう言ってオリビアに右手を差し出すが、当のオリビアはミナの言いつけ通りに一切視線を合わせず、俯いたまま完全に無視する。

「…………」

静けさだけが辺りを包む。

気まず〜〜〜〜！

めちゃくちゃ気まず〜〜‼

オリビアは心の中で絶叫する。

この国、カッシーナ公国の最高権力者であるカール・カッシーナがわざわざへりくだって跪いているにもかかわらず、いつまで経《た》っても口を開かない。

一体この少女は何様のつもりなのだろうか？

カッシーナ家に仕える騎士や使用人たちは、オリビアの態度に不愉快そうに眉を顰《ひそ》め、ひそひそと話し始める。

オリビアは俯き、そんな周囲の不躾な視線に耐えているように見えたが、いつの間にか足元に生えていたクローバーの中から四葉を探す一人遊びに夢中になり、周囲のことなど頭からすっかり抜け落ちていた。

一方カールは、いつまで経っても返事を返さないオリビアに苦笑しながら手を引くと、立ち上がって使用人を呼ぶ。

「お部屋には、この者に案内させます」

カールの言葉に、リシューはミナに目配せする。

「かしこまりました」

促されたミナはその場で一礼すると、オリビアを伴って使用人の後をついて行った。

残された騎士や使用人たちは、あからさまに表情には出さないものの、いら立ちを隠さない者も多くいた。

「カール・カッシーナ。あなた、一体何を考えているのですか？」

リシューは無表情でカールを見下ろす。

「?」

「あの御方がいつ、あなたに言葉を発することを許したのでしょうか?」

あの御方とは、勿論オリビアのことである。

カールはハッと顔を上げる。

すると案の定シリウスも同じように、冷めた目でカールを見下ろしていた。

「もっ、申し訳ございません‼」

すぐに自分の失態に気付いたカールは、その場で勢いよく頭を下げた。

その姿に、周りにいたカッシーナ家の使用人たちは何が起きているのか理解できずに硬直する。

「大公の任に就き、国の運営などという生温《なまぬる》いママゴトに興じ、色々と勘が鈍ったのではないですか?」

「……っ」

カールはダラダラと冷汗を流す。

「あの御方は、お前ごときが声を掛けることなど到底許されない尊き御方なのだと、きちんと認識し、周囲に教え込みなさい。愚か者め」

リシューは冷たい視線で周囲を見回しながら、カールを顎であしらった。

「申し訳ございません。今一度、しっかりと認識し、教育致します」

地に着くほど頭を下げるカールに、その謝罪が自分たちのせいでもあると気付いた使用人や騎士たちは俯く。

北の財閥の君主であるシリウスの賓客である少女と、北の財閥が管理する一国のたかが大公では、その位に天と地ほどの差がある。

しかもカールは、あの少女から声を掛けられることもなく、名さえも教えてもらえなかった。つまり自分は、それに値する人間ではないのだと判断されたのだ。

カールは額の汗を拭いながら、震える足でシリウスとリシューを自身の執務室へと案内した。


「身の回りのお世話は、私一人で十分です」

案内された部屋に入ると同時に、ミナはここまで付き添ってくれたカッシーナ家の使用人をすぐに帰した。

扉の外には二人の騎士が立っているが、これで室内にはオリビアとミナの二人きり。

「お疲れ様です、オリビア様。さぁさぁ、上着を脱ぎましょうね」

ミナはオリビアの着替えを手伝いつつ、運び込んだ荷物を手早く整理していく。

「広いお部屋だね～」

オリビアは新しい上着に着替えながら楽しそうに呟いた。

今いるこの客室が入っている建物は、カッシーナ公国に到着して最初に見た城とは同じ敷地《しきち》内にはあるものの別の場所にある、いわゆる離れのような独立した建物だった。

開放感のある明るいリビングには、一体何人座るんだと首を傾《かし》げたくなるほどの大きなソファーセットが置かれ、中央には二階へと続く螺旋《らせん》階段が見える。

「ここら一帯は、全てシリウス様の専用コテージですから」

どうりでミナの動きに迷いがない訳だ。

ミナは勝手知ったる様子で戸棚から茶器を取りだすと、オリビアのために紅茶を淹れ始める。

「ここにはよく来るの？」

「そうですね。この国はホワイトレイ家にとっての実験場ですので、比較的よく来られる方ではありますね」

「実験場……？」

何か大きな工場でもあって、頻繁に視察にでも来るのだろうか。

オリビアは首を捻《ひね》った。

ここカッシーナ公国は、ホワイトレイ家が多額の資金を投入して作った公国である。

自らの部下を国のトップに据えて政《まつりごと》をさせる。

その上で、公国の至る所にある研究室で四大財閥間によって作られた最新魔道具を試験的に使い、今後の研究開発に役立てる。いわば国全体が一つの魔道具の実験場だった。

北の財閥ホワイトレイ家に仕える一族の中で、最大級の勢力を誇るのが『ブラックレイ家』と『カッシーナ家』の二家である。

主に各国へ送り込まれる間者、暗殺などの裏の部分を担当しているのがブラックレイ家。

それ以外、商品の流通や貿易の管理、主要メンバーの表向きのボディーガードなど、財閥の表の活動を支えるのがカッシーナ家である。

そのカッシーナ家の現当主がカール・カッシーナであり、彼はそれに加えカッシーナ公国の大公の任にも就いていた。

「今日から三日間こちらに滞在します。しばらく休憩してから、公都の街並みを見て回りましょうね」

「楽しみ！」

オリビアはこの世界のことを殆ど知らない。

サイファード領はのどかな田舎であったたし、その頃オリビアは外には一切興味がなかった。

少し部屋で休憩した後、オリビアはミナと共に歩いて公都の街へと降りる。

道すがら、オリビアが興味を持ったお店には残らず入店する。

可愛い雑貨屋やオシャレなカフェ。大きな本屋さん。

驚いたことにこのカッシーナの街は、オリビアの前世の世界とそう変わらない発展を遂げていた。

文化の違いで建物はなじみのない形状をしているものの美しいレンガ造りの街並みが広がり、室内はしっかりと暖房が効き、建物や街の隅々まで清潔に保たれている。

行き交う人々は皆しっかりとした防寒着を着込み、お洒落《しゃれ》にも気を遣っている。

屋根や路地裏を見る限りこの地域はかなりの積雪量のはずだが、石畳の道路は綺麗《きれい》さっぱり雪が取り除かれていた。

「ここのアフタヌーンティー、最高なんですよ！」

ミナに勧められ、休憩がてらに入った石造りの大きなホテル。

オリビアは、その建物の一階にあるラウンジで寛いでいた。

思った以上に身体が冷えていることに気が付いたオリビアは、温かい室内と飲み物にほっと息を吐いた。

「高級ホテルみたい……すごっ」

外から見るとかなり大きな建物だったはずだが、中に入ると薄暗く行き交う人もまばらだ。

見るからに高級そうなソファーと、良く磨かれた低いテーブル。

ほの暗い照明の中、静かに流れる音楽。

給仕係の所作一つとっても、とても洗練されて優雅だった。

「ここは、カッシーナ公国で一、二を争う会員制の高級ホテルです」

「会員制……」

どうりで人が少ない訳だ。

なるほど、とオリビアは納得する。

「シリウス様も会員、というかオーナーと親しいですので、お願いすればいつでも泊まることが可能です。どうです？　お気に召しましたか？」

「あ、うん。一度は泊まってみたい、かも……」

誰もが憧れる高級ホテル。しかも会員制。

興味津々のオリビアは、ミナの問いに正直に頷いた。

「分かりました。手配しておきますね」

「あ、でも無理しないで。一泊だけでもめちゃくちゃ高そうだし……」

あっさり了承された願いに、オリビアは今更ながら恐ろしくなる。

「オリビア様のなさりたいことが知れて、ミナは嬉しいです。もっともっと我《わ》が儘《まま》を言って下さいね。シリウス様なら喜んで、全てを叶《かな》えて下さいますよ」

「え……それ、流石になんか申し訳ない」

「そんなことないです。たとえオリビア様がどんなに高価な物をおねだりしたとしても、シリウス様は喜んで全財産を投げ出すでしょう！」

「いや……それはちょっと」

正直引くわ……。

シリウスがかなりのお金持ちだということはここ数日で何となく分かったが、彼がどのような仕事をしていて、何で収入を得ているのかオリビアはさっぱり分からなかった。

「そうだ。せっかく街に来たんだし、いつもお世話になっているシリウス兄様に、何かお土産買っていこう！」

オリビアは閃《ひらめ》いたが、ふと、自分が今お金を全く持っていないことに気付く。

今までの買い物は、全てミナに任せっきりだった。

「やばっ、私……お金持ってない」

自分の余りの金銭感覚のなさに、ショックの余りオリビアの顔色が悪くなっていく。

「オリビア様。何をおっしゃっているのですか？　淑女はお金など持たないものですよ」

「？　お金がないと、生活できない。欲しい物も買えないよ」

「そんなの簡単です。オリビア様は、欲しい物を指差して『これが欲しい』と言えば良いのです。それで全てが手に入ります」

「え……」

マジ何言っちゃってんの、この人。

「お金で買える物で、オリビア様の手に入らない物なんてこの世にはないですよ！　安心して下さい!!」

ミナは胸を張り、満面の笑みをオリビアに向ける。

「ええ……」

『お金で買える物』と限定している辺りが余計に生々しい。

オリビアはドン引きした。

その後、ラウンジでの休憩を終えたオリビアとミナは、再び街をのんびり散策した後、日が暮れる前にカッシーナ家の敷地にあるシリウスのコテージへと戻ってきたが、室内にシリウスの姿はなかった。

※※※

「シリウス兄様は、今日もお仕事?」

カッシーナ公国二日目の朝。

シリウスのコテージにあるリビングで朝食を食べていたオリビアはミナに尋ねる。

結局昨晩、シリウスは深夜になるまで部屋には戻って来ず、街の散策の疲れか早々に眠ってしまったオリビアは、シリウスに会うことができなかった。

「会議のため、既にお出掛けになりました」

「何時頃戻ってくるとか、言ってた?」

「申し訳ございません。そこまでは……」

ミナは申し訳なさそうに、オリビアに新しい紅茶を淹れ直す。

「そっか。今日は何しようかな……」

今日一日かけてシリウスに街の観光名所を案内してもらう予定だったオリビアは、朝からいきなりやることがなくなってしまう。

う～ん。他人と旅行すると、相手の体調やスケジュールなんかも気にしなくちゃいけないから、めちゃ面倒。

やっぱり身軽に自由に旅行できる、一人旅の方が良かったかも……。

それに仕事って。

――私もいい加減ここを出て、働いて自立しようかな……お金稼がなきゃ。

オリビアは何となくこれからのことを考えながら、朝食に出されたパンを咀嚼《そしゃく》する。

不穏な空気を感じ取ったのか、ミナはオリビアに提案した。

「朝食後に、温室にでも行きませんか？」

「温室？」

「はい。シリウス様のコテージの端に、季節を問わず美しい花が咲く大きな温室があります」

リビングの窓から外を見れば、しんしんと雪が降り積もっている。

しかしこの部屋の中は暖かく、至る所に色鮮やかな花が飾られていた。

「あのようにこの部屋に飾られている花も、きっと温室から採ってきたものでしょう。もし温室に気に入った花があれば、アレンジメントでも作ってみましょうか」

オリビアはミナの提案に乗り、朝食の後に温室へと向かう。

何となくビニールハウスのような物を想像していたオリビアは、見えてきた大きなガラス張りの建物を見てとても驚いた。

「うわっ、でっか……」

「足元、お気を付け下さい」

扉を開けて中に入ると、温かい空気が身体を包む。

美しい室内は庭のように整えられ、中央の噴水をぐるりと囲んで色とりどりの花が咲き乱れていた。

「あちらに座りましょうか」

ミナが噴水近くの東屋《あずまや》を指差す。

「暖かくて気持ちいい」

空を見上げると、ガラスの天井から柔らかな日の光が差し込んでいる。

「部屋に飾る花も選びましょうか」

ミナは端に設置されてある倉庫に行くと、籠とハサミを取り出して迷いのない足取りで庭の中へと入っていく。

オリビアはそんなミナの後をついて回りながら、気に入った花を選んでいった。

朝食を食べたばかりの身体に、暖かい室内。

オリビアは立ったまま、器用にうとうとと船をこぎ始めた。

それに気付いたミナは急いで東屋まで戻ると、オリビアをソファーに横たわらせ、毛布を彼女の身体に掛けた。

「昨日の外出で、少々お疲れになったのでしょうか」

ミナはオリビアの体調を気遣い、今日は休息日にしようと考える。

あまり無理をさせると、オリビア専属の医者であるバジルに怒られてしまう。

ミナがオリビアを見守りつつ手早く帰り支度を始めたその時、何やら遠くで人のもめている声が耳に届いた。

ここら一帯は、シリウスの専用コテージの敷地内だ。

事前連絡なしに来る者など、シリウスとリシュー以外に考えられない。

ミナは声のする先を意識しながら、オリビアの身体を隠すように立つと入口の扉を睨《にら》む。

「ちょっと通しなさい！　私を誰だと思ってますの！　お母様に言いつけますわよ！」

「お待ち下さい、お嬢様。先客がいらっしゃいますので、今日ばかりはお引き取りを……」

「あなた、何様のつもりなの！」

どうやら騒いでいるのは若い女のようで、騎士たちはそれを何とか食い止めようと試みているようだ。

しかし強く出ることができず、結果としてその女をこのシリウスとその関係者しか入れないはずのコテージの敷地内まで入れてしまっている。

明らかに不法侵入だ。しかも警備がザル過ぎる。

ミナはどうするべきか考えを巡らしていると、

「ん……何？」

気持ち良くうたた寝していたオリビアが、騒々しさに目を覚ました。

「ああ、申し訳ございません。何やら侵入者が……」

「え……？」

ミナが説明しようとしたその時、

「ちょっとあなた！　ここで一体何をしているの‼」

突然温室に入って来た女が、ミナに向かって大声をあげた。

オリビアは驚いて、ミナの背中からこっそりとその人物を盗み見る。

ボリュームのある美しい黒髪と瞳を持つその女は、二十歳前後だろうか。

大きな胸とくびれたウエストがドレスの上からでもはっきりと分かり、一目見てゴージャスという雰囲気を漂わせ、その姿は義母ローラを彷彿《ほうふつ》とさせた。

「私共は、主の許可を頂いてここにおりますが」

ミナはオリビアを背に隠し、女に向かって淡々と答える。

「主って、もしかしてシリウス様のことかしら。でもここは私の庭でもあるのだから、シリウス様だけではなく、私の許可も必要なのよ」

突然現れたこの女は何者なのだろうか？

ミナはじっと女の顔を観察する。

シリウスの名を知っているところを見ると、ホワイトレイ家の関係者であることは間違いないはずなのだが、不思議なことにミナはこの女と一切面識がなかった。

「失礼ですが、どなた様でしょうか？」

ミナが尋ねる。

「まあ！　私のことを知らないなんて、何て田舎者なのかしら。私はミランダ・カッシーナ。この国の大公であるカール叔父様の姪《めい》ですわ」

どういう心境なのか、何故か女は上から目線でミナに告げる。

ミランダ・カッシーナ。

見たことも聞いたこともないその名に、ミナはこの女が重要人物ではないと判断する。

そもそもこれほど下品で身の程を弁《わきま》えない女を、リシューがシリウスに近寄らせるとは思えない。

真に重要な人物であれば、リシューがこちらに共有しない訳がないのだ。

しかしミナは、先程女の言った『私の庭でもある』という言葉の意図を計りかねていた。

腐ってもカッシーナ家に属する人間だ。

それほど馬鹿ではないだろうし、虚言癖もないだろう。

とすると、シリウスとはどういった関係なのだろうか？

ミナは頭をフル回転させながら、答えを導き出そうとする。

「それで、シリウス様はどちらに？」

ミランダは頬を染めてきょろきょろと落ち着きなく辺りを見回す。

「こちらにはいらっしゃいません。そんなことよりカッシーナのご令嬢。先程のお言葉、ここはあなた様の庭でもあるということですが、それは本当でございましょうか？」

ミナはミランダに尋ねる。

「ええそうよ。私は将来のシリウス様の妻。彼の物は私の物ではなくて？」

ミランダは至極当然のように答える。

その言葉にミナは驚いて目を見開き、オリビアはビクッと身体を揺らした。

「……妻？」

オリビアは驚いて思わず声を発してしまう。

「あら？　もう一人そんなところに隠れていたの？　おチビちゃん。見たところ、あなたがシリウス様の大切なお客様なのかしら？」

「……」

「カール叔父様ったら、軽はずみにこのコテージへの滞在を許可したようだけれど、私にも一言言って頂かないと。あなたが彼とどのような関係かは聞いていないのだけれど、まだ若いのだし少し遠慮を覚えた方がいいわよ。ここは私たちの屋敷なの。この花だって、私があの方のために育てたのよ。部屋にも飾っていたでしょう？　あれは全て私があの方のために選んだものなのよ」

「……私たちの屋敷」

オリビアはミランダの言葉を復唱する。

『私たち』とはシリウスとミランダを指す言葉なのだろう。

「知りませんでした。勝手に入ってごめんなさい」

オリビアは立ち上がると、ミランダに向けてペコリと謝罪した後、寝起きのせいかフラフラとした足取りで温室の出口に向かう。

そんなオリビアの姿にミナは一瞬般若《はんにゃ》のような顔でミランダを睨むも、去っていくオリビアの後をすぐに追いかける。

「あら、良い子たちね。今回は大目に見るけれど、温室にはくれぐれも入らないでくださいまし」

ミランダの声を背中に聞きながらとぼとぼとコテージに戻ったオリビアは、部屋のベッドの上で三角座りをしながら考え込んだ。

ふと部屋の隅に目をやると、花瓶に飾られた美しい花が見える。

先ほどの女、ミランダがシリウスのために育て、シリウスのために飾った物なのだろう。

オリビアは今更ながら、シリウスのことを何も知らないことに気付いた。

「シリウス兄様って、もしかして既婚者？」

ミランダの口ぶりではまだ独身のようではあったが、現在離婚調停中で、後妻の地位につくのがミランダという可能性もある。

いや、もしかするとこの国は一夫多妻制で、シリウスには既に何人かの妻がいて、ミランダが新しい妻に加わるという線も捨てきれない。

金持ちで顔が良くて優しい。そんなシリウスがモテないはずがない。

「まさかのハーレム⁉　現地妻いっぱいいるとか⁉」

「いいえ。シリウス様は独身です」

オリビアの結構大きめの呟きに、ミナが被《かぶ》せ気味に答える。

既婚者の線は消えた。

「それじゃあ、あのミランダって人、シリウス兄様の恋人？」

「いいえ、それはあり得ません。シリウス様に現在恋人はおりません」

ミナはきっぱりと言い切る。

「え？　そうなの？　う〜ん、でもシリウス兄様の妻って言ってたし……」

「……そうですね。考えられるのは婚約者候補、といったところでしょうか？」

「婚約者候補？」

「はい。シリウス様はそれなりの地位におられますので、生まれた時から婚約者候補の方が何名かいらっしゃいました。そのうちのお一人かと……」

「へぇ〜〜」

「しかしその方とご婚姻されると決まった訳ではありませんし、現在そのような予定もないはずです」

　ミナはいつになくきっぱりと言い切る。

　オリビアは考える。

　このコテージはシリウス兄様のものだと言っていたけれど、ミランダのあの口ぶりだと、彼女も頻繁にここに出入りしている。

　しかもシリウス兄様は、この国に頻繁に来ていると言っていた。

　ミランダに会いに来ているのだろうか？

　ミランダがここにいることを知っていて、わざわざこの場所を選んだのだろうか。

　私に紹介するために？

　それにしても、それにしても——。

　女の趣味が悪すぎるよ〜〜〜!!

　オリビアは頭を抱えた。

ミランダは、義母ローラを彷彿とさせる。

世界は自分のために回っており、自分が全て正しいのだと真実そう思っているタイプだ。

あんな女にコロッといくなんて、まるで父アレクを見ているようだ。

まさかの同類？

「どこが良かったんだ？　やっぱり身体？　胸、胸なのか……」

確かにミランダのスタイルは素晴らしかった。

胸が強調されるドレスを着ていたのもあるが、細い腰とのコントラストが秀逸で、しかもローラと違って首までしっかりと詰まったドレスを着ていたものだから、余計にエロスを感じた。

あんな身体で迫られたら、どんな男もコロッといくだろう。

シリウス兄様もただの男だったか……。

何となく感慨深くなりながらうんうんと頷くオリビアは、無意識に自分のぺったんこの胸にカポッと両手を被せた。

「オリビア様。淑女の魅力は胸の大きさではありませんよ」

顔を上げると、ミナがじっとオリビアを心配そうに見ている。

「でもミランダさん。すごいナイスバディーだった……」

「ナイスバデ……？」

「あ、ううん。メリハリのある身体だったな～っと」

「まあ、それは。はい」

そこは納得いったのだろう、ミナも頷く。

「シリウス兄様がコロッといくのも仕方ないかな～」

「いってないと思います」

再び被せ気味でミナは答える。

あの！　あのシリウス様が！　女の身体にコロッといくなど全く想像できない!!

ミナは自らの主のいかがわしい姿を想像しかけ、強烈な悪寒に両腕を擦った。

「こほんっ。オリビア様は十二歳ですから、これからもっともっと色んなところが成長しますよ」

「…………男の人って、胸の大きい女の人の方が好きなんだよね」

「え？　そうなのですか？　初耳です」

「……多分」

前世の知識だけど、この世界は違うのかな？

「ねえ、ミナ。私、あの人と親しくなるの、無理かも」

我が儘でごめんなさい、とオリビアは眉を下げる。

「それは同感です。私も将来あの方にお仕えするなど、想像するだけでまっぴら御免ですね」

ミナはいたずらっぽく笑った。

「ふふ……確かに、性格きつそうだし、人を顎で使いそう」

「まあ！　それは大変です！　このミナが身体を張ってオリビア様をお守りせねば！　でも大丈夫ですよ。きっとそんな未来は訪れないと思います」

「……うん」

でも、シリウス兄様がもしあの人と結婚しなくても、いつかきっと別の人と結婚する。

その時、私はどうしたらいいのだろう。

「やっぱり、いつまでも甘えてはいられない、か」

オリビアの小さい呟きに、ミナは内心舌打ちした。

シリウスのプライベートは、リシューしか把握していない。

女性関係について、もう少し踏み込んで聞いておけば良かったと後悔する。

そもそもホワイトレイ家の者は自ら伴侶を選ぶ。

本家、分家共にそれは変わらない。

代々ホワイトレイ家で子が生まれると、配下の者たちが年齢の近い異性をまるで『この中から伴侶を選んで下さい』とばかりに、お品書きのように一覧にして献上する。

それは余り良《い》い風習とはいえないが、ブラックレイやカッシーナにとって、ホワイトレイ家と縁を結ぶことは何よりの誉《ほまれ》だった。

そして現在、そのお品書きに載った者は『婚約者候補』と云《い》われるようになった。

ホワイトレイ家はその風習を、否定も肯定もしていない。

現にシリウスの父である先代ダリルは、その候補者の一人から伴侶を選んだ。

だがそれはあくまでも配下が勝手にやっていることであり、ホワイトレイ家側は『ああ、恒例のヤツね』程度の認識でしかない。

その中から選んでもいいし、選ばなくてもいい。

勿論、載った側にも断る権利はある。

ミナは考え込む。

十二歳という幼いオリビアのことを、シリウスが溺愛しているのは理解している。

だがそれは、恋や愛などと云われる感情からなのだろうか？

もっと別の、たとえば親愛や信仰のような……。

「これは、早々に自立して出て行かねば！」

聞こえてきたオリビアの言葉に、ミナは慌てて顔を上げる。

「オリビア様。シリウス様は死ぬまでいてもよいとおっしゃっておりました。出て行く必要はないかと思います」

「う～ん、そうなんだけど。やっぱり赤の他人である私がいつまでもシリウス兄様に甘えていたら、妻になる女性に迷惑かなって……」

「まずはシリウス様にご相談してからです。この状況で考えても答えは出ません」

「あ～、そだね。でもまずこの場所から出たい。あそこまで言われて、流石にこのままここに泊まれない。私、お邪魔虫っぽいし」

きっとここは、シリウスとミランダが長く時間を共有していた場所。

そこかしこに、二人の思い出が詰まっているのだろう。

「うおっ。そう考えると、なんか生々しい……」

オリビアはうぇっと舌を出す。

「……オリビア様」

「ほら、ミナが言ってたあのホテル！　私、あの会員制のホテルに泊まってみたい！」

「……承知しました。それでは宿泊先を、あのホテルに変更しましょう」

ミナはオリビアの気持ちを慮《おもんぱか》り、すぐさま荷物の整理を始める。

シリウスとリシューへの諸々《もろもろ》の報告は後で良いだろう。今はオリビア様の心を守ることが先決だ。

早々に荷造りを終えたミナは、彼女の手を引いてシリウスのコテージを後にした。

ホテルに向かう馬車の中、ミナが鬼の形相でタブレットに何やら書き込んでいる。

オリビアはその姿を見て、しばらく声を掛けるのを止めた。

ふと馬車のカーテンから外を覗《のぞ》くと、賑《にぎ》やかな街並みが通り過ぎていく。

楽しそうに笑い合う家族。

腕を組んで歩く恋人たち。

自分はこの知らない世界の中、知らない場所でたった一人きり。

何がしたいのだろうか。これからどうやって生きていきたいのだろうか。

たった十二歳の子供が。

前世の記憶に照らし合わせると、まだまだ親の保護下にいる幼子だ。

何となく憂鬱な気分になり、違和感を覚え始めた下腹部を摩《さす》りながらオリビアはカーテンを閉める。

シリウスにとって、自分はどういう存在なのだろうか？

妹？

妹……。

「やっぱり妹か……」

だったらそのうちシリウスから離れて、自立するしかない。

オリビアは、導き出した答えに何となく納得がいかずにこっそり溜息《ためいき》を吐く。

衣食住全てを援助してくれる優しい彼に、私は一体何を望んでいるのだろうか？

考えれば考えるほどモヤモヤしてくる。

私はシリウスと離れるのが嫌なのだろうか？　もしかして既に依存している？

胸と下腹部辺りに錘《おもり》が入っているようなそんな息苦しさを感じ、オリビアはゆっくりと息を吐き出す。

『どこにいようが何をしていようが、シリウスの魂は私のモノ。その事実は未来永劫《えいごう》変わらない』

オリビアの耳元に、不意にもう一人のオリビアが囁《ささや》いた。

『シリウスは私の大切な大切な愛《いと》し子《ご》。私が彼を選んだ。それが全て。それで完結する。シリウスが誰を嫌おうが誰を愛そうが一切関係ない』

オリビアはその囁きに絶句した。

なんて傲慢。

なんて自分勝手。

これこそが精霊なのだろうか。

一般的な人間の考え方と、恐ろしく乖離《かいり》している。

嫌われるよりも愛されたい。

言葉や行動でそれを示してほしい。そしてそんな彼に寄り添ってずっと一緒にいたいとは思わないのだろうか？

『一貫性のない、常に時間や状況で変化する曖昧な心など必要ない。私はシリウスの魂の輝きに惹《ひ》かれた。彼の存在こそが至高。それは彼の言動や状況で変わるモノではない。どこにいようとも、決して変わらない』

オリビアは、意外と饒舌《じょうぜつ》なオリビア自身に驚く。

変わらない精霊の深い愛。

でもそれは、自分に愛を向けてくれなくとも続けられるものなのだろうか。

遠く離れていても？

彼が別の人を愛しても？

嫌われても？

『変わらない』

……そう。

でもそれって、ちょっと一方通行で寂しい。

前世の記憶と精霊の想《おも》いが混じり合い、引っ張られ、オリビアの頭は混乱する。

身体中を黒い渦がぐにゃぐにゃとうねり、下腹へと溜まっていく。

「はぁ……」

オリビアは、重い溜息を吐き出す。

つい現状に甘えていたけれど、これは早々に今後の身の振り方を考えなければならない。

オリビアは思った。

今更シリウスと離れることに抵抗を感じるのは、精霊の深い愛に引っ張られたせいだ。

寂しいと感じてしまうのも、精霊のせい。

全部全部、精霊のせいだ。

「到着しました」

ミナの声に我に返ると、いつの間にか乗っていた馬車が宿泊先であるホテルの前に到着していた。

「さあ、参りましょう」

ミナに連れられて馬車から降りると、入口の扉の前で身なりの良い老紳士が待ち受けていた。

「ようこそ、お待ちしておりました」

「お久しぶりです、支配人。オリビア様。この方は、このホテルの支配人です」

ミナの気安いその様子に、オリビアは思わず彼にニコリと笑顔を向ける。

すると支配人は驚いて目を見張った後、満面の笑みを浮かべながら恭しく腰を折った。

「光栄でございます」

「良かったね。支配人」

ミナが彼の肩をポンポンと叩《たた》く。

オリビアは二人の距離感と、彼の纏《まと》う雰囲気に安心して口を開いた。

「あの、よろしくお願いします」

「こちらこそ宜《よろ》しくお願いいたします」

あ、優しいお爺《じい》ちゃんだ。

返された笑みに、オリビアはほっこりした。

「二日程お世話になります。私共の宿泊フロアへは、ホワイトレイ家の者以外は一切の立ち入りを拒否して下さい」

「かしこまりました」

ミナの言葉にしっかりと頷き、支配人自らが部屋へと案内する。

到着したのはホテルの最上階。

毛足の長い絨毯《じゅうたん》に足を取られつつ部屋に入ると、とんでもない広さだった。

大人数で打ち合わせができそうな大きいソファーセット。

ダンスが踊れそうな謎のスペース。更にはバーカウンターまで完備している。

開放的で大きなガラス窓の向こうは、カッシーナ公国公都の街並みが一望できた。

「あちらの扉がベッドルーム、こちらがバスルームへと続きます。それからこちらが……」

支配人が、次々と部屋の説明をしていく。

「すぐに軽食を運ばせますが、ご夕食はどうなさいますか？」

「そうですね、個室の予約をお願いします。場合によっては部屋に変更します」

「かしこまりました」

そう言うと、支配人は笑顔で去って行った。

二人きりの室内で、オリビアは嬉しそうに探検を始める。

「すごいね～ホテルの最上階のワンフロア、全部？」

「はい、そうです」

ミナはオリビアの後をついて行きながら、一部屋一部屋丁寧に説明していく。

「メチャクチャ広いね」

「ここは、シリウス様の所有されている部屋でして……」

ミナの言葉に、オリビアの身体がびくりと反応する。

それに気付き、ミナは慌てて口を閉じた。

ここがシリウスの持ち物ということは、ミランダが現れる恐れがある。

「あ～、それじゃあ別の部屋に……」

ゴタゴタに巻き込まれるのはご免である。

「大丈夫です！　オリビア様。全て上手《うま》くいきます!!　このミナにお任せ下さい！」

ミナは必死に答える。

「え？　そう」

「はい！　それじゃあ探検も終わったことですし、お風呂に入りましょうか！」

「お風呂？　今から？」

「実はこのホテルのお風呂、温泉が引いてあるのです！」

「温泉!!　入りたい！」

オリビアの瞳が輝く。

ミナはオリビアがお風呂好きなのを知って、少しでも気分転換になればと提案したのだ。

「ミナ、ありがとう」

「勿体《もったい》ないお言葉です」

ミナは嬉しそうに笑って、オリビアを連れてバスルームに向かった。

＊＊＊

「は？　シリウス様の客人を追い出しただと？」

カール・カッシーナの執務室、温室の警備に当たっていた騎士からの報告に、カールは意味が分からずペンを置いた。

「はい、ミランダ様がおいでになり、その、お客人に……」

「待て待て意味が分からん。どうしてそこにミランダが出てくるのだ？　最初からきちんと説明しろ」

「はっ！」

その後騎士から一連の事のあらましを聞いたカールは、顔面蒼白《そうはく》でミランダとシリウスのコテージ周辺の警備に当たっている騎士を呼び付けた。

「お呼びですか？　叔父様」

騎士と共に現れたミランダは、優雅にソファーへと腰を下ろす。

「ミランダ。お前、いつここに来た」

「え？　少し前ですわ。シリウス様がいらっしゃったと聞いたので、早々にご挨拶をと思いまして。でも残念ながら、お会いすることは叶いませんでしたわ」

残念そうに眉を下げるミランダに、カールは顔を歪《ゆが》めた。

今回、シリウスがここに滞在しているのは極秘中の極秘事項である。

知っているのは、この屋敷で働いている者たちだけだ。

「ミランダ、シリウス様がこの屋敷に滞在していることを誰から聞いた？」

「え？　お母様からですわ」

「……あいつか」

額に手を当てて項垂《うなだ》れるカールを見て、ミランダは不思議そうに小首を傾げた。

ミランダの母、カールの姉であるカトリーナは大層困った人物だった。

幼い頃、シリウスの父である先代ダリルの婚約者候補、所謂《いわゆる》お品書きに名が挙がったばかりに、自分こそがダリルの妻に相応《ふさわ》しいと声を大にして周囲に言い回っていた。

しかし、お品書きに書かれた候補者は全部で二十名近くおり、ブラックレイ家とカッシーナ家に属する同年代の女性ほぼ全員であった。

その中で何故自分が選ばれると思っているのか、姉の言動は幼いながらも当時のカールには全く理解できなかった。

何度大人に窘《たしな》められても止めようとしない。

事あるごとに『自分が選ばれるはずだ。私こそが、ダリル様の将来の妻だ』とまるで取りつかれたように堂々と周囲に触れ回っている姿は、滑稽を通り越し、恐怖さえ感じるほどだった。

そして、実際にダリルの婚約者に選ばれたのはブラックレイ家の女性だった。

ダリルの婚約が発表された日、カトリーナは荒れに荒れた。

しばらく手が付けられないほど暴れ回ったカトリーナだったが、次第に落ち着きを取り戻し、数年後にカッシーナの分家筋に嫁いだ。

だが案の定、そこでもカトリーナの余り良い噂《うわさ》を聞かなかった。

自分が生んだ唯一の子であるミランダが、今度はシリウスのお品書きに名が挙がった頃から、それが顕著になっていた。

しかし、カトリーナの弟であるカールもその頃にはそれなりの地位に就いており、姉カトリーナの存在が公務にも支障を来《きた》すようになっていたため、遠い地に追いやって転移魔法を禁止し、姉を実質幽閉処分としたのだ。

「先ほど温室を警備する騎士から報告を受けたのだが、ミランダ、お前、あのコテージの客人を追い出したそうだな」

「え？　何を言っているの？　叔父様。私は追い出したりなんかしていないですわ」

その返答を聞いたカールはほっと息を吐いたが、次に続くミランダの言葉にヒュッと息を飲んだ。

「追い出したのは温室の方よ。コテージは、私に許可さえ取ってくれれば別に構わないと伝えたわ」

「お前の許可？　…………いや、それよりも温室から追い出した、だと？」

「あらだって、あそこは私たちの物だもの」

「私たち？」

「私とシリウス様よ。何を言ってるの？　叔父様。あの温室に咲いている花は、私が彼のために丹精込めて育てたのよ？　コテージにも飾っているでしょう？　それをたとえシリウス様の客人だとしても、許可なく摘むなんて、ねえ？」

カールはミランダの言っている意味が分からなかった。

「……お前、一体いつからあのコテージ一帯に出入りしていたのだ？」

「あら今更？　温室ができた当初から入っているわ？　だって私の場所でもあるのだから」

開いた口が塞がらないとは、まさにこのことだろう。

確かに社会見学と称し、ミランダは頻繁にカッシーナ公国の公都を訪れていた。

母であるカトリーナがアレでも、その娘には何の罪もない。

だからこそカールは、ミランダが公都に来た際に自分の屋敷への滞在を許可していたのだ。

何だかんだ言っても、幼い頃から見てきた姪は可愛い。

しかし今のカールは、ミランダの話す言葉が何一つ理解できずに騎士の方に視線を移した。

「おい、お前」

「はっ！」

カールが騎士を呼ぶと、彼はびくりと身体を震わせる。

「私には理解できないのだが、お前たちはあの場所を警備しているのだよな」

「はい」

「警備の意味を理解しているのか？」

「……はい」

「それではなぜ、お前たちは、あの場所に、部外者の出入りを、許していたのだ？」

カールは騎士に言い聞かせるように、敢《あ》えて言葉を区切りながら伝える。

「そ……それは……」

カールの言葉に、騎士はガタガタと震え出す。

「あら？　叔父様。彼を責めてはだめよ。私がいつも無理を言ってお願いしているのだから」

「無理を言っている自覚はあるのか」

「それに叔父様、部外者はひどくないかしら？　だって私は、将来のシリウス様の妻なのだから」

「は……？」

ミランダの言葉を聞いたカールは今、久々に身体の内側から襲いくる恐怖を感じていた。

彼女の思考はまるで、幼い頃に何度も聞かされた記憶の中にある妄想にとりつかれた姉カトリーナと全く同じだ。

その上、たかがカッシーナ家の娘がシリウスの賓客に無礼極まりない言動を働いたのだ。

カールの身体が不自然にガタガタと震え、手足の指の末端が異常に冷たくなっていく。

終わる。

終わる。

完全に終わる。

そもそもカールの記憶が正しければ、ミランダはシリウスと会ったことすらないはずだ。

配下の者がホワイトレイ家当主であるシリウスに直接会う事ができるのは、仕事の時だけだ。

それですら、ほんの一握りの人間たちに限られている。

プライベートとなるとほぼ無理だ。それほど立場が違うのだ。

「お前、いつシリウス様に会ったのだ？」

「え？　今更ですの？　シリウス様がこちらに滞在の際は、私いつもお側《そば》に仕えさせて頂いておりますのよ？」

「は？」

どういうことだ？

カールは騎士の方を見るが、彼は震えて下を向いている。

「………つまりあれか？　お前はまさかあのコテージで、侍女の真似事《まねごと》をしていたのか？」

「まあ！　真似事だなんて。花嫁修業ですわ」

ミランダは恥ずかしそうに頬を染める。

「それにしても温室で会ったあの少女。シリウス様とはどういった関係ですの？　妹ではないのでしょうが、まるでお子ちゃまでしたわ。お名前はなんとおっしゃるの？」

「………知らん」

ミランダの問いに、カールはカラカラに渇いた口で答える。

「な〜んだ。それじゃあ大したお客様ではなかったのですね？　丁寧に対応して損しましたわ。でもコテージを出ていくなんて、幼いなりにも少しは見どころがあるのかしら？」

違う。

全く逆だ。

名前さえ教えてもらえない程、私を含めたカッシーナ家の人間は、あの御方にとってどうでも良い存在だということだ。

「………………………ミランダ、お前。命が惜しくばあの御方を探し、許しを請え」

もうそうするしか、お前が生き残る術はない。

「あの御方？　えっ？　まさかあの少女の事かしら？」

「それからお前」

ミランダの言葉を無視し、カールは暗い顔で騎士に告げる。

「お前と共に、コテージ周辺で警備の任に就いていた者は全員極刑に処す」

そう言うと、カールは早足で自らの執務室を後にした。

カールの言葉を聞き、茫然《ぼうぜん》と騎士はへたり込む。

「は？　どういうこと？　叔父様⁉　何で私があの少女に許しを請わねばなりませんの？」

カールの出て行った扉を見ながら、ミランダは納得がいかずに頬を膨らませたのだった。

＊＊＊

北の拠点ノルド城内。

臨時で会議の開催が決まり、オリビアたちをカッシーナ公国のコテージに置いてこの城へと緊急で戻ったシリウスとリシューは、現在ほの暗い会議室にいた。

中央に置かれた円卓には、シリウスを含め四人の人物が座り、リシューはそんな四人から少し離れた壁際で、タブレットを使って議事録を作っている。

円卓に着く四人の内、シリウス以外の三人は立体ホログラムのように透け、時折ゆらゆらと揺れている。

この会議室内、生身の人間はシリウスとリシューの二人のみ。

他の参加メンバーは、ここから遠く離れた場所から映像と音声のみで会議に参加していた。

「へえ～。ブラン王国だっけ？　ついに赤い鳥を使うんだ。この世界の空に赤い鳥が飛ぶなんて、何年ぶりかな～」

「精霊の女王が去って、その後は赤い鳥かぁ。一体全体何をしてそんなに〝北の〟を怒らせちゃったの？」

「おい〝西の〟そういうことは聞いちゃいかん。男には色々事情ってもんがあるんだよ。そうだよな、〝北の〟」

「え。〝南の〟微妙にうざいんだけど」

「は？　黙れよ、〝東の〟」

シリウスが黙っているのをいいことに、円卓に座る他の三人は好き勝手に喋《しゃべ》り続ける。

〝北の〟〝南の〟〝西の〟〝東の〟。

彼等こそ現四大財閥のトップの四人であり、彼等は互いの名ではなく、管轄地域に由来の通称名で互いを呼び合う。

通常、彼等の会議は近況報告も兼ねて十日に一度開催される。

その議題は商品開発から国のあり方まで多岐にわたっているのだが、終始砕けた口調で進められていた。

本日の会議は、シリウスが『赤い鳥』の使用を事前に他の財閥のトップに通知するために臨時で開催されたもので、次の会議までに常に多忙を極めている彼等のスケジュールの合う日が今日しかなかったのだった。

いかに財閥トップといえど、一つの国を消すのだ。

世界を管理する者として、彼等と情報共有する義務が生じる。

「赤い鳥に使われている魔石も、今はかなり改良されてるのでしょう？　挙動が知りたいから、当日の映像を共有してくれないかしら？」

「ああ〝西の〟それ賛成。僕も見たい。どう？　〝北の〟」

「分かった。使用はもう少し先になると思うが、必ず共有する」

シリウスはそう言って頷く。

「了解〜」

「お〜楽しみ」

「今回の標的国であるブラン王国についてだが、この地を去った精霊の女王の影響か現在ブラン王国のほぼ全域で精霊の気配が消えている」

シリウスは、今朝届いたばかりのブラン王国の現状を皆と共有する。

「え、全域⁉　それじゃブラン王国民は、突然魔法が使えなくなったってこと？　凄《すご》いな……」

「ありえない……女王こわっ」

「へえ……、魔道具発動時に影響が出ないといいんだが……」

「ああ、だがせっかくの機会だ。ブラン王国を赤い鳥である程度消滅させた後は、王都周辺を更地にして新しい魔道具の実験場を作ろうかと考えている」

「あっ、成程!!　確かにそれは面白いね〝北の〟」

「精霊の干渉のない場所で、魔道具の挙動と耐久テストができるわ」

魔法は精霊を媒体としているが、魔道具は魔石に閉じ込められた魔力のみで動く。

しかし魔道具を使用した際、精霊も活発に活動している事実がここ最近の研究で分かったため、何らかの力が作用しているのではないかと考えられていた。

「ブラン王国民は、まとめて全員消すの？」

「いや、ある程度は残す。この世界に現存する大切な人種を、私の一存で絶滅させる訳にはいかない。ただ、既に間引きは始めている」

「さすが〝北の〟」

眼前で繰り広げられるいつも通りの会議内容に、リシューは黙々と議事録を作成していたのだが、不意にタブレットが振動し、予定にはない報告書が届いた。

送信元はミナ。

面白い事に、文面を横目で見ただけでミナが相当怒っているのが見て取れた。

字面がうるさい、というのだろうか。

リシューは議事録作成の片手間に、ミナから届いた報告書を斜め読みする。

その文章中、頻繁に登場する『ミランダ・カッシーナ』という名の女。

案の定、リシューにも覚えがなかった。

彼はカッシーナの家系図データを引っ張り出し、ミランダの名を検索する。

本名、ミランダ・ブロイ・カッシーナ　二十二歳　未婚。

一応その情報が見つかったが、その女は過去にシリウスの婚約者候補としてお品書きに名が挙がった程度で、特筆する程の情報はない。

カール・カッシーナの姪に当たるらしいが、当然リシューに一切面識はない。

問題は、母親であるカトリーナに虚言癖があるくらいだ。

しかしこのミランダとかいう女、一体何がしたいのか？

何故主のコテージに我が物顔で入り込み、好き勝手しているのか。誰の許可を得ているのか。

リシューはふと、昨日のカールの言動を思い出す。

オリビア様への無礼な行いの数々。

紹介していないにもかかわらず、当然のようにカールから声を掛け、あまつさえオリビア様から強引にお言葉を頂こうなど不敬極まりなかった。

おまけに、あの屋敷で働く使用人や騎士の質の悪さ。

現カッシーナのトップとその周辺がアレなのだから、それ以下の者たちはもっと色々と勘違いをしているのかもしれない。

それとも何か？　ついにカッシーナ家はホワイトレイ家に牙を剝《む》き、主を追い落とそうとしているのだろうか？

ミランダを使ってハニートラップでも仕掛ける気なのか？

リシューはあらゆる可能性を考慮し、ブラックレイ本部に連絡を入れる。

その役割の違いから、控えめに言っても仲が良いとは言い難《がた》い『ブラックレイ家』と『カッシーナ家』。

そして、カッシーナ公国はカッシーナ家が治める国だ。住民にブラックレイなど一人もいない。

そんな彼等のテリトリーにブラックレイを送り込んで探らせるなど前代未聞であるが、ブラックレイ家の人間であればカッシーナ家の粗探しは嬉々《きき》として取り組んでくれるだろうし、これはこれで面白そうだとリシューは考えた。

堪えきれずに、口元に笑みを浮かべてしまったことに他意はない。

リシューはブラックレイ本部に指示を出した後、ミナに返事を送る。

『現在シリウス様に、恋人や婚約者がいる事実はありません。オリビア様以外の親しい間柄の女性もおりません。目に余るようでしたら、そのミランダとかいう女は消してもらってもかまいません』

リシューからこの返事を受け取ったミナは、嬉しさの余りその場で小躍りしたという。

＊＊＊

馬車から降りたミランダは、件《くだん》の会員制ホテルの前に立っていた。

「あの少女、本当にここにいるのかしら？」

ミランダは不安気に、側に付き添う侍女に尋ねた。

「この辺りで、シリウス様のお客人クラスがお使いになるホテルはここしかございません。それに──」

「それに？」

「もし、いらっしゃらなくとも、探したという事実は残ります。大公様はきっとお許しになることでしょう」

「なるほど、そうね！　頭いいわね！　あなた」

「光栄です」

侍女は恭しく頭を下げる。

彼女は、公都でミランダの身の回り全般を任されている、元はカトリーナの侍女であった人物である。

「さあ、行きますわよ」

ミランダは侍女を連れてホテルに入る。

ミランダ自身このホテルの会員ではないが、叔父であるカールに連れられ何度か来ていたため、入口で止められる事はなかった。

「宿泊客の情報は教えてもらえません。そろそろディナーのお時間ですので、ラウンジを確認した後にレストランでも覗いてみましょう」

侍女はそう言ってミランダを誘導すると、ホテルのフロントを通り過ぎ、ラウンジを一通り確認した後にレストランに向かうべくミランダと共にエレベーターに乗った。

「一階にはいなかったわ。ああ……それにしても面倒臭いわ。どうして私がこんな事を……」

ミランダは大きな溜息を吐く。

「大公様のご命令ですから致し方ありません。ここは素直に従っておくのが賢明かと。ところでお嬢様、本当に手土産など持たなくて宜しかったのでしょうか？」

手ぶらで歩くミランダに、侍女が尋ねた。

「いいのよ。この私がわざわざ出向いてあげるのですから、それで十分ですわ」

ミランダは物心つく前から母カトリーナに『お前はシリウス様の妻になる特別な存在なのよ』と言い聞かせられて育った。

確かにミランダは『カッシーナ』の中では、高貴な身分の女性の一人だ。

そもそも『カッシーナ』とは、ホワイトレイ家への忠誠心の褒美として、初代ホワイトレイ当主から授けられた称号のような姓である。

本家は『名』の次に『カッシーナ』が付くのだが、分家以下の人間は間に本来の家名がミドルネームとして入る。

ミランダの母カトリーナは分家のブロイ家に嫁いだため本来『カトリーナ・ブロイ・カッシーナ』を名乗らなければいけないのだが、分家以下の人間であると思われたくないために現在も旧姓の『カトリーナ・カッシーナ』を名乗っている。

本家の長女であることへのプライドがそうさせているのだ。

分家ブロイ家も、本家から嫁いできたカトリーナに強く出ることができずに沈黙していたが、カトリーナは遂《つい》に自身の子であるミランダにも『ブロイ』を名乗らせなかった。

これは流石に問題となったが、カトリーナはそんなこと歯牙にも掛けず、自分の弟であるカールが本家の当主となった後は、弟の物は姉の物と言わんばかりの態度で、次々と本家の政に口を出し始めた。

事態を重く見たカッシーナ本家は、カトリーナをカッシーナ公国公都から遠く離れた地に軟禁し、転移魔法の使用を禁じた。

しかしカトリーナは本家に多くの子飼いの使用人を持っており、遠く離れた場所でも本家内部の情報をしっかりと把握できた。

自らの侍女をミランダに付け、カッシーナ公国公都に向かわせてシリウスと運命的な出会いを果たすように仕向ける。

そのお陰でミランダは一方的にシリウスと出会い、シリウスの美しさに心奪われ、あっという間に恋に落ちたのだ。

そこからは、ミランダの独壇場であった。

母カトリーナと叔父カールの権力を使い、シリウスがカッシーナ公国に来る情報を入手すると、コテージに泊まる際は必ず侍女と一緒に潜り込み、シリウスの身の回りの世話に励んだ。

もちろん彼女が勝手に入って勝手に色々やっているだけなので、シリウスはミランダのことなど一切認識していない。

しかしカッシーナ本家の使用人たちは、カトリーナの制裁を恐れる余りミランダの言いなりとなり、ミランダの勝手な行動にいい顔をしていなかった者でさえ、余りにも彼女が堂々とシリウスのコテージに現れるので、当主であるカールの許可を取っているものだと思い込み、カール自身への確認を怠ってしまっていた。

ミランダは、愛する者に仕える喜びをひしひしと感じていた。

シリウス様のために最高のお茶を淹れましょう。

彼が少しでも安らげるように、温室で美しい花を育てましょう。

ああ、私たちの部屋に飾る花は何がいいかしら?

今日のシリウス様はどんな気分かしら？
そうだわ！　就寝時、シリウス様の身体を包むシーツは私好みの香りにしましょう。
私の香水も振りかけてみましょうか？
起きた時、私の香りを纏ってくれているなんて何て素敵なの！
こっそり枕に口付けをしましょう。
はしたないかしら？
いいえ。
シリウス様ならきっと喜んでくれるはず。
むしろもっとしてほしいと、強請《ねだ》ってくれるかもしれないわ。
ふふふ。
幸せね。
もうすぐ夫婦になるのね。
……でも何故かしら？
ちっとも私の方を見てくれないわ。
水色の髪に銀縁眼鏡を掛けた従者とはよく目が合うのに。
恥ずかしい？
照れ屋なの？
仕方無いわね、可愛い人。
いいわ。

あなたが思い切って私に愛を伝えてくれるその日まで、ずっと待っているわ。

でも、余り淑女を待たせるものではなくてよ？

それからお名前は分からないけれど、水色の髪のシリウス様の従者の方。

ごめんなさいね。

私が美し過ぎて、ついつい見とれてしまうのは仕方のないことだけれど、残念ながら私は一途《いちず》な女なの。

シリウス様以外は考えられないの。

勿論あなたも素敵な殿方だと思うわ。

でもごめんなさい。

申し訳ないのだけれど、あなたの気持ちに応えることはできないわ。

だからどうか、私のことは諦めて下さいまし。

このようにしてミランダは、シリウスがカッシーナ公国を訪れた際は常に側で世話に励んだ。

そして、流石のリシューと云えど、自分の与《あずか》り知らぬところでまさかミランダに一方的に振られていたなどとは、想像すらしていなかっただろう。

＊＊＊

オリビアが宿泊しているホテル内のレストラン。

ほの暗く照明を落とした店内には、静かな曲が流れている。

テーブルとテーブルとの間隔を広めに取った店内は、何名かの先客はいるものの、辺りの会話は殆ど聞こえなかった。

ディナーのために訪れたオリビアが通されたのは、奥まった場所にある広めの個室だった。

大きくとられたガラス窓からは、雪化粧の中、ライトアップされた街路樹が美しく輝いて見える。

「きれい……」

オリビアは、その余りの美しさに目を奪われて思わず呟く。

「景色も美しいですが、ここの料理も格別なんですよ」

ウエイターの代わりに給仕しているミナは、テーブルの上のナプキンを取ってオリビアの膝に載せる。

「楽しみ！」

ミナが前もってオリビアのために注文した料理が、次々と運ばれてくる。

そのどれもがオリビアの好みぴったりで、ミナの観察力と心遣いにオリビアは感動する。

「ミナ、どれもすっごく美味《おい》しい。ありがとう」

「光栄です。食後のデザートは……」

ミナが話を続けようとしたその時、室内に小さいノック音が響く。

ミナが扉を開けると、にこやかに微笑《ほほえ》む支配人が立っていた。

彼はオリビアに軽く会釈すると、ミナに耳打ちする。

「カッシーナのご令嬢であるミランダ嬢が、ホテルに入ってきました」

その言葉を聞いたミナは一瞬目を細めると、クルッと方向転換してオリビアに向かって微笑んだ。

「オリビア様！　食後の特別なデザートは、お部屋に運んでくれるそうです！」

「え⁉　そうなの⁉」

「はい。折角ですので今日は夜着でゴロゴロしながら、甘いお菓子を食べつつ夜更かししましょう‼」

「えっ⁉　する‼」

ミナの提案に、オリビアの瞳はパアッと輝く。

「それでは丁度食べ終えたことですし、すぐに部屋に戻りましょうか」

ミナはオリビアの手を引き、支配人の後についてレストランのバックヤードに向かう。

「え？　こっち？」

「はい。こちらが近道だそうです」

「へえ～」

従業員専用の廊下を通り、調理場を横目にずんずんと進んで行く。

ここって、関係者以外立ち入り禁止では？

オリビアは首を捻りつつ、道中数人のシェフから可愛らしいキャンディーを手渡される。

何事もなく宿泊フロアに到着したオリビアは、バックヤードで貰った棒つきキャンディーを嬉しそうに舐《な》めながら廊下を歩く。

その後ろをミナと支配人が続いた。

「申し訳ございません。流石に大公のご親族を門前払いすることはできませんでした。あの方は良くも悪くも有名人ですので」

「このフロアにさえ立ち入りを許可しなければ、問題ないわ」

何故今頃になってミランダがこのホテルに現れたのか分からず、ミナは若干ピリピリしながらも淡々と答える。

「ええ。それはもう、当然でございます」

「やっぱりミランダはそんなに困った人間なの？」

「そうですね。高い地位につけてはいけない典型的な方かと思います」

「ふ〜ん。カールはアレに対して、何か対策はしていないのかしら？」

「どうでしょう。彼の姉君であるカトリーナ様はかなり困った方でして、現在遠い地に幽閉されております。ただ、その娘であるミランダ嬢のことは、小さい頃から大層可愛がっておいででしたので、何か思うところがあるのやもしれませんね」

つまりカールは身内に甘過ぎる、と？

それ、典型的なダメな人間のパターンでは？

ミナは目を細めた。

カッシーナ公国はシリウスの国ではあるが、政は全てカッシーナ家が取り仕切っている。

シリウスの関心はもっぱら魔道具の実験場としてのカッシーナのみにあり、それ以外、国の運営などにはさほど興味はない。

そもそも実験場として作った国なので、それは仕方のないことだ。

だがここに来て、その弊害が出ているのでは？

ミナは思った。

正直、ホワイトレイ家配下のお家騒動など我々にとっては全く興味のない話である。

カッシーナのことはカッシーナで何とかしろよ、としか思えない。

だがしかし、今回は少々目に余る。

カッシーナ家全体が馬鹿とは言わないが、たまには公国にお忍びで潜入し、状況の確認をした方が良さそうだ。

「カッシーナは相当闇が深そう。シリウス様に進言してみようかしら」

ミナは呟く。

しかしそうなると、ブラックレイがここぞとばかりにカッシーナを槍玉《やりだま》に挙げるだろう。

それはそれで面白そうではあるが――。

「お恥ずかしい限りでございます」

支配人が申し訳なさそうに眉を下げる。

この支配人はホワイトレイ家先代当主であるダリルに気に入られ、カッシーナから唯一主の拠点に入ることを許され、かつてダリルの専属執事となった男である。

現在は高齢を理由に引退し、ここカッシーナ公国でホテルの支配人として余生を過ごしている。

「古き良き時代のカッシーナは、消えたのかしら？」

「……」

ミナの言葉に支配人は沈黙する。

初代カッシーナ家当主は、情が深く大層熱い男だったと聞く。

ホワイトレイ家に忠誠を誓い、曲がったことが大嫌いだった彼は、まるで騎士のような存在だったと云う。

逆にブラックレイは諜報や暗殺を生業としていたため、カッシーナとは何もかもが真逆だった。

そのせいでブラックレイとカッシーナの仲は最悪だったが、互いの力だけは認め合っており、両家共にホワイトレイ家からの信頼も厚かった。

魔道具の実験場としての国――現在のカッシーナ公国を作る計画が出た際、その運営をカッシーナに一任したのがシリウスの父先代ダリルである。

なぜカッシーナを選んだのか。

勿論理由はいくつかあるのだが、大きな要因の一つがダリルの妻の存在だった。

シリウスを出産してすぐに亡くなった彼女は、ブラックレイ本家の娘であった。

ブラックレイの血を引く次代の当主シリウス。

ダリルはホワイトレイ家がブラックレイ、カッシーナどちらか一方に肩入れすることのないよう、ホワイトレイ家としては比較的大きい部類に入る『国を造る』という事業を全てカッシーナに任せたのだった。

「やっぱり今のカッシーナのような脳筋集団には、国の運営は難しかったか……っと失礼」

ミナはペロッと舌を出す。

「これは手厳しい」

「別にじぃじのこと言ってるんじゃないって」

「ふふふ。懐かしい呼び名でございます」

ミナと支配人の間に漂っていた張りつめた空気が一気に緩む。

小さい頃からシリウスの成長を見守ってきた彼は、ミナとも面識があった。

勿論、オリビアの存在も知っていた。

「それにしても、何と愛らしい」

支配人は前を歩くオリビアを見ながら呟く。

「でしょう～？　オリビア様は本当に素晴らしい御方なのよ。可愛いし可愛いし可愛いし、高貴だし、美しいし、お茶目だし」

ミナは、前方でこちらを見て手を振るオリビアに、ブンブンと音が鳴る程力強く手を振り返す。

「シリウス様が溺愛するのも頷けますな」

支配人の言葉に、ミナの足がピタリと止まる。

「本当にそう思う？」

ミナはじっと支配人を見る。

「え？　違うのですか？」

「それが分からないのよ～。大切にしているのは分かるのだけど、どういった類の愛なのか……」

「？　そういうモノでしょうか？」

「そういうモノなのよ！　本当、男って分かりにくいわ。大事なことは口に出してもらわないと！

言わなくても分かるだろうの精神は本当に無理!!」

ミナは顔を真っ赤にしながら、ギリギリと歯を食いしばる。

「ははは……」

　支配人は苦笑する。

　彼は口には出さないが、昔からシリウスがどれ程オリビアに夢中なのか良く知っていた。

　贈り物に悩み、納得のいく物が無ければ自身で商品開発を行い、イメージに合う柄がなければ、伝統工芸士と新進気鋭の芸術家に合作させたり、彼女に似合う宝石を見付けるために、惜しみなく私財を投じて新しい鉱山を探させたりとやりたい放題で、側で指示を受けているリシューを大層気の毒に思ったものだ。

「男心は難しいわ。本人に聞いてみるけど」

　そうなのでしょうか？

　逆に分かりやすいのでは？　と思いながらも、

「それが一番です」

　支配人はしっかりと頷いた。


「だから、何度も同じことを言わせないでちょうだい。私はここで、銀髪の少女と待ち合せをしているのよ！」

「ですからお客様、その方のお名前をおっしゃって下さいと……」

「うっかり忘れてしまったの！」

　少し前までオリビアがいたレストランの入口で、ミランダは店の受付店員と結構な時間口論していた。

「店内には多くのお客様がいらっしゃいます。お名前が分かりませんと、お呼びすることもお声を掛けることもできません」

「だから、ミランダ・カッシーナと言っているでしょう！」

「ですからあなた様のお名前ではなく……」

店員は困惑する。

何度やんわりと入店を拒否しても、一向に諦める気配がない。全く話が通じない。

大公の姪であるミランダを無下にすることもできず、何とか諦めてくれないかと店員は力を尽くしていた。

「はあ～、分かったわ。それじゃあここでディナーを頂くわ。すぐに席を用意しなさい」

このままでは埒《らち》が明かないとようやく気付いたミランダは、自らの目であの少女を探そうと、入店することにした。

しかし――。

「申し訳ございません。当店の御予約は五日先までいっぱいでございます。それ以降でしたらお取りすることが可能でございますが……」

思いの外あっさりと断られる。

「あなたねえ、この私を誰だか知っていてそんなことを言っているのかしら？　今すぐ上の者を呼んできてちょうだい。あなたでは話にならないわ！」

「承知しました」

ミランダの言葉を聞いた店員は、ようやくこの場から離れることができるとほっと息を吐いた。

しばらくすると、何故かレストランの責任者ではなく、このホテルの支配人がミランダの前に現れた。

「これはこれはミランダ様。一体どうなさったのでしょうか？」

「まあ、支配人！　お久しぶりです、御機嫌よう」

何度か面識のある二人は、にこやかに挨拶を交わす。

「良かったわ。来て下さったのがあなたで。他の方では全くお話になりませんの」

「何かございましたか？」

「ええ。実はこのホテルに、銀髪の少女が泊まっているかどうか教えて欲しいのよ？」

「……」

支配人は、笑顔を張り付けたままミランダを見る。

「彼女にどうしても会わなければいけないのだけれど、一向に見つからなくって。もしここに宿泊しているのなら、部屋に案内して下さいません？」

「そうでございましたか。ただ残念ながら当ホテルの規則により、お客様の個人情報はお伝えすることができません。ご希望に沿えず申し訳ないです」

「こっそりでいいのよ、支配人。口外はしないと誓うわ」

「無理でございます」

「この私の頼みでも、ですの？」

「申し訳ございません。たとえこの国の最高権力者であるカール様からの願いであったとしても、こればかりは無理でございます」

「……そう。叔父様でもダメなら仕方がないかしら。それにしても融通が利かないわね」

ミランダは明らかに納得していなかったが、ひとまずここに来たという結果は残せたので支配人の言葉に従うことにした。

「玄関口までお送りしましょう。馬車はどうされますか？」

支配人はミランダに暗に早く帰れと言っているのだが、当の彼女はそれに全く気付いていない。

「入口付近で待機させているから、問題ないわ」

「左様でございますか」

笑顔を絶やさない支配人は、脇目も振らずにミランダをホテルの一階まで連れて行く。

ホテルのロビーを横切って玄関ホールに向かっていると、突然入口から目立つ長身の男二人組がホテルに入って来た。

ミランダは驚いて、思わずその場で叫んだ。

「シリウス様‼」

静かなロビーに、ミランダの甲高い声が響き渡る。

周辺にいた人々は、驚いて一斉にミランダの方に視線を向けた。

しかし当のシリウスたちは、その声を完全に無視し、進行方向を向いたまま早足でエレベーターホールへと向かって行く。

その際、チラリとリシューの視線がミランダの姿を捉えたのだが、余りに一瞬の出来事だったため、ミランダ自身もそれに気付かなかった。

「まあ大変！　聞こえていないのかしら」

ミランダは慌ててシリウスとリシューの後を追う。

その間にも、彼等は係員にエレベーターへ案内されている。

あのエレベーターに一緒に乗らなくては！

ミランダは小走りでシリウスたちの乗ったエレベーターを目指すが、エレベーターホール手前で係員に行く手を阻まれる。

「そこをどきなさい。私はあのエレベーターに乗らなければいけないの」

ミランダは、強い口調でシリウスたちの乗ったエレベーターを指差しながら係員に言い放つ。

「お客様、あちらは専用フロアへの直通エレベーターです。関係者以外はご利用できません」

「そんなこと、どうでも良いのよ！　とにかくどきなさい。私はあのエレベーターに乗った方に用があるの！」

「できません」

係員は頑として道を譲らない。

「いいから早く！」

ミランダはヒステリックに叫ぶが、無情にもシリウスたちの乗ったエレベーターの扉が閉まる。

「ああ、もう！　支配人！」

焦ったミランダは勢いよく振り返り、支配人を呼んだ。

「私を、あのエレベーターに乗せなさい」

「申し訳ございませんが、それは不可能でございます」

支配人は笑顔で答える。

「だったら私もここに泊まります。部屋を取りなさい」

「大変ありがたいお申し出ですが、本日から五日間は全て満室となっております。ですので今日、あなた様が宿泊することは不可能でございます」

支配人はフロントで予約状況など一切確認せずにあっさりと答えた。

「は？　どういうこと？」

不思議に思ったミランダは、眉を顰めて辺りを見回す。

すると、その場にいた誰もが自分を冷めた目で見ていることに気が付いた。

「あ、あなたたち。私が誰だか知っているの？」

ミランダは掠《かす》れた声で周囲に問う。

「はい、勿論でございます。ミランダ・カッシーナ様」

支配人は相も変わらず笑顔で答える。

「お、叔父様に言い付けるんだから！」

「是非そうなさって下さい」

支配人の言葉にミランダは拳をプルプルと震えさせながら、踵《きびす》を返《かえ》して侍女と共にホテルを出て行く。

「覚えてなさいよ……」

苦し紛れに呟いた捨《す》て台詞《ぜりふ》は、誰の耳にも届かなかった。

＊＊＊

「これが魔石……？」

オリビアは、専用フロアのリビングでソファーに座ってスイーツを頬張りながら、ミナから受け取った三センチ程度の魔石をまじまじと観察していた。

深緑色の魔石の表面はまるで研磨したように滑らかで、しっかりと何かにコーティングされている。

鼻に近付けてクンクンと嗅ぐが、特に何の匂いもしなかった。

石自体から魔力は感じるものの、不自然なほどに周囲に漏れ出していない。

「もしかして、加工してる？」

オリビアの問いにミナは頷く。

「はい。基本魔石は使用用途に合わせて砕いた後、魔力が外に漏れだささないように加工、所謂コーティングを施した後に使います。この魔石も本来はもう少し大きかったと思われます」

「へえ〜、そうなんだ。ところで魔石って、どうやって集めてるの？」

「そうですね。専門業者もおりますが、大部分は個人からの買い取りでしょうか」

「買い取り……」

オリビアの瞳の奥がキラリと光る。

「はい。一概には言えませんが、魔力含有量の多い魔石はかなりの高値で売買されております」

「どこで買い取ってくれるの？」

「主に商会ですね。ある程度の規模の商会になってくると、必ず魔石鑑定士が常駐しております」

「なるほどね～。ちなみに人気の属性ってある？」

「そうですね、地域によって違いますが……ただ、幻と云われている光属性と闇属性の魔石は、化石状態であってもかなりの値が付きます」

「ほぇ～、幻かぁ……」

オリビアは、一人暮らしする際の金策の有力な情報を知れたことに安堵《あんど》した。

お金と違って、魔石ならいくら複製したところでバレないだろう。

ほっとしながらも、今後の自分の身の振り方を考え始めると何となく気分が落ち込んでいく。

サイファード領を出る時は、あんなにワクワクしたのに……。

ホテルに来る道すがら、馬車の中から地味に続いている下腹部の重みが、じくじくと痛みを伴い始める。

「はぁ……。シリウス兄様から自立したら、どこへ行くか……」

オリビアは無意識に呟きながら下腹部を摩る。

「お腹《なか》が、痛むのですか？」

ミナに尋ねられ、オリビアはハッと顔を上げた。

「あ、ううん。なんか……ちょっと……違和感？」

「違和感ですか？　苦しかったり、痛かったりではなく？」

「うん、なんか重い感じ。食べ過ぎかも」

目の前のテーブルには、先程部屋に運んでもらったデザートの残骸が載っている。

食べ過ぎて、胸やけでもしたのだろう。

「そうですか。念のため、ノルド城に戻り次第バジルに診てもらいましょう」

ミナがバジルに連絡するべく、タブレットを開いたその時、

「ただいま。オリビア」

扉が開いて、シリウスとリシューがオリビアのいるリビングに入って来た。

「あっ、シリウス兄様だ！」

オリビアはぴょんっとソファーから降りると、そのままシリウスに駆け寄った。

「待たせたね、オリビア。ごめんね、コテージからホテルに移ったと聞いて、ホテルの方が良ければ最初からこの部屋を用意してあげていればよかった。それに全然付き合ってあげられてないし、寂しい思いをさせたね」

シリウスはグローブを外してオリビアを抱き上げると、瞳を見つめながら謝る。

「う〜ん、仕事だし、仕方ないかな」

苦笑するオリビアの頬に、シリウスは鼻を寄せる。

「今度挽回《ばんかい》させて」

「え、いいよ〜別に」

前世のオリビアも仕事が忙しく、思うようにプライベートの時間が捻出できない経験があったことを思い出す。社会人ならば仕方のないことだ。

「そんなこと言わないで」

「いや、本当気にしてないし」

存外素っ気ないオリビアの態度に苦笑しつつも、シリウスは身体に残っていた倦怠《けんたい》感が一瞬で消

えるのを感じる。

シリウスは思う存分オリビアの頭を撫でると、そのままソファーに腰を下ろした。

「オリビア。今日は何をしていたの？」

シリウスはオリビアを膝に乗せたまま、テーブルの上に残るデザートの残骸を面白そうに見る。

「女子会！」

オリビアは元気良く答えた。

「女子会？」

「そう。女の子同士の秘密の会議よ」

「成程。それは楽しそうだね」

シリウスとオリビアが話に花を咲かせている間に、ミナはシリウスとリシューの分の紅茶を用意する。

「そうだ、シリウス兄様。聞いてもいい？」

オリビアは思い出したかのように、シリウスの顔を覗き込んだ。

「何なりと」

シリウスは上機嫌で答えながら、出された紅茶をゆっくりと口に含む。

「ミランダ・カッシーナさんと結婚するの？」

「っんぐっ」

オリビアの直球な問いに、シリウスは口の中の紅茶を危うく吹き出しそうになる。

側にいたリシューとミナも、余りにダイレクトな質問に何とも言えない表情をしていた。

「んん、こほん。オリビア。誰と誰が結婚すると？」

「え？　ミランダさんとシリウス兄様」

「どうしてそう思ったの？」

シリウスはカップを置いて、ずいっとオリビアに顔を近付ける。

何となくシリウスの不機嫌さを感じ取り、オリビアは思わず顎を引いた。

「え？　ミランダさんがそう言ってた」

シリウスは苦笑しながら、オリビアの柔らかい頬を人差し指でつつく。

「残念ながら、私はその『ミランダ・カッシーナ』という人間とは会ったことすらないのだが」

「え？　うそ⁉」

オリビアは、今朝温室で『私は将来のシリウス様の妻』とドヤ顔で言い放ったミランダの顔を思い浮かべる。

あれが虚言だとすると、彼女は相当残念な頭の持ち主だろう。

あんなに綺麗な人なのに……。

オリビアは一度しか会っていないはずのミランダに同情した。

「嘘《うそ》は言ってないよ。そうだな、リシュー」

シリウスは、オリビアからリシューに視線を移す。

「はい、間違いございません。シリウス様は一度も『ミランダ・カッシーナ』という人物にお会いしたことはありません」

リシューはにっこり微笑んだ。

「だからオリビア。結婚なんてあり得ないんだよ」

「そうなんだ～」

オリビアはほっとして脱力すると、シリウスの胸に顔を埋めた。

「シリウス兄様の、あまりの女の趣味の悪さに幻滅するところだった～。良かった良かった～」

オリビアはうんうんと頷く。

「っ……」

シリウスの片方の口角が、ひくりと動く。

「ん、ん、こほんっ……オリビア。オリビアはその『ミランダ』という人間に会ったの？」

「うん。今朝、温室でミナと一緒に怒られた」

「……怒られた？　それは何故？」

今朝の温室でのミランダとの出来事については、既にミナの報告書で確認していたが、シリウスは直接オリビアの口からも聞きたかった。

「温室は自分の庭だから、勝手に入るなって」

「自分の庭ね。他にも何か言われた？」

シリウスの問いに、オリビアはう～んと考え込む。

「温室の花は、シリウス兄様のために育ててるんだって。後は……コテージに泊まるのも許可が必要って言ってたかな。ね、ミナ」

正直ミランダの見た目のインパクトに、彼女の話をあまり聞いていなかったオリビアはミナに助けを求めた。

「はい。確かにおっしゃっておられました。突然温室に現れたかと思うと、私たちに向かってヒステリックに怒鳴っておいででしたね。コテージに泊まるのも、温室に入るのも自分の許可が必要。自分こそがシリウス様の将来の妻なのだと、堂々と宣《のたま》っておいででした」

「あ～言ってた～。だから一応謝っといたよ、ごめんなさいって」

シリウスの腕の中でリラックスしたオリビアは、うんうんとミナの言葉に同意する。

「謝った？」

シリウスが低く呟く。

「それは……なかなかに変わった方ですね」

リシューは呆《あき》れて息を吐いた。

「でも美人さんだったよ。黒髪黒目で凄くゴージャス。胸も大きかった」

オリビアは自分の胸の前で大きさを表現するが、シリウスにそっと手を止められる。

「黒髪黒目、ですか」

リシューは敢えてオリビアの胸の話は無視しつつ、先程ホテルのロビーで無礼にもシリウスの名を叫んだ女の風貌を思い出していた。いかにカッシーナ公国内と云えど、ホワイトレイ家当主であるシリウスの名を人前で平然と呼ぶなどあり得ないことだ。

余程地位の高い者か、勘違いの愚か者だけ。

ロビーにいたあの女は、間違いなく後者だろう。

そもそもあの女、一見しただけでその立ち居振る舞いはシリウスの名を平気で呼べる立場の人間がするそれではなかった。

ブラックレイ本部から呼び寄せたばかりの間者たちが、あの一瞬でシリウスの影から出て、あの女に張り付いたのをリシューはしっかりと確認している。

すぐに身元が割れるだろう。後ほどホテル側にも確認しよう。

だがあの顔、確か……。

リシューはロビーで見た女の顔を思い出し、じっと考え込む。

「ロビーにいた女か?」

シリウスはリシューに問う。

「十中八九あの女がミランダ・カッシーナでしょう。ただそうなると、あの女はかなり愚かな行為を繰り返していますね」

「? どういうこと?」

オリビアは尋ねた。

「あのミランダという女は、シリウス様のコテージにいた使用人の一人です。以前からシリウス様のことを無礼なほど見つめておりました。ただ敵意や害意がなかったため、カッシーナの執事に注意する程度で終わったのですが……」

「つまりミランダは、使用人に扮《ふん》してシリウス様のコテージ内を我が物顔で闊歩《かっぽ》していたってことですか?」

ミナが眉を顰めた。

いとも簡単に部外者をコテージに入れてしまう。カッシーナ家の防犯レベルの低さが窺《うかが》い知れる。

これがもし、シリウスに対して悪意や害意のある者だったとしたら、一体どう責任を取るつもりなのだろうか。

「カールは知っていたのでしょうか？」

ミナはリシューに尋ねた。

「流石に知っていて放置するほど愚かではないと思いますし、恐らく知らなかったでしょう。そういえば、先程から引っ切りなしにカールから連絡が来ていますね。もしかしたら、ミランダについて何か思い当たることがあったのかもしれませんね」

リシューはクスクスと笑いながらも、カールからの連絡を無視する。

「既にカールの周辺には、ブラックレイ家の間者たちを数名潜らせております。面白い情報は、随時更新中ですよ」

リシューがカッシーナ公国に呼び寄せたブラックレイたちは、既に公国の隅々にまで放たれている。

「カッシーナの総本山を調べられるのですから、そりゃブラックレイも張り切りますよ」

ミナもうふふふと笑う。

「カッシーナ自体の解体が必要か」

シリウスはつまらなそうに呟く。

「どうでしょう。しかし間違いなくテコ入れは必要でしょうね。他人に興味がなさ過ぎるのも、時として問題になるのですよ、我が主」

「ああ。理解した」

リシューの言葉を受け、シリウスは小さく頷いた。

ミナは二人の会話が終わったことを確認すると、リシューに向かって口を開く。

「このような状況では、オリビア様が安心して外出することができません！　な〜にが『警備は万全を期しております！』ですか。外部からは万全でも、内部からはザルじゃないですか！」

ミナはギリッと歯を鳴らす。

「ふむ、確かにそうですね」

リシューは考え込むように僅かに俯くが、次のシリウスの言葉に驚いて顔を上げる。

「各地に散らばるブラックレイからの報告を早急に纏めてくれ。それからカッシーナ先代当主であるビンスを召致しろ」

「カールの父、ビンスですか？」

現カッシーナの当主であるカールの父ビンス・カッシーナは非常に優れた武人であった。

しかし今から二十四年前、突然の妻の死に心を痛め、その数年後に体調不良を理由にカッシーナ家当主の座を辞していた。

父ダリルの時代の世代交代であったため、シリウスは特に気にしていなかったが、

「今考えると、あの時点から怪しかったな」

「つまり、そこから既にお家騒動が始まっていると？」

リシューはシリウスに尋ねる。

「だろうな。責任を感じて退いたのかもしれん。その辺りもブラックレイに調べさせろ」

「承知しました。しかし……」

リシューは残念そうに息を吐く。

「ん？」

「カッシーナの内部統制がここまで取れていないとは……。ブラックレイの方は大丈夫でしょうか？」

「ふむ。監査部門を作り、抜き打ちで監査でも行うか」

「それが良いかと思います」

シリウスの提案に、リシューが頷く。

「この状況ではオリビアも心置きなく楽しめないだろう。予定を早めて、オリビアだけでも明日ノルド城に帰らせるとするか……ん？」

胸に重さを感じて腕の中を見ると、オリビアがスースーと気持ち良さそうに寝息を立てている。

「今日は色々とありましたので、お疲れだったのでしょう。ベッドに運びます」

ミナはオリビアに手を伸ばしたが、

「いや、しばらくこのままでいい」

シリウスはそれをあっさりと断った。

それからシリウスは、オリビアの顔にかかる髪を優しく耳にかけ、額に数回キスを贈る。

「ゆっくりお休み」

「………」

オリビアの耳元で囁いたシリウスを、ミナは何とも云えない表情で見る。

「何だ、ミナ。私に何か言いたいことがあるなら言うがよい」

シリウスはオリビアを見下ろしたまま、ミナに視線すら向けずに告げる。

「……ではおそれながら、シリウス様はオリビア様のことをどう思っておいでなのでしょうか？」

「どう、とは？」

ミナは、自分を奮い立たせるために数回大きく深呼吸を繰り返した。

「今回のミランダの出現で、オリビア様はとても辛《つら》そうに見えました。このままの状態が続くようなら、遅かれ早かれオリビア様はノルド城から出て行かれるでしょう」

ミナはきっぱりと言い切る。

「それは、オリビアが言ったのか？」

シリウスは、ここで初めてミナに視線を向けた。

「はい。シリウス様の妻になる方に申し訳ないからと、はっきりそうおっしゃっておいででした」

「そうか……」

それっきりシリウスは口を閉ざし、オリビアの髪を撫でる。

「オリビア様を妹のように、家族のように愛しているのであれば、それをはっきりと本人におっしゃってさしあげて下さい。一人の女性として愛しているのであれば、婚姻を……」

「ミナ。その辺にしなさい」

リシューが横槍《よこやり》を入れる。

「いいえいいえ。私は女です。常にオリビア様の味方でありたいと思っているのです。オリビア様が悩んでいるのであれば、その問題を解決したいのです。だからどうか『何となく分かるだろう』みたいな都合のいい感情をオリビア様に向けないで下さい。そりゃ、オリビア様はまだ十二歳ですから、婚姻はできません。でも後四年、たった四年で婚姻できるようになるのです。いつまでも幼子ではありません。一人の女性として、扱ってあげて欲しいのです」

「婚姻か……」

シリウスはぽつりと呟く。

「オリビアは、私と婚姻してくれるだろうか……」

「へ？」

シリウスの言葉に、ミナは目ん玉をひん剝いて驚いた。

「え？　え⁉　あの……え？」

ミナはバッと勢いよくリシューの方を見るが、何故か彼は首を左右に振るばかり。

「まさか……いえ？　そんな……まさか……いや、流石に……想いを伝える自信がない……とか？」

シリウス・Z・ホワイトレイともあろう男が？

いや、流石にそんなこと……。

恐る恐る口にしたミナの言葉に、シリウスは素っ気なく答えた。

「ある訳ないだろう」

「えっ、え～～‼　リシュー様、今のお聞きになりました⁉　リシュー様はご存じだったのですか⁉」

悲鳴のようなミナの言葉にリシューは苦笑しながら頷き、内緒話をするかのように自らの口に手を添えて言った。

「初恋らしいですよ」

ミナは開いた口が塞がらなかった。

「現在我らが主シリウス様は、自らの手札を最大限に生かし、オリビア様を全力で口説いておいでなのです」

リシューは真顔で答える。

「へ……へえ、そう……」

ミナは、いつの間にか前のめりになっていた身体をすっと元に戻す。

シリウスはオリビアが婚姻できる十六歳になるまでの四年間でドロドロに甘やかし、自分がいないと生きていけないようにした後、愛を乞い、婚姻を結ぼうと真面目に考えていた。

何て卑怯《ひきょう》な……。

ミナはそう思ったが、彼女はきちんとした大人なので決して口には出さなかった。

「しかしオリビア様のことです。しっかりと将来の約束をしておきませんと、あっと言う間にどこかに行ってしまうかもしれません」

「……」

ミナの言葉に、確かにオリビアならあり得ると、シリウスとリシューは思った。

普段のオリビアは、年齢よりも随分大人びており、比較的落ち着いた性格をしている。

しかし何かの拍子にスイッチが入ると、途端に突拍子もない行動に出て周囲をあっと驚かせる。

人間の血が入っているといっても、やはり精霊。

ミナの言う通り、少しでも目を離すとそのままどこかに消えてしまうかもしれない。

「……リシュー、例の指輪を」

「かしこまりました」

「？」

シリウスとリシューのやり取りに、ミナが首を傾げる。

「シリウス様は、オリビア様にお渡しする婚約指輪を既にご用意しております」

ミナの視線にリシューは答える。

「へ……へえ」

そこまで好きなら、さっさと愛を告げればいいのに……。

ミナは思ったが、大人なのでやはり口には出さなかった。

ちなみにシリウスが用意したオリビアのための婚約指輪は、希少価値の高いシリウスの瞳の色そっくりの宝石を敢えて小さくカットして鏤《ちりば》め、一粒一粒に追跡機能、転移機能、防御結界機能、通信機能等々、現在四大財閥が誇る最高水準の機能がふんだんに搭載された最高級の魔道具だった。

しかしこの話をするとミナにどん引きされることが分かり切っていたので、リシューは敢えてそこに触れることを避けた。

「精霊の女王であるシェラ様は、この世界にあまねく存在する精霊の頂点。オリビアはそんなシェラ様の最愛の娘だ。普段の我々では到底出会うことも叶わない尊き存在だ」

シリウスは、眠っているオリビアの頬を指先で優しく撫でる。

魔法の源であるのは勿論のこと、世界のあらゆる物には精霊が宿ると云われているが、その姿を見た者は殆どいない。

過去の文献を紐解《ひもと》けば、数は少ないがその存在を目撃した者もいたと云われているが、それが真実かどうかは分からない。

それ程に、精霊とは曖昧で不確かな存在なのだ。

しかし、魔法を使う者は、明らかに精霊の存在をその身に感じる。

自分でない何かが常に寄り添い、力を行使させてくれる。

だからこそ、魔法使いは精霊に恋い焦がれるのだ。

会いたいと、願わくば一目その姿を見たいと思わずにはいられない。

けれど、それが叶うことはほぼない。

いかにシリウスとて、父ダリルがシェラと知り合いでなければ会うことすら叶わなかっただろう。

「このように身近にいらっしゃるばかりに、当然の存在と思っておりましたが、やはりオリビア様は尊き御方なのですね」

ミナは、眠っているオリビアの顔をしみじみと見つめた。

サイファード領から救出した後、ノルド城で目を覚ましたオリビアが、突然目を輝かせながらバルコニーから飛び出したのは未《いま》だ記憶に新しい。

あれを間近で目撃したミナは『ああ、この御方は本当に人間ではなく、精霊姫なのだ』と心底実感したものだ。

オリビアの周りを取り囲む、虹色の光の粒子。

銀色かと思われた髪は、光の粒子と共に青みを帯びてキラキラと発光していた。歌う声はそよ風のように心地良く、あの瞳で見つめられれば、まるで魂を持っていかれたような気分になる。

「シェラ様のお姿を一目でも拝見できたなら、更に実感できると思いますよ」

リシューはミナに言った。

「そうなのですか？」

「それはもう、言葉では言い尽くせない程の何かを感じましたね。初めてお会いした時は、正直足がすくみました。人生において、最も尊い経験だったと記憶しています」

リシューは目を伏せて胸に手を当てる。

「それほどの御方なのですね」

「ええ。ですのでそんなシェラ様と、当然のようにお話しされている先代ダリル様とシリウス様を拝見し、改めてお二人の偉大さを実感致しました」

「私も初めて会った時は、リシューと似たようなものだったが」

シリウスは過去の自分を思い出して苦笑する。

正直ミナは、先代ダリルと会う時ですらとんでもない圧を感じてすくみ上がる。

そんなダリルと普通に接していたシリウスとリシューですら、シェラに会うとすくみ上がるのだとしたら、それはもう、ミナの手に負えるものではないだろう。

「残念なことに、シェラ様は既にお隠れになってしまいましたが」

リシューは眉を下げてオリビアを見る。

「確か、精霊界にお戻りになったとか……」

ミナは呟いた。

精霊は気まぐれにこの世界を訪れるが、普段彼等が住む世界は『精霊界』と云われている。

そこはこの世界と違う次元にあり、どう足掻《あが》いても人間には行くことが叶わない場所にある。

シェラは自らが作った人間の身体を捨て、サイファードの地を去ったと、シェラの葬儀に参列した先代ダリルが語った。

それからほどなくして、ダリルは当主の座をシリウスに譲ると、皆の前から姿を消した。

突然姿を消すことで起こる周囲の混乱を避けるため、表向きはダリルは引退して悠々自適に第二の人生を楽しんでいることになっているのだが、その行方はシリウスさえも知らない。

しかし、ダリルに付き従っているブラックレイのメンバーが、今もなおそのまま業務を遂行している辺り、存命なのは間違いないだろう。

シリウスは、自分の父がどれほどシェラを愛していたかを知っていたので、ダリルの失踪に関して何も言わなかったし、敢えて見付けようとも思わなかった。

正直な話、彼の息子として、絶対零度の王とまで呼ばれた父の弱りきった姿を見たくないのが本音であった。

「明日、ミナはオリビアを連れて先にノルド城に戻れ。我々はカッシーナの後始末の後に戻る」

「かしこまりました」

「リシューは明日、このホテルの会議室にカールの父であるビンスと、カール本人を召集しろ。家の争いは家の者同士で決着を付けさせる。それが不可能ならば……」

シリウスの目が冷たく光る。

「かしこまりました、ミランダも同席させますか？」

「同席させる必要がどこにある」

分かり切ったことを聞く辺り、リシューの性格は余り宜しくない。

「そうですか？　残念です。ですが、ミランダ本人がどうしてもと強引に乱入して来た場合はどうでしょうか？」

リシューはククと喉の奥で笑う。

「……好きにしろ」

「承知しました」

リシューの声が、明らかに弾む。

「シリウス様」

二人の会話が終わるのを見計らい、ミナが声を掛ける。

「何だ？」

「オリビア様の体調のことなのですが、どうも余り調子が良くなさそうです」

「何？」

シリウスは驚いて、腕の中で眠るオリビアの顔を覗き込む。

「今朝から下腹部に違和感があるようで、明日、ノルド城に戻り次第バジルに診てもらおうかと考えております」

「そうしてくれ。診察後、問題がなくても報告を」

「かしこまりました」

シリウスとリシュー、ミナが話し合っているうち、すっかり夜が更けていく。

「さあ、そろそろオリビア様をベッドに」

「ああ」

リシューの言葉に、シリウスはオリビアを抱いたまま立ち上がる。ベッドルームへ続く扉をリシューが開けると、シリウスはオリビアを抱いたまま部屋へと入る。

「お休みなさいませ」

リシューはそう言うと、パタリと外側からベッドルームの扉を閉めた。

「え？　ちょっ！　リシュー様！　何を！」

ミナは驚いて寝室の扉を開けようとするが、寸前のところでリシューに止められる。

オリビアとシリウスの寝室は別に用意してある。

そもそもオリビアとシリウスは、今まで同じベッドで眠ったことなど一度もなかった。

「大丈夫ですよ。眠っている相手に手を出すほど、シリウス様は愚かではありません」

「むう……」

ミナは納得いかない表情でリシューを睨む。

「さあ、私共も失礼しましょう」

リシューに促され、ミナは渋々部屋を後にした。


シリウスはスヤスヤと気持ち良さそうに眠っているオリビアを優しくベッドに下ろしてシーツを掛けた後、自身はシャワールームへと向かう。

それから手早くシャワーを済ませた後、バスローブ姿のままベッドの端に腰を下ろし、眠っているオリビアを見下ろした。

そこには、恋い焦がれた美しい精霊姫が気持ち良さそうに寝息を立てている。

シリウスはオリビアの髪を一房手に取る。

いつ触れても、想像以上の柔らかさに驚いてしまう。

触れた肌のきめ細かさも、抱き締めると想像以上に華奢《きゃしゃ》な身体も、何もかもが愛しい。

瞳も、声も、吐息でさえも。

誰にも渡したくない。

渡すことなどできない。

愛しさと独占欲が共存できず、暗い感情が一気にシリウスの身体を駆け抜ける。

大切にしたい。

誰にも見せたくない。

触れさせたくない。

私だけを見て欲しい。

シリウスは眠っているオリビアの唇に、自らの唇を近付ける。

オリビアの唇に噛《か》みつくように開いたその口は、一匹の獣が餌に食らい付くようにも見える。

シリウスは、二人の唇が触れるギリギリの距離で囁く。

「ああオリビア。愛しいオリビア。君だけを愛してる。私の大切な精霊姫《オリビア》。どうか私を選んで。私だけをその瞳に映して」

私の全てを捧《ささ》げよう。

苦しい程に愛しているんだよ。

シリウスは軽く息を吐いて顔を引くと、オリビアの横にするりと身体を滑り込ませ、彼女をしっかりと抱きしめて瞼《まぶた》を閉じた。

第六章　カッシーナ家の顚末《てんまつ》と消えたオリビア

ベッドの中。

うつらうつらと視点の定まらないまま見ていた青い瞳が、柔らかく細められる。

「おはよう、オリビア」

「……？」

低い声で囁《ささや》かれ、驚いて目をしばたたかせると、オリビアはようやく至近距離からシリウスに見つめられていることに気が付いた。

「え……え？　え⁉」

「おはよう、よく眠れた？」

「え……あ、うん。はい。おはよう……ゴザイマス」

オリビアは、混乱しながらもきちんと挨拶を返す。

どうやら自分は昨日、シリウスに抱き締められたまま眠ってしまったらしい。

寝起きの、未《ま》だはっきりしない頭で昨晩の記憶を辿《たど》るも、ホテルの一室にあるリビングのソファーでシリウスたちと談笑していたところまでは覚えているのだが、その後、何故《なぜ》かオリビアの記憶はすっぱりと途切れている。

「そろそろ起きなきゃいけないね。このまま二度寝したい気分だ」

聞き慣れない、少し掠《かす》れた低い声といつもより高いシリウスの体温に、オリビアはそれとなく腕の中から逃れようと身じろぐが、すっぽりと抱き込まれて思うようにいかない。

「あ、あの……」

「ふふふ」

戸惑うオリビアの顔を覗《のぞ》き込んだシリウスは機嫌良さそうに笑うと、彼女の身体《からだ》を引っ張り上げて自分の身体の上に乗せた。

「あわわわわわ」

バランスを崩したオリビアは、慌ててシリウスの胸に手をつくが、その感触に驚いて思わず両手を引っ込めた。

「シ、シリウス兄様、服！」

シーツから覗く彼の上半身は何も着ておらず、初めて直《じか》に触れたシリウスの肌はしっとりと温かかった。

流石《さすが》のオリビアも、真っ赤になってシリウスに抗議する。

「大丈夫だよ、オリビア。きちんと下は穿いている」

「そういう問題じゃない！」

オリビアがアワアワしていると、扉の外から数回ノック音が聞こえる。

音に気付いたシリウスは溜息《ためいき》を吐くと、腹筋に力を入れて上半身を起こした後、オリビアを腕に抱いたまま一気にベッドから降りた。

突然の動きに動揺したオリビアは、咄嗟《とっさ》にシリウスの首にしがみ付く。

抗議しようと見上げた彼の顔は、いつものきっちりとした雰囲気とは違い、寝起きのせいか寛《くつろ》いでいるように見える。

気だるそうに首を傾け、額に落ちた前髪をざっくりかき上げるその姿に、オリビアは激しい動悸《どうき》に襲われた。

なんか、色気がやばくないか……。

格好いい……、顔が良すぎる。

意識し始めると止まらない。

オリビアの顔が、ボンッと朱に染まる。

「？　どうしたの？」

オリビアは急に恥ずかしくなって、シリウスの顔を直視できずに俯《うつむ》いた。

だがシリウスはそんなオリビアを許さず、顎先を持ってクイッと自分と目が合うように顔を上げさせた。

じっと至近距離で見つめる二人。

羞恥の余り、オリビアの顔からプスプスと煙が上がる寸前、

「おはようございます」

タイミングよく、リシューとミナが室内に入って来た。

「お、おはよう！」

オリビアはほっとして、シリウスの腕から降りるとミナに駆け寄る。

「残念」

名残惜しそうにオリビアの背中を見つめながら、シリウスはこっそり呟《つぶや》いた。

＊＊＊

ホテルの専用出口に停車した一台の馬車の中、シリウスはシートに座るオリビアの右手をしっかりと握りしめて跪《ひざまず》いていた。

「我々はもう少し仕事があるから。ノルド城まで気を付けて帰るんだよ」

「うん。ミナもいるから大丈夫」

「寂しくなったら、いつでも渡したタブレットを使うんだよ」

「うん、そうする」

「使い方、分かる？」

「うん。ミナに教えてもらった」

「そう……」

「うん。あの、シリウス兄様、時間大丈夫？」

「問題ないよ」

「……」

北の拠点であるノルド城とカッシーナ公国は、転移魔法を使えば一瞬で移動できる距離にある。

オリビアが初めてこの国に来た際も、出発から到着まで五分とかからなかった。

しかしシリウスは、何故か今生の別れのようにオリビアと離れ離れになることを惜しんでいた。

何だろう？

オリビアは今朝起きた瞬間から、シリウスの態度の微妙な変化に気が付いた。

会話の内容や、やっていることはいつもと大して変わらないのだが、どことなく一つ一つの言動に今までにない熱量を感じる。

「あの……シリウス兄様？」

「ん？　何？」

オリビアはシリウスの瞳をじっと観察するが、余りにもまっすぐ見つめ返され、すぐに顔を赤くして俯く。

「何でもない……。また帰ったら」

「分かった。楽しみにしているよ」

シリウスはオリビアの手を取り、指先に唇を当てる。

いちいち言動が甘すぎるんですが！

オリビアは心の中で絶叫する。

一方リシューとミナは、馬車の外でシリウスが出てくるまで待機しているのだが、ふと、ミナは思い出したかのようにリシューに声を掛けた。

「リシュー様。もしミランダに何かするのでしたら、私の分もお願いします。本当は自分が一発……いいえ、二、三発全力で殴ってやりたいのですが、オリビア様の安全が最優先です。どうか宜《よろ》しくお願いします」

「頼まれるまでもないですよ。私はあの類の害虫を駆除するのが堪《たま》らなく好きなので」

首元のホックを締め直しながら、リシューは満面の笑みを浮かべる。

「あ～それは……知っています、はい」

ミナがリシューに向けて苦笑していると、馬車にホテルの支配人が近付いてくる。

「ビンス様とカール様が到着されましたので、ホテルの離れにある会議室にお通ししております」

「分かりました。ああそうそう」

リシューは支配人を呼び止める。

「もし、昨日同様ミランダ・カッシーナという女がシリウス様に会いにこのホテルを訪れたなら、丁重に会議室までお通しして下さい」

「え……、はい。かしこまりました」

リシューの言葉に支配人は一瞬固まるが、すぐにいつもと同じ笑顔で頷《うなず》く。

「またね～支配人」

「はい」

ミナが手を振ると、支配人は嬉《うれ》しそうに微笑《ほほえ》みながら去っていった。

「さあ、そろそろミナはオリビア様とノルド城に向けて出発した方がいいでしょう」

リシューが言うと、既に御者台に乗っていた御者たちが手綱をしっかりと握り直す。

そのタイミングでようやくシリウスも馬車から降り、代わりにミナが乗り込んだ。

「出せ」

シリウスの言葉に、馬車はオリビアとミナを乗せてゆっくりと動きだす。

窓からオリビアが顔を覗かせて手を振ると、それに応えるように馬車を見送っていたシリウスが右手を挙げ、リシューは腰を折った。

オリビアを乗せた馬車が完全に見えなくなると、シリウスとリシューは表情を変えてビンスとカールに会うべくホテル内の会議室へと向かった。

北の拠点ノルド城。

カッシーナ公国からノルド城に戻ったオリビアは、しばらく休息をとった後、ミナに連れられて城内にあるバジルの診察室へと向かった。

「お腹《なか》の辺りがおかしいと？」

「うん。何となく気持ち悪くって……」

バジルに尋ねられたオリビアは、下腹部を摩りながら答える。

「それじゃあ、一度そこのベッドに横になってみようか」

オリビアはミナの手を借りながら、言われた通りに診察用のベッドに横になった。

「ちょっと押すよ～痛かったら言ってね～」

バジルは、オリビアの腹部をゆっくり触診していく。

「ぐうっ」

バジルの手が下腹部に差し掛かった時、オリビアは余りの激痛に唸《うな》り声をあげた。

「オリビア様⁉　大丈夫ですか？　バジル！　あなた、もっと優しくしなさいよ！」

「申し訳ない。オリビア様、平気か？」

「う、うん。何かめちゃくちゃ痛かった……」

「この辺り？」

バジルは先程よりも弱い力で、オリビアの腹を触る。

「あ、うん……」

「う〜ん、結構大きめのしこりがあるな。ちょっと中を見てみようか」

バジルはそう言うと手の平サイズの魔道具を取り出し、直接オリビアの腹に当てる。

「少しピリッとするけど、魔力を照射して可視化するだけだから身体に悪影響はない。それじゃあいくよ」

そう言うと、バジルは魔道具のスイッチを入れる。

バチッ。

まるで静電気のような痺《しび》れが、オリビアの腹部に走る。

「大丈夫？　我慢できる？」

「……うん」

バジルの問いにオリビアは頷くが、時間が経《た》つごとに腹の違和感が酷《ひど》くなっていることに気付く。

「あ、ちょっと……マズいかもっ」

しばらく我慢していたオリビアだったが、余りの苦しさに身体を丸め込む。

「ぐううううう」

オリビアはもがきながらベッドから転がり落ちる。しかし床につく寸前で間一髪ミナに抱き止められた。

「大丈夫ですか？　オリビア様!?」

ミナはオリビアをしっかりと抱き起こし、再びベッドの上に戻そうと試みる。

しかしオリビアは激しくもがいて彼女の腕から這《は》い出した。

「オリビア様⁉　どうなさったのですか⁉」

「オリビア様！」

ミナとバジルが二人がかりでオリビアをベッドの上に戻そうと試みるも、激しく手足をバタつかせた彼女を抑え込むことができない。

「オリビア様、大丈夫です。落ち着いて下さい。深呼吸です。バジル！　あなた何をしているの‼」

ミナは怒鳴るが、バジルとて何が原因でこうなったのか分からない。

暴れるオリビアを押さえ込み、バジルは精神安定剤の入った注射器を手に取った。

苦しい。

気持ち悪い。

オリビアは過呼吸のようにハクハクと息をしながら、自らの手で喉を掻《か》き毟《むし》り始める。

彼女の美しい肌が、自らの爪で傷付き血が滲《にじ》む。

「オリビア様⁉」

「お止めください！」

ミナとバジルが声にならない悲鳴を上げ、オリビアの手を摑《つか》む。

「ミナ……ミナ、ミナ苦しい〜〜〜」

オリビアは息も絶え絶えに悶《もだ》えながら倒れ込み、再び喉を掻き毟ろうと手に力を入れるが、二人にしっかりと摑まれて動かせない。

代わりに両足を激しくバタつかせる。

苦しい。

お腹が重い。

何かがせり上がってくる。

喉が焼ける。

ダメダメダメ。

何か来る‼

オリビアの身体が一瞬揺らめいたかと思うと、次の瞬間バジルとミナの眼前からオリビアの姿が跡形もなく消え去った。

「なっ！」

「オリビア様！」

二人は慌てて室内を見回すが、オリビアの姿は見当たらない。

「一体どこに……」

「そんな！　オリビア様‼　どこに行かれたのですか⁉」

バジルが放心する中、ミナは叫び声を上げながら急いでノルド城全体に緊急の警報音を鳴らす。

「オリビア様を探すのです‼」

城全体に指示を出した後、ミナはタブレットを使ってオリビアの持つタブレットの位置情報を取得しようと試みる。

しかし何かに邪魔をされているのか、画面が乱れてまともに動作しない。

次いでタブレットでオリビアを呼び出すも、コール音は鳴れども一向に出る気配がない。

ミナは舌打ちしながら診察室を飛び出した。

廊下を全力疾走しながら、手当たり次第に部屋を確認していく。

「いない、ここにもいない。違う、ここも違う」

ミナが城中を走り回っていると、陛下の護衛から城の前のロータリーに突然オリビアが現れたとの連絡が入る。

ミナはすぐさまその護衛にオリビアを保護するように命じると、急いで自分もロータリーへと向かった。


ピリリリリリリ。

音が聞こえる。

ピリリリリリリ。

何の音？

オリビアは、首から下げていたポシェットに入っているタブレットから鳴り響くコール音にふと目を開ける。

土の匂いと頬に当たる雪。

僅かに視線を動かすと、背後にそびえ立つノルド城が見える。

つい先程まであの城でバジルに診察を受けていたはずのオリビアは、いつの間にか外に出て城の前のロータリーに倒れ込んでいる自分に気付いた。

「うううう」

オリビアは、何度も波のように下腹部からせり上がってくる熱いエネルギーに、苦しみが未だ続いていることを思い出す。

何だろう、身体が爆発しそう。

オリビアは尽きる事のないエネルギーの波を、何とか抑え込もうと自らの首を絞める。

「ぐうっ……」

苦しい、シリウス兄様。

お母様……助けて。

襲い来るエネルギーの波を何とかやり過ごしたオリビアは、粉雪の降る中、雪にまみれながら匍《ほ》匐《ふく》前進を試みる。

何とかしてここから離れなければならない。

オリビアは何故か、そのことだけは直感的に理解できた。

力の限りズリズリと身体を引《ひ》き摺《ず》りながら、少しでもノルド城から離れる。

背後から自分を呼ぶ声が聞こえるが、今はそれどころではない。

ここから離れて、どこか遠くへ……。

しかし、身体が重く思うように動かない。

それでもオリビアは、この場から離れようと必死に身体を動かす。

ふとオリビアの目の前に影が差す。その影の正体を確認する間もなく、オリビアの身体は温かい誰かの腕に抱き上げられる。

懐かしい匂い。

温かい。

お母様？

その瞬間、オリビアは安心して意識を手放した。


時が止まっている。

ミナはそう感じた。

降っていた雪は空中で静止し、何かしら聞こえていたはずの音は全て消え失《き》せ《う》、辺りは恐ろしいほどの静けさに包まれている。

ノルド城前のロータリーの少し先でオリビアを抱き上げているその女性は、目深にベールをかぶっているために口元しか見えないが、それでも恐ろしく整った顔立ちをしているだろうとミナは容易に想像できた。

シルバーブルーに輝く長い髪は、ゆらゆらと揺らめきながら金色の光を纏《まと》っている。

その女性は口元に薄《う》っすらと笑みを浮かべ、オリビアの耳元で囁いた。

「もう大丈夫よ。私の愛《いと》しいオリビア」

小さい声ではあったが、空気を震わすようにその声が辺りに届く。

その言葉がなくても、ミナは理解した。

この女性こそが、オリビアの母——精霊の女王シェラであることを。

ミナの脳裏に、昨晩のリシューの言葉がよみがえる。

『初めてお会いした時は、正直足がすくみました』

いやいやいや、足がすくむどころの話ではない。

気を抜くと意識を失うが⁉

シェラの存在から発せられているのだろう、とてつもない圧を肌にビリビリと感じる。

鳥肌が立ち、無意識にカタカタと歯が鳴る。

ミナがチラッと辺りを確認すると、オリビアを救出するべく集まった使用人たちや護衛たち誰もが青白い顔で口を開け、その場に膝をついていた。

この時初めて、ミナも彼等《かれら》と同じように自分が座り込んでいることに気が付いた。

時が止まっているといっても、身体は間違いなく動く。

だが、その意思とは反対に震えて動かすことができない。

わずかなうめき声さえも、喉奥に詰まって出すことができなかった。

息も絶え絶えにもだえ苦しんでいるミナたちを尻目に、

「さぁ、行きましょうか。オリビア」

場違いなほど涼やかな声色でそう告げたシェラは、オリビアを抱いたままゆっくりと方向転換して歩き出す。

「……っ」

オリビア様が行ってしまわれる‼

ミナは何とか声を出そうと喉に力を入れるが、カスカスと音のない息が出るばかり。

何とかしようともがくが、腰が抜けて全く動くことができない。

どうすればいい？

どうすれば……。

その時、突然ロータリーの手前にある転移魔法陣が光り出した。

ミナたちは、シリウスとリシューがカッシーナ公国から帰ってきたのかと安堵《あんど》したのだが、魔法陣から現れた馬車はシリウスの所有する物ではなかった。

真っ黒い車体に金の縁取りが施され、側面にはカサブランカと王冠をかぶった二匹のドラゴンの紋章が描かれている。

ここにいる誰もが見覚えのある馬車。

何故、今になってあの馬車が？

そこにいる誰もが理解できなかった。

混乱する周囲をよそに、転移魔法陣から現れた馬車は滑るようにシェラの前に横付けされる。

扉が内側から開かれ降りてきた一人の男は、シェラに向かって存外気安く話し掛けた。

「シェラ。勝手に行かないでくれと、あれほど言っている」

その男の名はダリル・ホワイトレイ。

シリウスの父にしてホワイトレイ家先代当主その人であった。

黒を好む彼らしく、光沢のある真っ黒いスーツを着ており、所々に品よく金の装飾が施されている。

「あら？　うふふ、ごめんなさいね、ダリル。愛しい娘の一大事だったから、つい」

「ああ……代わろうか？」

気を失ったオリビアを抱えていたシェラに向かって、ダリルは手を差し伸べる。

「いいえ大丈夫。久しぶりの娘を堪能《たんのう》したいもの」

シェラはそう言うと、腕の中のオリビアに頬擦りしながら、ダリルの乗ってきた馬車へと乗り込んだ。

ダリルは溜息を吐きながらシェラの後を追う。

馬車のタラップに足を掛けたダリルは、ふと後ろを振り返った。

「オリビアは預かる。シリウスにはそう伝えておけ」

ダリルはそう言って馬車に乗り込むと、転移魔法陣を使ってあっという間に去って行った。

呆然《ぼうぜん》とするミナたち。

彼女たちの硬直が解けたのは、それから随分経った後だった。

ミナたちは、頬に当たる粉雪の冷たさに世界が動き出したことを知る。

静止していた雪はチラチラと地面に降り注ぎ、木々の騒めきが戻ってくる。

我に返った者たちは、冷え切った身体に鞭《むち》を打ちながら慌てて城内へと戻った。

一体どれ程の時間、あの状態でいたのだろうか。

窓から外を見ると、既に日が傾き始めている。

ミナはかじかんで感覚のなくなった指先で、ポケットから何とかタブレットを取り出した。

「……報告、しなければ……」

しかし震える指の間から、無情にもタブレットが地面に滑り落ちる。

ミナは慌ててしゃがみ込むと、先程起こった状況をリシューに報告するべくペンを執る。

「……大丈夫、きっと大丈夫。オリビア様は大丈夫、大丈夫」

自らに言い聞かせるように呟きながら、必死にペンを動かす。

「大丈夫、きっとシェラ様が、ダリル様が……」

急激に襲ってくる睡魔の中、何とか報告を書き終えたミナは城内の自室でうつらうつらと眠りに落ちていく。

だがそこに突然使用人たちが乱入し、冷え切って目覚めないミナの身体を強引に熱い湯船に放り込んで叩《たた》き起こした。それは、バジルの指示だった。


「オリビアはどういう状況だ？」

ダリルはノルド城からの帰り道、車内でシェラの膝枕で眠っているオリビアの顔を覗き込みながらシェラに尋ねた。

「う〜ん、なかなかの状況ね。酷い魔力詰まりが起きているわ。それに……あら？　これは何かしら？」

シェラはオリビアの腹部に顔を近付けて、すんすんと匂いを嗅ぐ。

「生臭い……。これが悪さしているのね」

そう呟くと、いきなりオリビアの腹部に手を突っ込んだ。

「⁉」

ダリルは驚いて目を見開くが、突っ込んだシェラの手が透けていることに気付き、ほっと息を吐く。

「あ～、これこれ」

そう言いながらオリビアの腹から手を引っこ抜くと、その手に片手で有り余るほどの大きな白い石が握られていた。

「ん？　魔石か？」

「そうみたいね。どうしてこんな物がオリビアのお腹の中に入っていたのかしら？　匂いからしてドラゴンのようだけど」

シェラは取り出した魔石に鼻を近付けて匂いを嗅ぐが『うえっ』と顔を顰《しか》めて嫌そうにダリルに手渡した。

シェラを真似《まね》てダリルも魔石に鼻を近付けるが、特に何の匂いもしない。

「あ～ほんと、生臭いわ～。でも彼等ドラゴンってまだこの世界に存在していたかしら？」

「ドラゴンの魔石……」

ダリルはここ最近の出来事を思い出す。

「そういえば、最近、希少価値の高い光属性のドラゴンの魔石が使われたと報告があったな」

「へ～。それを使うとどうなるの？」

「光属性は人の身体を癒《いや》すことができる。それをシリウスがオリビアのために使ったのだろうな」

「ふ～ん、癒すねえ……」

「なんだ？」

「いえ、ねえ。あなたの息子であるシリウスがオリビアのために使ったということは、この子、結構な怪我《けが》でもしていたのかな～って」

シェラは、自分の膝の上で眠るオリビアの頭を優しく撫《な》でる。

「……そのようだ。オリビアがサイファード領から救出された時、結構な傷を負っていたと聞いている」

ダリルは曖昧に言葉を濁す。

「それがおかしいのよ」

「？」

「私たち精霊には治癒能力が備わっていて、簡単に自分で自分を癒せるの。勿論《もちろん》オリビアもよ。わざわざ低次元の生物から魔力を貰《もら》うなんて意味が分からないわ。拒否反応を起こすに決まっているじゃない」

人間にとって価値ある魔石からの魔力供給であっても、オリビアの身体には異物でしかない。身体がそれらを不要とみなし、纏めて排出するべく体内で石化させていたのだ。

「あ～～」

ダリルは言葉に詰まる。

愛しい者を何としても助けたいと思うあまり、息子は完全に余計な事をしでかしてしまったようだ。

シリウスの気持ちが痛い程分かる分、次の言葉が出てこなかった。

「ま、そんなことより、問題は魔力詰まりね。こっちの方が酷いわ」

「魔力詰まり？」

「何故だか分からないのだけれど、この子、魔力を殆《ほとん》ど使っていないわ。自分の中で何かしらの制限でも掛けているのかしら」

シェラは首を傾《かし》げる。

人間が呼吸をするように、食物を摂取して排出するように、精霊も体内に魔力を取り込んで排出する。

それこそが精霊の循環であり、自然の摂理である。

「排出していない魔力が身体中に溜《た》まって爆発しかけているわ。この状態のまま放っておくと、うっかり大爆発を起こして大陸の一つや二つ消し飛びそうね。うふふ」

「それほどに？」

ダリルは驚く。

「あら？　私の娘だもの。当然よ」

シェラは嬉しそうに笑う。

「ああいけない、もう爆発寸前。私たちは一旦このまま精霊界に戻るわ。ダリルあなたは……」

シェラはダリルの不機嫌そうな顔を見て、言いかけた言葉を止める。

「何？　拗《す》ねてるの？　一緒に行きたいの？」

シェラはふふふと笑いながら、ダリルの頬を撫でる。

「別に拗ねている訳ではない。だが一緒にいたい」

「あらあら」

シェラは面白そうに笑う。

ここ数年で、シェラとダリルの関係は大きく変わった。

以前とは違い、同じ場所に住んでいる。

それなのに片時も離れたくないダリルは、シェラが一人で行動することを良しとしなかった。

シェラが勝手にどこかに行くとダリルは酷く拗ねてしまうので、シェラはそれを楽しみつつ受け入れ、気が付けば互いの距離は以前とは比べ物にならないほど近付いていた。

「何があっても良いように、馬車の御者をあなたの眷属《けんぞく》にしている」

「あら？　準備万端なのね。それならこのまま精霊界まで一気に行きましょうか。そういえば、人間ではあなたが初めての来訪者になるのね、嬉しいわ」

シェラはそう言いながら軽く指先を振ると、強い光が車内を包む。

余りの眩《まぶ》しさに、ダリルは一瞬目を閉じる。

「ようこそ、精霊界へ。ここが私の世界よ」

ダリルが目を開け窓から外を見ると、そこには見たこともない世界が広がっていた。

＊＊＊

一方カッシーナ公国。

机と椅子が綺麗《きれい》に撤去された会員制ホテルの会議室内。

だだっ広い部屋の上座に、ぽつんと一つ重厚な椅子が置かれている。

その椅子に悠然と腰を下ろしているシリウスのすぐ左後ろに、リシューが無表情で立っている。

先にホテルに到着し、早々に支配人によって会議室に通されている現カッシーナ家当主カールとその父ビンスは、シリウスたちの前方、少し離れた位置に跪いて頭を下げていた。

「久しぶりですね、ビンス」

過去、片手で数えられる程度ではあるが面識のあるリシューは、口元に微《かす》かに笑みを浮かべながらビンスに声を掛けた。

ビンス・カッシーナ。

歳《とし》の頃は六十余り。

過去、カッシーナ家当主として先代ダリルの側に仕えていたビンスは、現役時代はカッシーナの獅子王《ししおう》と呼ばれ、鍛え上げられた肉体を惜し気もなく使いホワイトレイ家を守護し、多大な貢献をしていた。

前線を退いてから二十年以上が経つというのに、彼の元来持っている風格や威厳は一向に衰えておらず、当時から鍛えられていた身体は更にひと回り大きくなったように見える。

そんなビンスの隣に跪くカールは、リシューに声を掛けられたにもかかわらず返事を返さない自分の父親を不思議そうに横目で見ていた。

しかしビンスは俯いたままピクリとも動かない。

リシューはそんなビンスの態度を意に介さず、そのまま言葉を続ける。

「ビンス、シリウス様からのご命令です。早々にカッシーナ家当主に戻り、この国カッシーナ公国の大公の任に就きなさい」

「なっ‼」

声を発したのは、ビンスではなくカールであった。

ビンスは今から二十年前に既に当主を引退しており、当時十六歳だった息子のカールにその座を譲っている。

しかもその九年後にカッシーナ公国が建国されたので、ビンスには大公職の経験はない。

現在は隠居生活をしつつ世界各地を放浪しているが、何故今更そんな彼に当主に戻るように命じるのか。

しかも大公職にまで……。

カールはその思惑が全く理解できず、跪いた状態のまま顔を上げてシリウスとリシューを交互に見る。

しかし二人はビンスの方を向いたまま、カールには視線すら向けない。

「言いたいことがあるようでしたら、発言を許可しますよ、ビンス」

リシューの言葉に、ビンスは跪いて俯いたまま口を開いた。

「私に再び当主に戻れとお命じになる理由を、お聞かせいただいても宜しいでしょうか？」

「ビンス、面白いことを言いますね。あなたなら十分理解できているのでは？」

リシューはふふふと笑いながら小首を傾げる。

「……全て理解できているという訳ではございません。なにぶん現在の私は隠居の身でございます故に……」

「謙遜は止めなさい。しかしまあ、問題ありません。あなたならすぐに現在カッシーナ内で起こっている問題について気付くことができるでしょう」

リシューは微笑む。

「現在カッシーナ公国内に、ブラックレイ家が暗躍し始めているのも、その理由の一つでしょうか？」

「いかにも」

リシューは頷く。

「何だって⁉」

カールは再び驚いて声を上げた。

「シリウス様は、あなたのその忠誠心を心より喜ばしく思っておいでです。だからこそ、次の当主になってもらいたいと考えているのですよ」

「ぐぅ……」

リシューのその言葉が、過去カッシーナで起こった事件を指していることに気付いたビンスはうなだれる。

表向きには、ビンスは妻の突然の死により体調不良となって当主の座を降りたといわれているが実はそうではない。

今から二十四年前、シリウスの父ダリルの婚約が発表された日、ビンスの妻は殺された。手を下したのは他ならぬビンス本人だった。

彼女はカッシーナの分家から嫁いできた女性で、本家のプレッシャーに苦しみながら生きていた。

しかし長男であるカールを産んだことによりそのプレッシャーも和らいだかのように見えた。

カッシーナ本家の後継者であるカールの教育はビンスが行ったが、カールの姉であるカトリーナの教育はビンスの妻の役割であった。そしてその妻はカトリーナを教育していくうち、いつしか分不相応な夢を抱き始めてしまう。

ホワイトレイ本家にカトリーナを嫁がせることができれば、妻としての自分の価値はもっと上がるのではないだろうか。

今まで自分を見下してきたカッシーナ本家の人間たちに、間違いなく一泡吹かせることができる。

その思いは日に日に強くなり、自らの娘カトリーナへと注がれた。

そしてカトリーナとダリルは歳が同じということもあり、ダリルへのお品書きに娘が名を連ねた後は、娘をダリルの妻にすることに心血を注ぎ始めた。

しかし、婚約者に選ばれたのはブラックレイの娘だった。

自分勝手に憤慨して周囲に当たり散らすビンスの妻は、あろうことかダリルに直談判《じかだんぱん》しようと試みた。

しかし、ダリルに会いに行きたくてもそもそも彼女はダリルの拠点すら知らない。

勢い任せに馬車を走らせたまま、付近でまごついていたところをカッシーナ本家の護衛たちに捕縛される。

その時彼女は、護衛たちの前で『自分は悪くない』と言い切り、『娘カトリーナを選ばなかったダリルが悪いのだ』と、ありとあらゆる言葉を使ってダリルを口汚く罵ったのだ。

それを聞いたビンスは、容赦なくその場で彼女を切り捨てた。

たとえ妻であろうとも、ホワイトレイ家を馬鹿にする者はカッシーナには必要ない。

それからビンスは妻の生家も取り潰した後、全ての責任を取るようにして、息子であるカールが十六歳になるのを待って当主の座を退いたのだった。

「一応言っておきますが、あなたがこの話を受けなかった場合、カッシーナは解体します。この国、カッシーナ公国は勿論のこと、カッシーナ家自体もきれいさっぱり解体します」

「それは！　それはどういうことなのでしょうか⁉」

リシューの言葉にビンスではなく、カールが声を荒らげた。

『解体』という言葉を使ってはいるが、実際の意味は『消滅』に近いだろう。

これは『お伺い』や『お願い』の類ではない。

ホワイトレイ家当主、シリウスからの命令だった。

その時、会議室の扉の外から数回ノックの音が聞こえる。

「ああ、待ち人が来ましたね。ビンス、面を上げなさい。これから面白いモノが見られますよ」

リシューの言葉に、ビンスはここで初めて顔を上げた。

何が起こるのかと訝《いぶか》しんでいると、廊下からカツカツカツと女性の靴音が近付いて来たかと思うと、
バタンッ。

ノックもなしに突然会議室の扉が開いた。

「シリウス様‼」

嬉しそうな声と共に、ミランダが侍女を伴って入って来た。

カールは驚いて目を見開く。

「シリウス様！　ああ、ようやくお会いできましたわ！　どうして昨晩は我がコテージにお泊まりになりませんでしたの？　私が精一杯整えさせて頂きましたのに。このミランダ、とても寂しく思いましたのよ」

残念そうに、だがシリウスに会えた喜びから弾むように話しながら、躊躇《ちゅうちょ》なくシリウスに向かって歩いていく。

それを見たリシューは、さり気なくシリウスの前に立ち位置を変えた。

「実は昨日、このホテルでシリウス様のお姿をお見掛けしましたの。お声を掛けさせて頂いたのですが、お急ぎのようで気付いては頂けなくて、私とっても悲しかったですわ」

聞いてもいないことを、ミランダは一人勝手にペラペラと話し続ける。

「昨日はこちらにお泊まりになられましたの？　ここの最上階のスイートルームは素晴らしいと聞いたことがありますわ。私、是非シリウス様と泊まってみたいと思っておりましたの。あらやだ、私ったらはしたないかしら？」

頬を染めて身体をくねくねと動かす。

「あ、そうだわ。私今日、シリウス様のためにお花を選んできましたの。温室で綺麗に咲いておりましたのよ」

そう言って、背後に控えている侍女から小ぶりの青い花束を受け取った。

「シリウス様の瞳の色をイメージしましたの」

ミランダは嬉しそうに微笑む。

余りの彼女の独壇場に、元々大してなかったシリウスの表情が更に抜け落ちる。

リシューに至っては、それはそれは悪そうな顔でミランダを眺めており、シリウスは内心特大の溜息を吐いた。

カールは立ち上がると、ミランダの元へと駆け寄りその手を掴む。

「お前、何故ここにいる⁉　あの御方に謝罪したのか⁉」

「え⁉　謝罪は……そうしようと思って昨日ここにわざわざ来ましたのよ。でもお会いできなかったの。とても残念だったけれども、仕方ないと思わないかしら？」

「成程ね。それが昨日、その女がこのホテルにいた理由ですか」

カールとミランダのやりとりを聞いていたリシューは小さな声で呟く。

「……そうか。しかしお前、何故ここに来た」

ミランダの言葉をあっさりと信用したカールは、更にミランダに尋ねる。

「あら？　今日ここで叔父様がシリウス様と会うから、あなたも行ってみなさいってお母様から連絡が入ったのですわ」

「つな……」

カールは絶句した。

昨日の時点で、コテージの使用人と警備担当の騎士は全て捕縛している。

つまり現在コテージに、カトリーナの子飼いの部下は一人もいないはず。

だからこそ、今後は部外者にシリウスの情報が洩《も》れることなど、万に一つもないとカールは考えていた。

「宜しいでしょうか」

突然ビンスは、リシューに向かってほの暗い瞳で声をあげる。

「何ですか？」

リシューは尋ねた。

「ブラックレイの人間をお貸し頂きたい」

「ほう、ブラックレイですか……。それは何故？」

「辺境の地にいる根源の処分をお願いしたいのです」

ビンスの言葉にリシューはしばし一考し、ちらりとシリウスを見る。

しかし、その視線を受けてもシリウスは口を開かなかった。

つまり是だ。

「ビンス、良《い》いのですか？　あなた方カッシーナが、ブラックレイに借りを作ってしまいますよ」

「背に腹は代えられません。この事件が、今後のカッシーナの戒めとなるでしょう」

ビンスは力強く頷く。

その瞳に迷いはなく、既に心は決まっているようだった。

「良いでしょう。希望の品は？」

「見せしめに、根源の頭部を一つばかり」

「分かりました」

リシューが頷くとほぼ同時に、会議室に潜んでいたブラックレイ家の間者の影が一瞬でリシューの前に移動すると、リシューの軽い頷きを合図にその場から姿を消した。

「ところでカール」

リシューは今日、初めてカールに声を掛ける。

「はっ！」

カールは自分の名が呼ばれたことに慌ててその場に跪くと、隣に立つミランダの腕を引っ張って自分と同じように隣に跪かせた。

「え？　え？　叔父様？」

「いいからさっさとしろ！」

意味が分からず混乱するミランダを、カールは厳しく叱咤する。

背後にいた侍女も、空気を読んでその場に跪いた。

「その女は何ですか？」

リシューはミランダを一瞥《いちべつ》しながら問う。

「あ、この子はミランダ、ミランダ・カッシーナでございます。そこにいる我が父ビンスの孫であり、私の姪《めい》でございます」

カールの説明に、ミランダは初めてビンスが自分の祖父だと知る。

「ああ、やはりあなたがミランダですか。ええ、良く知っていますよ」

リシューは鼻で笑う。

「ご存じでいらっしゃるのですね？」

「勿論です」

満面の笑みを浮かべるリシューに、気を良くしたカールは鼻高々だ。

「私の自慢の姪でございます」

「まあ！　叔父様ったら」

ミランダも自分が褒められていると思い、嬉しそうに瞳を輝かせていた。

そんな彼女に、リシューは笑顔を浮かべたまま告げる。

「ええ、ええ。あなたは確か『自分こそが、シリウス様の将来の妻である』と声高に妄言を言い回り、シリウス様の居住スペースに許可もなく我が物顔で入り込んだり付きまとったりする、非常に不快で目障りな害虫女ですよね。良く知っていますよ」

「!?」

カールはヒュッと息を飲む。

ビンスはそのリシューの言葉を聞いて立ち上がろうとするが、リシューに右手で制される。

「？　害虫？　それはどういうことですの？　叔父様」

ミランダは、何となく自分のことを言われているのだと気付いたが、リシューの言葉の意味がさっぱり分からずカールを見る。

しかしカールは黙ったまま、青い顔をして俯いている。

「カール。お前は何故、ミランダの今までの素行に対処しなかったのですか？」

リシューはカールに冷たく尋ねた。

「も、申し訳ございません。ですが、既にコテージの警備担当及び使用人たちは捕縛し、極刑を言い渡しました。対応が遅くなって誠に申し訳ございません」

カールは頭を深く下げる。

「カール、お前は何を言っているのですか？」

リシューはあからさまに大きな溜息を吐く。

「え？」

「お前、そんなに阿呆《あほう》だったのですね」

「っ……」

しみじみとしていながらも明らかに侮蔑を含んだリシューの物言いに、カールは顔を朱に染める。

「私はお前に、どうして害虫そのものを駆除しないのかと聞いたのですよ」

「っ。そ、それは……」

「まあいいでしょう。とにかくシリウス様には既に決まった御方がいらっしゃいます。間もなく婚約も発表されるでしょう。ああ勿論、その御方はお前たちカッシーナの人間ではありませんよ」

阿呆にはいくら言葉を尽くしたところで到底理解できるとは思えない。

リシューは端的に結論だけを告げた。

「なっ！　何ですって!!」

ミランダは持っていた花束を落として、悲鳴のような声をあげる。

「どういうことですの？　叔父様！　私がシリウス様の婚約者になるのではなかったのですか!?」

ミランダはカールの腕を摑んで激しく揺らす。

「お……おい！　こんな場所でよさないか、ミランダ！」

「ねえ叔父様、どういうことですの？　ねえってば!!」

「そ、それは、お前の母カトリーナが勝手に言い始めたことだ。私は知らない」

カールはチラチラとリシューの顔色を窺《うかが》いながらミランダに答える。

「そ、そんな……嘘《うそ》よ。だってお母様が……私が、私こそがシリウス様の将来の妻だって……」

ミランダは放心しながら、その場に座り込む。

「カール。お前は何故はっきりと否定しないのですか？」

カールのミランダへの態度。否定も肯定もしない彼の物言いにリシューは首を傾げた。

それから、ふと新たな可能性が脳裏によぎると、リシューはゆっくりと目を細める。

「まさか貴様、万に一つの可能性を考えていたのではあるまいな？」

先程とは違うリシューの口調と、地を這うような低い声にカールはぐっと押し黙った。

万に一つ。

つまり、シリウスとミランダが婚姻する未来。

全く考えていなかった、と言えば嘘になる。むしろあわよくば、と期待する気持ちの方が大きいかもしれない。

お品書きに名を書く際、どの家も考えることだ。

もしかしたら、自分たちの娘が選ばれるかもしれない、と。

カールもそう思った。

もしミランダがシリウスの妻になることができたなら、カッシーナの地位、延《ひ》いては自身の評価も更に上がるだろう。

不可能な話ではない。

何せ叔父から見ても、ミランダは非常に愛らしくて美しい。

しかしカールのこの一瞬の考えが、文字通り命取りとなる。

配下が唯一ホワイトレイ家の婚姻に口を挟むことのできるお品書き。

逆をいえば、お品書きに名を書くこと以外口を挟むことはできない。

ホワイトレイ家側から呼ばれない限りは、近付くことさえも許されない。

仕事にしろプライベートにしろ、当主の近くにいる女性たちは徹底的に審査されているのだ。

勝手に当主の名を呼び許可なく近付き、あまつさえ妄言を吹聴するなど不敬以外の何物でもない。

特にシリウスは幼少期にオリビアと出会っているせいか、女性関係に潔癖のきらいがある。

シリウスの側でその様子を見てきたリシューにとって、一連のカールの軽率な言動は許すことができなかった。

「まさか、まさか貴様ごときが、我らホワイトレイ家の当主であらせられるシリウス様の婚姻に、このような形で口を挟もうなどとは」

リシューはツカツカと大股でカールに近付くと、腰に携えていたステッキをスラリと抜き出し、力任せに振り下ろした。

バシッ。

「ぐあっ‼」

頭部をしたたか殴られたカールは、跪いた状態で床に転がる。

「きゃあ‼　叔父様‼」

ミランダは慌ててカールに駆け寄る。

「野蛮な!!　何をするのですか！　止めて下さいまし！」

しかしリシューはミランダの言葉を全く無視し、容赦なくステッキを振り下ろす。

バシッ。

「ぐっ！」

「きゃあ!!　止めて！　このような無礼！　お母様を、お母様を呼んで！　転移を許可します！　早くお母様を呼びなさい!!」

ミランダは混乱しつつも、後ろに控えている侍女に命じる。

しかしその侍女は、困惑したままその場から一歩も動けない。

リシューはこの状況を何とか打開しようとするミランダの豪胆さに、声を上げて笑いそうになる。

「流石ですね。腐ってもカッシーナといったところでしょうか？　そんなに母親に会いたいのですか？　良いでしょう、たった今、用意できたところです」

ミランダはリシューの言った『用意』の意味は分からなかったが、母がここに来ると聞いてほっと息を吐いた。

しかし次の瞬間、足元にゴロンっと転がった物体を見て声にならない悲鳴を上げた。

「〜〜〜〜っ!!」

ミランダは両手で口を押さえ、その場で腰を抜かす。

側で蹲《うずくま》っていたカールも何事かと思い、ふらつきながらも身体を起こしてそれを見た。

「ひっ！」

そこには恐怖に顔を歪《ゆが》ませた、カトリーナの頭部だけが転がっていた。

「先程ビンスがブラックレイに彼女の頭部を頼んだのですよ。何せ諸悪の根源ですからね。タイミングとしては丁度良かったですね」

満面の笑みを浮かべるリシューの顔に、一切の陰りはない。

心の底からこの状況を楽しんでいるようだった。

「あ……あああ……母様？　……お、かぁ様……」

ミランダは放心状態になりながらも、何とかシリウスの方を向く。

「シリウス様、どうか、どうかお助け下さい……ああ、どうか……シリウス様……お母様が……うう」

そんなミランダの姿を見たリシューは、満面の笑みをスッと消し去り、今度はカールではなくミランダ目掛けて勢いよくステッキを振り下ろした。

ガンッ!!

「きゃあああ！」

頭部を容赦なく殴られたミランダは、頭から血を流して潰れた蛙《かえる》のように床にへばり付く。

何が起こったのか理解できていないミランダだったが、それでもなお、顔を上げてシリウスの名を呼ぶ。

「ううう……やめっ……シ、シリウス様……お助け……」

リシューは再びステッキを振り下ろした。

バシッ!!

「ぎゃっ!!」

「許可なく主の名を呼ぶでない」

リシューはステッキでミランダの身体をひっくり返すと、今度は声を出せないように喉を突いた。

「んぐぁっ……」

「リ、リシュー様！　お止めください！」

カールはリシューの足にしがみつこうと手を伸ばすが、

「失礼します」

ビンスはそう言うとすぐさま立ち上がり、息子のカール目掛けて走り込んだかと思うと、彼の腹に渾身《こんしん》の拳をめり込ませた。

「ぐああああああああ!!」

カールは後ろに吹っ飛び会議室の壁にぶつかった後、口から唾液を垂れ流しながら腹を抱えて転げ回る。

ビンスはその姿を一切見ることもなく、再び定位置であるシリウスの前に戻って跪いた。

「失礼しました。先程ご命令を頂いた件、十分理解致しました。カッシーナ当主及び大公の任、謹んでお受け致します」

「ええ、ビンス。励みなさい」

リシューはそう言うと、満足気に頷いた。

「ち、父上……」

カールは腹を押さえながらよろよろと立ち上がると、ふらふらとビンスに向かって歩く。

その姿を見たビンスは、はぁっと溜息を吐いた。

「いいですよ。好きになさい」

リシューの言葉にビンスは再び立ち上がると、今度はカールの頭を掴んでそのまま一気に床に叩きつけた。

ゴキッ。

「ぐあああっ」

カールは顔面をしたたか打ち付け、鼻血が床を濡《ぬ》らす。

「……カール、そもそもお前は、全てを勘違いしている」

「……？」

ビンスの静かな声に、カールは痛みの余り涙を流しながら眉を顰めた。

「お前たち、カールもミランダも何故許可なく御方たちに話し掛けている？　言葉を発しているのだ？」

「え？」

「しかもその女ミランダに至っては、無礼にも主の名を呼んでいる。誰が許可した？　我々がいつ、御方たちと対等に会話ができる立場になったのだ？」

「……」

カールは愕然《がくぜん》とした。

そもそもそういう発想自体、すでにカールの頭の中にはなかった。

我々はカッシーナ。

誠心誠意ホワイトレイ家に仕え、ホワイトレイ家を守る者。

その頂点に君臨する御方と、何故対等に会話ができると思っていたのか。

先代であるダリル様の時はどうだった？

恐ろしさの余り、顔を上げることさえできなかったはずだ。

それなのに、どうして？

「お前、大公という分不相応の地位に就いて、頭のネジがぶっ飛んだようだな」

ビンスは蔑むようにカールを見下ろす。

……確かに。

図星過ぎて返す言葉もなかった。

シリウスが頻繁にカッシーナ公国に来るようになり、対等とまではいかないが、カールはいつの間にか一国の主として彼と接していた。

先代ダリルとは違い、シリウスは自分よりも若い。

まだまだ未熟な彼を、年上で経験も多い自分がしっかりと導いて差し上げねば。

そんな愚かな考えが、自分の中に確かにあった。

会話の中、言葉の端々にその傲慢さが透けて出ていたのだろう。

……会話？

会話していた？

いや、違う。

よく考えれば分かる。

一度たりとて、会話などしたことはない。

全ては一方通行だ。

我々の意思など、そこにはなかった。

御方たちが我々に何かを命じ、我々はそれを遂行する。

返答など求められていない。

そこには我々の意思などない。全くなかったのだ。

「…………………」

カールは絶句した。

何故だ。

いつからこれ程までに愚かになってしまったのか？

以前はしっかり分かっていたはずだ。理解していたはずだ。

いつから間違った？

……分からない。

だが、このカッシーナ公国という箱庭で王となり、いつしか驕《おご》り、うぬぼれて傲慢になり、何もかもを置き去りにして、ついには忘れてしまったのだろう。

本来ならば、自らの欲望のままに動くカトリーナもミランダも、この手で始末しなければならなかった。

それをしなかったのは、大公であるこの私の身内だから。

何をしても全てが許されると、本気で思ってしまっていたからだ。

理解した瞬間、カールの心はポキリと折れる。

もがいていた身体から力が抜け、瞳にも暗い影が差し始める。

「私の教育及び、監督不行き届きのせいでございます。申し訳ございません。あの日、事件が起こった時点で、カトリーナも殺しておくべきでした」

妻に歪んだ教育をされた哀れな少女カトリーナ。

そこにビンスの、僅かな情があったのかもしれない。

ビンスはカールの頭から手を離し、シリウスとリシューに向かって土下座する。

カールはのろのろと起き上がると、目を開けたまま紐《ひも》が切れた人形のようにだらんとその場に座り込んだ。

一方ミランダは、リシューに押さえつけられた喉のステッキを握り込み、何とか抵抗しようともがきながらもリシューを睨《にら》んでいる。

「お～～素晴らしい！　この虫は、大層しぶといようですね」

嬉しそうに笑ったリシューは、再びミランダ目掛けて力いっぱいステッキを振り下ろした。

バシッ。

ガキッ。

ドコッ。

ガンッ。

グシャッ。

だだっ広い会議室に、打撃音が響く。

「ふふふ……なかなかしぶといですね～」

嬉しそうに笑うリシューの瞳孔は開き切っており、顔には満面の笑みを浮かべている。

一見スマートに見えるリシューだが、実はかなり嗜虐《しぎゃく》的で非常に暴力を好む。

頬に返り血を浴びたその姿は、間違いなく常軌を逸していた。

「リシュー、汚い」

血が自分の靴にまで飛び、シリウスは眉を顰めた。

「ああ。これは失礼致しました」

リシューはやり切った表情で額に落ちた髪を手で払い眼鏡をクイッと上げると、胸ポケットから真っ白いハンカチを取り出して、シリウスの靴に飛んだ血を綺麗に拭き取った。

その後、自らのステッキも手早く拭き取って腰に戻すと、血に染まったハンカチを倒れて動かなくなったミランダに向けてふわりと投げ捨てた。

仰向けに倒れた彼女は血にまみれ、目を見開いたまま時折ビクビクと痙攣《けいれん》している。

ミランダの侍女は、カトリーナの頭部が現れた時点で既に失神していた。

「この女、放っておいてもそのうち死ぬと思いますが、何かの研究に使いたければ、そこで倒れている侍女と共に持っていって下さい」

リシューが誰もいない空間に向かってそう言うと、突然ミランダとその侍女の影から黒い触手が伸び始め、二人を影へと引きずり込んだ。

その際、床に転がっていたカトリーナの頭部も一緒に消える。

「相変わらずブラックレイの皆様は物好きですね。新しい研究にでも使うのでしょうか」

リシューはふふふと笑いながら、座り込んだまま焦点の合っていないカールに視線を移した。

「そこにいるあなたの息子はどうするのですか？」

リシューはビンスに尋ねる。

「すぐには殺しません。自らの行いをしっかり悔いてもらいます」

「身内だからといって、少し甘くはないですか？」

ビンスはリシューに咎《とが》められるが、

「再教育という訳ではありません。カッシーナ内を掃討する際の囮《おとり》として使います。その後、利用価値がなくなれば排除します」

「そうですか。しかし想像以上に内部は堕落しておりますので、早急に立て直しをお願いします。不服かとは思いますが、ブラックレイも当分は張り付かせます」

「かしこまりました」

「しかしそうなってくると、カッシーナ本家の後継者に問題が出てきますね」

「……」

カールには妻と子がいるが、勿論継がせる訳にはいかない。ビンスは俯く。

「ホワイトレイから妻を娶《めと》れ。ビンス」

シリウスが告げた。

「ああ、成程、それは良いお考えですね」

リシューも頷く。

「わ、私がですか⁉」

ホワイトレイ家から妻を娶ることは、配下にとって非常に名誉なことだ。

しかし、ビンス自身は既に引退した身。

「いえ、その、大層名誉なことではございますが、私は今年で六十一になるので……」

ビンスは口ごもる。

「見たところ現役のようですし、問題ないでしょう。厳しいようならバジルに良い薬を処方してもらいましょう。ここだけの話、ホワイトレイの分家筋にあなたに憧れている女性、結構いるのですよ」

自分たちを守ってくれる鉄壁の獅子王。

いぶし銀の逞《たくま》しい男は、存外モテるのである。

「なっ‼」

ビンスは驚く。

「婚約者を募れば、多くの者が名乗りを上げるでしょう。その中から、自分好みを選びなさい」

「こ……光栄でございます」

リシューの言葉に、ビンスは恐縮して頷いた。

＊＊＊

「リシュー、見苦しい。いい加減に顔を拭け」

ホテル内の会議室の後始末をビンスに任せて馬車に乗り込んだシリウスは、対面に座るリシューの顔を見て盛大に溜息を吐いた。

先程の会議室での一件。

リシューはミランダの返り血を身体に盛大に浴びていた。

服に飛んでしまった血はリシュー自身の魔法で既に綺麗にした後なのだが、何故か頰に飛んだ血はそのままの状態だった。

「ああ、これは失礼しました」

リシューは胸元からハンカチを取り出そうとするが、先程シリウスの靴を拭く際に使った後、そのまま放ってしまったために何も入っていない。

諦めたリシューは右手に魔力を纏わせて、自らの頰を軽く撫でる。

瞬間、頰に付着していた血痕が跡形も無く綺麗さっぱり消える。

リシューは風と水魔法の使い手である。

しかし本人は魔法よりも物理攻撃全般が好きなため、必要に迫られなければ使用することは殆どなかった。

「どうですか？　取れましたか？」

「……ああ」

ニコニコと笑うリシューは、先程色々と発散したせいだろう、すこぶる機嫌が良い。

「城に戻ったら早々に、ビンスの婚約者選定を行いましょう」

「ああ。ホワイトレイ家からならば、誰が嫁いでも問題ないだろう」

「あのビンスが尻に敷かれるのですか。少し見ものですね」

リシューはククと喉を鳴らす。

ホワイトレイ家の女性は、一言で言うとかなり苛烈だ。

幼少の頃からホワイトレイの何たるかを教えられ、きっちりと叩き込まれる。

『気高く、強く、美しく。そして非情であれ』

これが、ホワイトレイの淑女教育で常に飛び交う合言葉のようなものだった。

「カッシーナの立て直しの目途が立てば、カールとその妻子は処分となるでしょうし」

「ああ」

「それにしても、ブラックレイは……ん？」

タブレットを触っていたリシューの手が止まる。

「どうした？」

「……どうやらノルド城で何か問題が起きたようです」

「つまり？」

「およそ三刻前から、ノルド城との連絡が途絶えています」

「三刻前……」

シリウスは考える。

ホテル前でオリビアと別れたのがおよそ四刻前。ノルド城で何かあったのだとしたら、オリビアが巻き込まれた可能性がある。

「履歴を追っているのですが、定期信号が未《いま》だに届いておりません」

リシューは手早くタブレットを操作する。

各地に点在するホワイトトレイの拠点は全て魔力通信によって繋《つな》がっており、それぞれが決まった間隔で信号を発信しているので、三刻もの間連絡が途絶える事などありえない。

「不具合か、それとも……」

リシューが呟いたその時、彼のタブレットがひっきりなしに点滅を始める。

「ああ。今、繋がったようです。通信機器の不具合、それとも意図的に止められたのか？　まあ考えるよりも先に……」

リシューはそう言うと、ノルド城へと魔力通信を繋ぐ。

しかし、ブツブツと途切れてうまく繋ぐことができない。

「何でしょうか。まるで何かに阻まれているようです」

「直接この目で確認した方がいい、オリビアの身になにかあったのかもしれない」

「承知しました。ただし私が良いと言うまでは、絶対にシリウス様は馬車から出ないで下さい」

ホワイトトレイ当主であるシリウスの命が何よりも優先される。

リシューはそう言うと、御者に指示を出す。

転移魔法ですぐにノルド城の前に到着するが、敢《あ》えて建物から少し離れた場所に馬車を停車させ、窓から城全体を眺める。

「見たところ、特に異変は感じませんね」

リシューはざっと城の外部を確認するが、建物自体に異変はなく、配置されている護衛の数などにも不審なところは見当たらなかった。

「ああ、丁度今、ミナからの報告が入りました」

城内部の状況把握のため、リシューは馬車から降りる前に内容に目を通していたのだが、その動きがピタリと止まる。

「どうした？」

シリウスは尋ねる。

「……オリビア様、倒れる、シェラ様、先代去る」

ミナから送られてきた報告の内容も然ることながら、何故そんなに片言なのか。

嫌な予感がしたリシューは、再び馬車の中からノルド城入口に視線を移す。

するとそこからシリウスの専属執事であるセスが、数人の護衛を連れて馬車に向かって走ってきた。

リシューはすぐに馬車の扉を開けると、シリウスと共に馬車を降りる。

「セス、一体何があったのですか？　ミナは？　オリビア様は無事なのですか？」

専属執事のセスは、いつも綺麗に撫で付けてあるロマンスグレーの髪を乱しながら、申し訳なさそうに首を横に振る。

「申し訳ございません。ミナ様は只今《ただいま》治療中でございます。低体温による意識混濁かと思われましたが、どうやら魔力酔いのようです。命に別状はありません。しかしオリビア様は……姿を消されました」

セスの言葉に、シリウスとリシューは息を飲む。

魔力酔いとは、許容量以上の強い魔力を浴び続けることにより、意識混濁や失神等《など》の異常を来す発作のことである。

「オリビア様が姿を消された？　それに魔力酔い？　一体何が……？」

リシューはよくよく周囲を観察する。するとノルド城自体は特に変わった様子はないが、控えている使用人たちの顔色が軒並み悪い。

「申し訳ございません。つい先程まで、私共では到底理解できない現象に遭遇しました。現在情報収集に全力を注いでおりますが……。一言で説明しますと、その、突然時が止まったのです。それから私たちは、全く動くことができなくなりました」

「時が止まる、とは？」

リシューは尋ねる。

「詳しくは、こちらに記録されております」

セスから手渡されたのは、映像を記録する魔道具だった。

「こちらが、唯一まともに機能していた物です」

ノルド城には、至る所に防犯のために魔道具が設置されている。

セスが渡した映像記録の魔道具も、その一つだった。

三人は城内に入ると、入口から一番近くにある来客用の小部屋で手早く魔道具を起動させて壁に映像を映し出した。

そこには、俯瞰《ふかん》から見たノルド城のロータリーが映し出されており、シリウスとリシューはその映像を黙って眺めていた。

しばらくすると、ロータリーに突然倒れた状態のオリビアが一人で姿を現す。

「……オリビア？」

シリウスは思わず声を上げる。

映像の中の彼女は、まるでこの城から離れるため、もしくは逃げるために必死で身体を引きずりながら移動しているように見えた。

「何があった？」

シリウスの声が僅かに掠れる。

その後、オリビアの後を追うように三人の護衛が彼女に駆け寄るが、何故か寸前のところで彼等はピクリとも動かなくなる。

「？」

「どうしたのでしょうか？」

不思議に思ってそのまま映像の先を見ていると、今度は城の入口からミナとバジルが走り出てくる。

彼女たちも先程の護衛と同じようにオリビアに駆け寄るが、案の定、同じ場所でピタリと動きを止めた。

「何でしょうか？」

まるでオリビアの周辺に見えない壁でもあるかのようなその状況に、リシューはじっと映像に見入る。

するとそこに、いつの間にかもう一人の人物が映っていることに気付いた。

オリビアの前に立つ、髪の長い女性。

「ああ……」

シリウスはその人物に気付き、額に手を当てて天を仰いだ。

「これは……まさか、シェラ様？」

リシューも気付いた。

突然現れたその女性は、遠目で、しかも頭にベールをかぶっているせいで全く風貌は見えないが、その立ち姿、髪の色は間違いなく精霊の女王にしてオリビアの母、シェラだった。

「お隠れになったはずでは？」

リシューは呟く。

先代であるダリルがシェラの葬儀から帰って来た際、確かにそう言った。

しかし、映像の中の女性は間違いなくシェラだ。

彼女はオリビアを抱え上げると、耳元で何かを囁いている。

「まさか……シェラ様が、オリビア様を連れていかれた？」

リシューは呆然と呟く。

「ぐっ……」

シリウスは低く唸りながら、近くにあったソファーにドサリと座り、タブレットを操作してオリビアの居場所を探る。

しかし何かに邪魔でもされているのか、すぐにプツリと切れてしまう。

オリビアに持たせているタブレットは、財閥の当主が持つ物と同じ最新機種で、この世界のどの大陸にいてもほぼ繋がることができる。

繋がらないとすれば、それはこの世界ではない場所にいるか、敢えて魔力で遮断しているかのどちらかである。

「……まさか、オリビア共々精霊界へ？」

考えたくない。

考えたくないが、有り得ない話ではない。

親子二人して、この世界から去ってしまったのか……。

シリウスは考え込むように口を閉ざし、リシューは何とも言えない表情で画面を見つめていたが、

「はぁっ⁉」

画面端から突然現れた黒い馬車を見て、リシューは思わず声を上げた。

真っ黒いその車体には金の縁取りが施され、側面にはカサブランカと王冠をかぶった二匹のドラゴンの紋章が描かれている。

幼い頃から何度となく見た紋章と馬車。

リシューはその紋章を使っている人物を知っていたし、勿論隣に座っているシリウスも嫌というほど知っていた。

そして案の定、想像していた通りの人物が馬車から降り、シェラと何やら話すとあろうことか三人で馬車に乗って去っていった。

「……何をしているのだ……父上は……」

シリウスは、くぐもった声で唸るように呟く。

「……以前オリビア様の父であるアレクをブラン王国王都に連行する際、横槍《よこやり》を入れてきた時に気付くべきでした」

リシューは目を細める。

「……ああ。しかし帰り際、父上が振り返って何か話しているように見えたな」

映像には、シェラを馬車へとエスコートしたダリルが、すぐに馬車には乗り込まず一度振り返っている様子が映っている。

「何か伝えているのかもしれませんね、ミナが目を覚ましたら聞いてみましょう」

「ああ」

シリウスとリシューは、しばらくオリビアのいなくなった映像を眺めていたが、残されたミナやバジル、護衛たちは未だピクリとも動かない。

「彼等は……」

いつまで経っても動き出さないミナたちを見て、リシューはセスに問う。

「この状態から、二刻半程度このままです」

「二刻半ですか⁉」

「はい。城内にいた私たちも同様に、動くことができませんでした。その際何か魔力障害のようなものも同時に発生しており、城内部の魔道具たちもまともに作動しておりませんでした」

「……さすが女王。ノルド城と一時連絡が途絶えていたのはそのせいだったのですね」

シェラの姿を直接見ていない城内の者たちでさえこうなのだ、間近で見たミナやバジルたちがどうなってしまったのか想像に難くない。

「成程、これは魔力酔いにもなりますね」

リシューは大きく息を吐き、ソファーの背もたれに身体を預ける。

「ミナの報告ではオリビア様が体調不良とのことでしたが、母君であらせられるシェラ様がご一緒となると、体調の方は面倒を見てくださっていると考えて問題ないでしょう。バジルとミナが目を覚ましたら、オリビア様の体調不良の原因も聞いてみましょう」

「ああ」

シリウスは頷くが、頭の中では既にオリビアの捜索についていくつかのプランを模索していた。

一体シェラは、今になって何故オリビアを連れていったのか。

そうしなければならない理由があったのか。

しかし、幸運なことにダリルが彼女たちに同行している。

人間が精霊界に行ったという話は聞いたことがない。

僅かだが希望は持てる。どんなに遠くても、この世界にさえいてくれたなら探し出せる。

つい数刻前までは手を伸ばせば届く距離にいたはずのオリビアが、いとも簡単にその手からすり抜けてしまった。

シリウスは、そのあまりの呆気《あっけ》なさに拳をぎゅっと握りこむ。

勿論、これから部下に全力でオリビアの捜索をさせる。

しかしたとえオリビアが見つかったとして、オリビア自身がここに戻ってくることを望むだろうか？

映像を見る限り、明らかにオリビアは自分の意思でこの城から離れようとしていた。

まるでこの場から逃げ出すかのように――。

シリウスは小さく息を吐く。

「……オリビアは、再びここに帰ってきてくれるだろうか」

「……」

シリウスの掠れるような静かな呟きに、リシューは答える術を持ち合わせてはいなかった。

書き下ろし番外編　～日常　とある夜の一齣《ひとこま》～

——これはオリビアがノルド城に来てから約一ヵ月たった頃の、とある夜の一齣。

仕事を終え、リシューを伴って自室に戻ったシリウスは、ゆったりとソファーに腰を下ろし、ワイングラスを傾けている。

今は完全にプライベートの時間。

それゆえリシューもシリウスの目の前に座り、同じようにワイングラスを傾けていた。

仕事の上では上司と部下という関係ではあるものの、従兄弟同士である彼等はとても仲が良く、暇を見付けてはこうやって酒を酌み交わしていた。

「ああそういえば、北の研究所から丁寧な礼状が届いておりました」

「丁寧な礼状？」

「ええ。少し前、サイファード領の不届き者たちを送還したでしょう？　想像以上に彼等の活きが良かったようで、研究員たちは大喜びしていたそうです」

「なるほど。今以上に赤い鳥の研究が進むことを祈るとするか」

「ですね～。ブラン王国の王都に放った黄色い鳥は、元気いっぱいのようで……ん？　ああ、今日も始まりましたね」

隣の部屋から聞こえるオリビアの声に、リシューは話すのをやめて小さく笑う。

シリウスの部屋から壁を隔てたすぐ隣は、現在オリビアの部屋になっている。

しっかりとした造りの部屋は、そう簡単に話し声など通したりはしない。

しかしオリビアの声が余りにも大きく響くため、耳を澄ませなくとも勝手に聞こえてしまうのだった。

「オリビア様は、夜になるといつもお一人で発声練習のようなことをなさいますよね。不思議な言語ですが、何かの呪文なのでしょうか？」

リシューは首を傾《かし》げる。

「どうだろう」

「ミナも、何故《なぜ》オリビア様が毎晩のように発声の練習をしているのか分からないとのことでしたが、最近では気を遣って早い時間にオリビア様の部屋を退出しているようです」

「……ふふふ」

シリウスは思わず声に出して笑う。

しばらく二人は隣の部屋から聞こえるオリビアの声に耳を傾けていたが、不意にその声が途切れる。

「……落ち着かれたようですね」

「ああ」

静けさが室内を包む。

何となくそろそろ退出しようかとリシューが思い始めた頃、廊下からパタンと扉の閉まる音が聞こえる。

リシューはすぐに立ち上がってシリウスの個室の扉を開き、そっと廊下の様子を窺《うかが》い見る。

するとそこには、夜着に裸足《はだし》というとんでもない恰好《かっこう》でペタペタと廊下を歩いていくオリビアの姿があった。

「……オリビア様は夜着のまま、どこかにお出掛けになられたようです」

それを聞いたシリウスは、ワイングラスを勢いよくテーブルに置いて立ち上がる。

「私はこれにて失礼させて頂きますが……シリウス様。オリビア様はかなり薄着の上、裸足でございました」

リシューの言葉にシリウスはソファーに置いてある毛布を手に取ると、大股で部屋を後にした。


時は少し遡る。

就寝前の自室のベッドの上。

オリビアは深夜にもかかわらず、大声でひたすら早口言葉を繰り返していた。

「生麦生米生卵、生麦なまもめなままご、なまぐみっ……くうっ……」

オリビアは突っ伏した後、ゴロンとベッドに横たわる。

「くぅ……全然むり……あとは何だっけ……もっと簡単なやつ。え～っと、向こうの竹垣にたてたてたて……っつ」

オリビアは不貞腐《ふてくさ》れる。

この身体に転生してくる前は、これくらいの早口言葉は簡単に言えていた気がする。

しかしこの〝オリビア〟の身体《からだ》に入って以降、なかなかうまく言葉を話すことが出来ない。

恐らく、幼い頃から他人と殆《ほと》ど話すことのなかった元々のオリビアに引っ張られているせいだろう。

十二歳の子供としては年相応なのかもしれない。

しかし、うまく話せないことに今のオリビアはどうしても納得がいかず、寝る前の僅かな時間を使って出来る限りうまく話せるよう自分なりに努力していた。

しかしそれを行う場所が悪い。

寝心地抜群のベッドの上。気が付くと心地よさに爆睡して朝を迎えるため、未《いま》だまともに練習をこなせた日はない。

「やばい。寝てしまう……」

オリビアは既に練習に飽きていた。

「ああ、ダメ」

このままではいつもの二の舞になる。

睡魔の訪れを感じ取ったオリビアは、勢いよく身体を起こしてベッドから降りる。

間接照明に照らされた室内。

オリビアは眠気を覚ますため、室内を意味もなく歩き回る。

ふと足を止め、テーブルの上のランタンを指で撫《な》でた。

柔らかい光を灯したそれは、ガラス部分は美しいカーブを描き、金属部分には細かい彫刻が施されている。

オリビアは、シンプルでありながらどこか高貴さを漂わせるこのランタンを一目見て気に入った。

そして気付く。

何故か日ごとに増えていく自室の家具や小物たち。

座ると身体が沈みそうになるソファーや、毛足が長く真っ白でフワフワなラグ。

姿見から花瓶、水差しに至るまで全てがオリビア好みにあつらわれており、ここまで来るといっそ清々しい程だった。

オリビアはそんな室内をしばらく歩き回っていたが、

「ふむ、気分転換するか」

そう呟《つぶや》いて一人静かに部屋を出た。

目的地は中央庭園。

鈴蘭《すずらん》の咲き乱れるその場所は、初めてシリウスに連れて来てもらってからオリビアのお気に入りの場所の一つになっている。

人気《ひとけ》のない深夜の廊下を、オリビアは庭園目指して一人ペタペタと歩く。

程なくして辿《たど》り着いたそこは、多少は暗いものの美しくライトアップされ、夜間でも心地よい空間になっていた。

「よっこいせ」

オリビアは近くのベンチに腰を下ろす。

何気なく見上げた吹き抜けの天井からは、ステンドグラス越しに柔らかい自然光が降り注いでいる。

「月の光……。ううん、この世界に『月』はあるのかなぁ？　う～ん」

オリビアは、改めて自分の置かれている状況を考える。

過去の記憶を『前世』と定義するならば、自分はこの世界に生まれ変わったのだろうか。

以前の自分はどこの誰で、何をしていたのだろうか。

どんなに頭を捻《ひね》っても、やはり以前の自分自身の姿を明確に思い出すことは出来なかった。

「まあ、思い出せないってことは、思い出さなくてもいいってことだよね～」

面倒になったオリビアは考えることを諦めてベンチから立ち上がると、噴水の近くに座り込む。

ライトアップされた鈴蘭の花が、噴水からの水しぶきを浴びて微かに揺れている。

オリビアは水滴をまとった鈴蘭の花弁を人差し指でツンツンとつついた後、ブチっと容赦なく摘んで自分の髪に飾った。


『……鈴蘭が好きなの？』

過去、初めてシリウスから鈴蘭の花束を贈られたオリビアは、シリウスにそう尋ねられて無意識に頷《うなず》いた。

花弁はシリウスの魔力を帯びてひんやり心地よく、そこから滴り落ちる朝露は目を奪われるほど美しかった。

胸に火が灯る。

――まるでシリウスみたい。

オリビアは高揚感に笑みがこぼれる。

そんなオリビアの表情の変化に気付いたシリウスは、その日以降、彼女に贈るプレゼントの全てに鈴蘭を添えるようになった。

「うふふふ」

オリビアは、思い出し笑いをしながらゴロンとその場に寝転ぶ。

天井のステンドグラスを通り抜けて注がれる静かな光が、噴水から噴き上がる水しぶきをほのかに彩る。

オリビアは地面に大の字に寝転んだまま、その光景をじっと眺めていた。

「オリビア、流石《さすが》にこんなところで寝転がってはいけないよ」

不意に声がして天井から視線を戻すと、シリウスが苦笑しながらオリビアを見下ろしていた。

「あ……」

オリビアは気まずくなってすぐ起き上がろうとするも、先にシリウスに抱き起こされてしまう。

「うひゃっ」

浮遊感に驚いたオリビアは、慌ててシリウスの首に腕を回す。

するとシリウスはオリビアを抱き上げたまま移動し、二人してベンチに腰を下ろした。

いつの間にかオリビアの肩に毛布が掛けられ、シリウスの胸にすっぽり抱き込まれている。

「ああ、背中がすっかり冷えてしまっている」

シリウスは僅かに窘《たしな》めるような声色でそう告げると、毛布の上からオリビアの背中を優しく撫でる。

「おまけに裸足だろう？」

「あ～、ごめんなさい？」

オリビアが病み上がりのせいか、シリウスはオリビア本人よりもオリビアの体調を気遣う。

この必要以上の気遣いは、会うことのなかった二年間で何も出来なかった罪悪感からくるものなのだろう。

オリビアは何となく申し訳なく思いつつも、それでもやっぱり過保護過ぎでは？　と思っていた。

「こんなところで一人何をしていたの？　眠れなかったの？」

「う～ん、まあ何となく？」

「そう……」

「シリウス兄様は？」

「私？　そうだね。私も何となく、かな」

「へぇ～同じだ」

「同じだね」

互いに見つめ合って口元を緩める。

「ふふふ。可愛《かわい》いね、鈴蘭が良く似合う」

シリウスはオリビアの髪に飾られた鈴蘭を優しく撫でる。

「あ、勝手に摘んじゃった……」

「良いんだよ。ここにある全てはオリビアのために用意したものだからね」

そう言うと、シリウスはオリビアを抱いたまま立ち上がる。

「さあ、そろそろ部屋に戻るよ、オリビア」

「え……あっ。う～ん……」

部屋に戻ったら、早口言葉の練習をしなければならない。

オリビアは、気分転換にここに来たことをすっかり忘れていた。

「ねえ、オリビア。何も慌てることはない。オリビアのペースでオリビアの思う通りに過ごせば良いのだから、決して無理はしないで」

「う～ん、でも」

「ね」

「……え」

「ね」

「……うん」

「いい子だね、オリー。ゆっくり休養して、外出許可が出たら一緒に旅行に行こう。まずは近場になると思うけれど、きっと良い気分転換になるよ」

オリビア自身は至って健康のつもりなのだが、未だ同年代の女子の平均体重には全く届いていないため、バジルから許可が下りない。

「……うん、行く」

オリビアは気持ち良さそうにシリウスの胸に頬擦りすると、彼の上着をぎゅっと握りしめる。

シリウスはそれに応《こた》えるように、オリビアの身体をしっかりと抱きしめた。

あとがき

この本をお手にとっていただき、ありがとうございます。

お楽しみいただけましたでしょうか？

本作品は「異世界を舞台とした、すっきり爽快な物語が書きたい！」という思いで書き始めたのですが、まさか書籍化していただけるなんて夢にも思いませんでした。嬉しい誤算です。

そしてイラストは、なんと！　しょくむら先生に描いていただきました！

本当に素敵なイラストを、ありがとうございます。出来上がった表紙を見て、美しさのあまり思わず声をあげてしまいました。

さて、今回書籍化するにあたり、読み返してみると、自分好みの設定をひたすら詰め込んだ作品だなぁと改めて実感しました。

人は、些細な何かに幸せを感じることもあれば、全てを壊してしまいたいほどの憎しみや衝動に駆られることもある。

揺れ動き、湧き上がる感情も自然現象のひとつで、世界はとことん残酷で、それでいて豊かで美しい。自分がどれだけ傷ついても、変わらず世界は繰り返す。

マクロとミクロというか、非我と自我というか、全と個というか。

私はこの対比が非常に好きで、だからこそやるときには徹底的にやる、慈悲などない。

その考えが作品にダイレクトに出てしまっており、少々過激なシーンがあったりもします。苦手な方はごめんなさい。

自分語りはこれくらいにして、本作品を書籍化するにあたり多大なるご尽力を頂いた、担当のU様、販売担当の皆様、校閲担当の皆様、そしてこちらの作品に関わってくださったすべての方々に御礼を申し上げます。

最後になりましたが、本作品をお手にとってくださった皆様、本当にありがとうございます。ほんの少しでも、皆様の日常に彩りを添えられたなら幸いです。

感謝を込めて。

２０２３年６月　めざし

Kラノベブックス

自由《じゆう》気《き》ままな精霊《せいれい》姫《き》

めざし

2023年7月31日第1刷発行

発行者	森田浩章
発行所	株式会社 講談社 〒112-8001　東京都文京区音羽2-12-21
電　話	出版　(03)5395-3715 販売　(03)5395-3608 業務　(03)5395-3603
デザイン	AFTERGLOW
本文データ制作	講談社デジタル製作
印刷所	株式会社KPSプロダクツ
製本所	株式会社フォーネット社

KODANSHA

ISBN978-4-06-532072-3　N.D.C.913　371p　19cm
定価はカバーに表示してあります

ファンレター、
作品のご感想を
お待ちしています。

あて先　〒112-8001　東京都文京区音羽2-12-21
(株) 講談社　ライトノベル出版部 気付
「めざし先生」係
「しょくむら先生」係

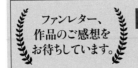